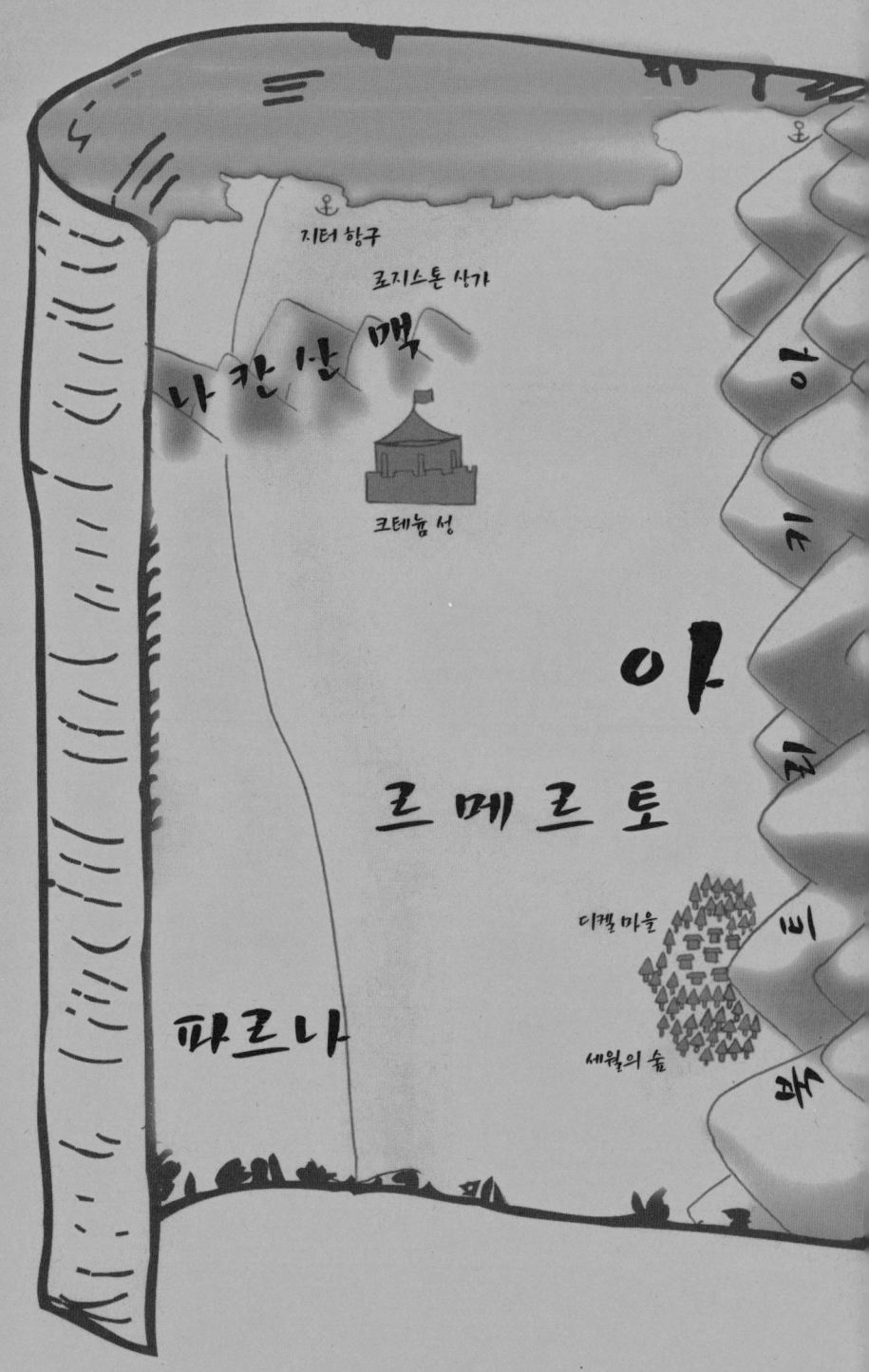

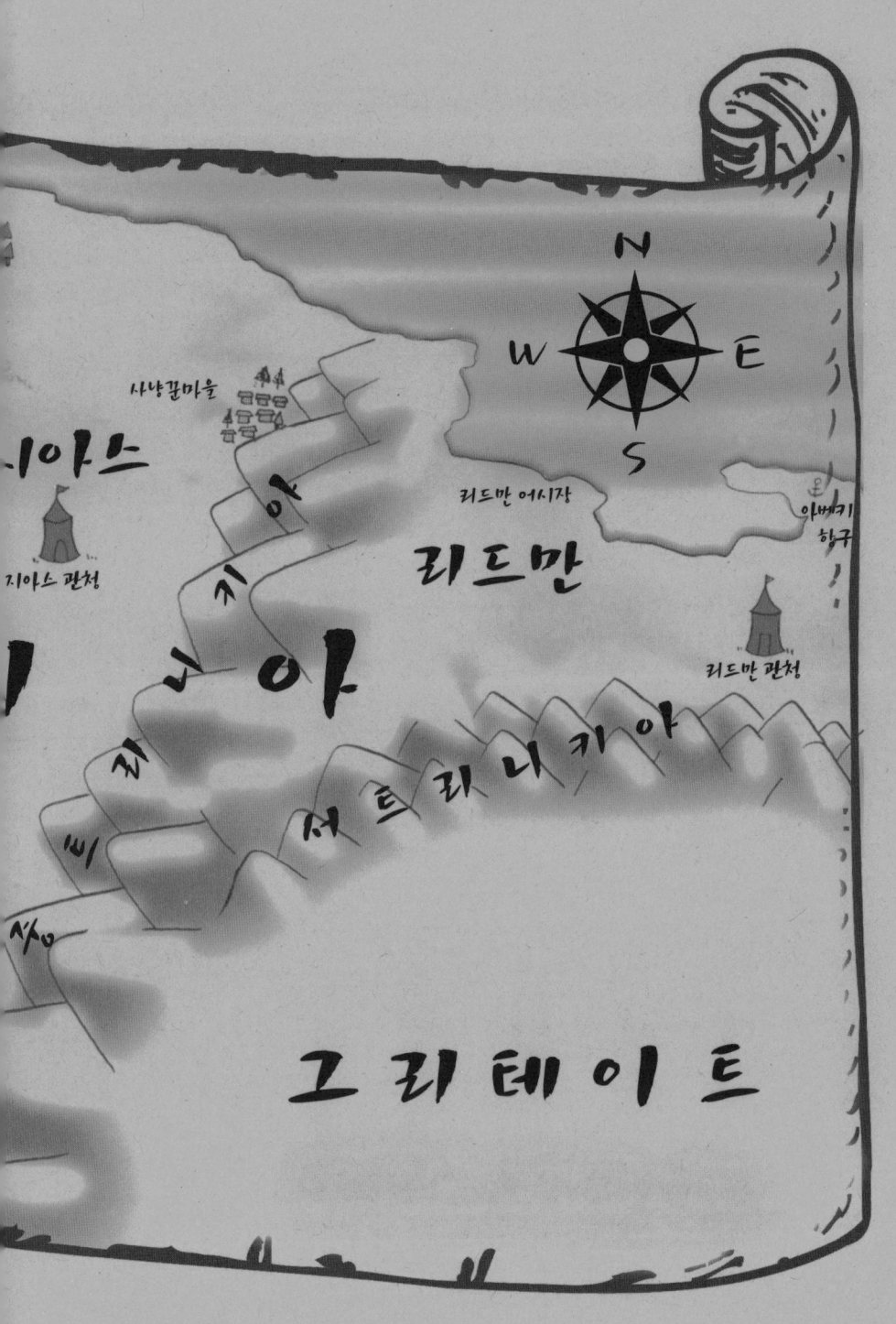

이노 Innovation 베이션 6

제2부 현자의 돌

이노베이션 6
남수아 판타지 장편소설

초판 1쇄 찍은 날 § 2000년 9월 20일
초판 1쇄 펴낸 날 § 2000년 9월 25일

지은이 § 남수아
펴낸이 § 서경석
펴낸곳 § 도서출판 청어람

등록번호 § 제 1081-1-89호
등록일자 § 1999. 5. 31

주소 § 경기도 부천시 원미구 심곡1동 350-1 남성B/D 3F (우) 420-011
전화 § 032-656-4452   팩스 § 032-656-4453

값 7,500원

ISBN 89-88818-79-2(SET) / ISBN 89-5505-009-7 04810

이노 베이션 6
Innovation

제2부 현자의 돌

도서출판

청어
람

이노베이션

목 차

이노베이션

Part 6:현자의 돌

[연금술 용어에서]
기저 금속을 금으로 성장시키기 위한 매개물.
만병통치약, 엘릭시르Elixir.
완전함을 만들어내는것.
자기의 의지에 따라 행동하는 인간.

지연의 사다리는 중심에서 주위로 뻗어 있고
그 위로 우리는 창조된 것을 숙고하면서
한걸음씩 신에게로 올라갈 것입니다.

12

짹짹—

새소리와 함께 맞는 상쾌한 아침이었다. 동쪽 하늘에 솟아오른 태양은 찬란한 빛을 대지 위에 뿜어내고, 모든 사물들이 하나둘 밤의 시간에서 깨어나고 있었다. 어스름이 완전히 걷힌 하늘은 언제 새까만 암흑이었냐는 듯이 아름다운 파란색으로 모든 것을 감싸고 있었다. 드문드문 흐르는 구름도 깨끗하고 선명한 흰빛이다.

바쁜 아침을 보내는 새들의 울음 소리가 길게 메아리치고, 햇볕이 닿는 이파리마다 새벽 이슬을 걷어내기 시작했다. 아직 밤의 여운이 희미하게 남아 서늘하게 가라앉은 공기는 정신을 맑게 하는 데 딱 좋은 온도였다.

하지만 이렇게 좋은 아침에도 별로 상쾌함을 느끼지 못하는 사람은 항상 있기 마련이다. 지금의 리안이 딱 그 부류에 속했다. 밤새 잠을 설친 탓에 눈은 붉게 충혈 되어 있었고, 멋은 내지 않아도 그럭저럭 빗고는 다니던 머리는 빗는 것마저 잊어 상당히 부스스했다. 그래도 머리 속만은 그럭저럭 정리되어 있는지 입 밖으로 흘러나오는 설명은 매끄럽게 이어졌지만, 피곤해 보이는 기색이 역력한 것은 확실한 사실이었다.

"…그러니 저희는 이 내전이 일단락될 때까지 아헨에 있을 생각입니다. 물론 알테이아 쪽이 더 급한 건 사실이지만, 이대로 저희가 빠져 나갔다가는 양쪽 다 아무것도 안 됩니다. 대신 이 내전이 끝난 후에는 여러분이 저희에게 협조를 해주셔야겠습니다. 지오르 백작님께는 이미 그러한 약속을 받아두었습니다."

모두들 아무 말 없이 듣고만 있었지만 대부분 안심하는 모습들이었다. 리안은 한숨을 내쉬며 말을 계속 이었다.

"하지만 그러기 위해서는 정말 속전속결이 필요합니다. 이 내전을 빨리 끝내고 그리테이트 군을 막지 않으면 알테이아는 물론 페리어드까지도 한번에 점령당해 버릴지도 모릅니다. 이건 완전히 시간과의 싸움입니다. 어제 프라이어님이 내놓은 방책도 이제는 쓸 수 없을 겁니다. 나름대로 빨리 매듭 짓는 방법이긴 하지만, 그래도 적어도 이삼 일은 걸립니다. 그래서는 아무것도 안 됩니다. 따라서 저는 오늘 오전에 다켄 백작의 영지를 칠 것을 제안하는 바입니다."

순간 막사 안에 강한 술렁임이 번져 나갔다. 전혀 예상치도 못한 제안에 놀란 것이다. 리안은 그러한 그들의 반응을 무시한 채 계속 말을 이었다.

"그러기 위해서 가장 커다란 문제는 주거 밀집 지역입니다. 그 복잡하고 뒤엉킨 길을 진격해 나가서는 효율을 전혀 살릴 수가 없습니다. 하지만 그러한 문제를 깨끗이 해소할 수 있는 방법이 있습니다. 어제 프라이어님께서 하신 말씀을 기억하십니까? 길이 없으면 만들라는 말이었지요. 그 말대로 길은 만들면 됩니다. 주거 밀집 지역의 길이 좁고 복잡한 건, 건물이 많아서일 뿐 지형상의 문제는 전혀 아닌 것으로 알고 있습니다."

"그렇다면 주거 밀집 지역의 건물을 파괴하고 진격하겠다는 말씀이십니까?"

역시 예상했던 대로 이 시점에서 질문을 던져 오는 사람이 있었다. 어제 리안에게 이 발상의 원천을 제공했던 사람, 디노 프라이어였다. 리안은 주저없이 고개를 끄덕였다.

"그렇습니다."

"그곳에 얼마나 많은 주민들이 살고 있는지 잊으셨습니까?"

그녀는 전혀 흥분함 없이, 그러나 더없이 날카롭게 반박을 해 왔다. 그러나 리안은 그녀의 이런 반응을 미리 예상했던 만큼 전혀 주저없이 대답해 주었다.

"주민은 확실히 대피시킵니다. 불안하시다면 프라이어님이 직접 그 지휘를 맡으셔도 됩니다. 그리고 내전이 끝난 후, 그 지역에는 깨끗한 새 건물을 지어 주민들을 입주시키겠다고 지오르 백작님께서 확실히 약속하셨습니다. 그렇게 되면 주민들에겐 손해가 아니라 이득인 셈입니다."

"그 기간 동안 주민들은 어디서 지내라는 말입니까?"

"아바스 백작과 다켄 백작의 저택이 있지 않습니까? 물론 좀 불편하고 좁기는 하겠지만, 임시 거처이니 주민들도 싫어하지는 않을 겁니다."

"실용성은 어떻습니까? 그냥 무작정 건물을 파괴하며 나아가서는 오히려 더 늦어질 겁니다."

"건물 파괴에는 드래곤을 이용할 생각입니다. 화룡의 프레임 브레스의 출력을 높여 단번에 건물을 전소(全燒)시키면 금방 길을 낼 수 있습니다. 그렇게 진격하면 적에게는 소름 끼치는 기습이 될 것입니다."

"단번에 길을 낸다고요? 하지만 화룡이라도 그렇게 할 수 있으려면 나이가 꽤 있어야 할 것입니다. 적어도 50살은 넘어야 가능하겠지요. 게다가 그렇게 데워진 대지는 엄청나게 뜨거울 겁니다. 보병이 진격할 수 있을 만한 온도가 아닙니다."

의외로 그녀는 드래곤에 대해 꽤 자세히 아는 모양이다. 하지만 리안의 말문이 막힐 만한 내용은 아니었다.

"그것에 대해서도 조사해 두었습니다. 화룡 사이키. 70살 가까이 되는 드래곤이라더군요. 그리고 그 열기에 대해서만은 마법사단이 협력해 주기로 했습니다. 물 계열 마법을 사용해 단번에 식히면 진격이 가능할 겁니다."

계속되는 그녀의 질문과 리안의 해명에 나머지 사람들은 모두 끼여들 엄두조차 내지 못한 채 그들의 대화를 듣고만 있었다. 하지만 이제 웬만한 질문은 다 나와버린 탓에 그녀도 말문이 막히는 모양이었다. 이 작전을 그리 좋아하지는 않으나 반대할 명목이 다 막혀버려 난감해하는 기색이 얼핏 보였다.

결국 그녀는 알겠다는 듯이 고개를 끄덕이며 마지막 질문을 던졌다.

"그렇습니까? 상당히 자세히 구상하셨군요. 그런데 한 가지 더 묻고 싶은 게 있습니다. 내전이 끝나면 주민들에게 새 건물을 지어주겠다고 하셨지요. 그 약속은 믿을 수 있는 것입니까?"

하지만 그 마지막 질문까지도 예상에서 전혀 벗어나지 않은 질문이었기에 리안은 가볍게 대답할 수 있었다.

"지오르님이 그런 걸 용납하실 것 같습니까? 그러니 약속은 지켜질 겁니다."

가벼운 어투로 당연스레 던진 대답이었지만, 사실은 약간 교묘하게 꾸며진 말이었다. 아마도 대부분의 청중들은 지오르 백작의 인품으로는 그런 일이 없을 거라는 말로 알아들었을 터였다. 하지만 디노 프라이어만은 이 말에 담긴 진짜 의미를 알아차렸을 거라고 리안은 생각했다.

"다른 의견이나 질문은 없습니까? 없다면 바로 작전 수행으로 돌입하겠습니다."

*   *   *

아침의 시원한 공기가 바람이 되어 얼굴을 스치고 지나간다. 빠른 속도로 밀려나고 굽어지는 허름한 거리. 아직은 사람들이 채 깨어나지 않아 거리엔 사람보다는 바람이 더 많이 지나다녔다. 몇 분 후엔 거리 가득 사람들이 밀려다닐 테지만, 아직은 한산하다 못해 적막한 느낌만이 거리에 가득했다.

한참 동안 주거 밀집 지역의 거리를 달려가던 딘은 한 허름한 건물 앞에 멈춰섰다. 무너져 간다는 느낌이 들 정도로 허름하고 작은 건물. 이제는 익숙하다는 느낌까지 드는 건물이었다.

어젯밤 노아와 대화를 나누면서 레브라드를 이쪽으로 보내기로 했던 딘이었다. 드래곤이 끼여 있으면 도움도 될 테고, 노아가 어디로 이동하든 연락이 가능해지니까. 드래곤 나이트는 드래곤이 어디에 있는지 모르는 상태에서도 드래곤에게 텔레파시를 보낼 수 있다. 그 점을 이용해서 서로간에 연락을 취하자는 생각이었다.

그때 노아도 그러한 딘의 생각에 동의했었고, 딘은 날이 밝는 대로 레브라드를 그쪽으로 보내겠다고 말했었다. 그러니 노아는 아직 장소를 이동하지 않은 채 이 건물에 남아 있을 터였다.

끼기기긱!

낡은 문은 기괴한 소리를 내며 열렸다. 딘은 문이 열림과 동시에 급한 어조의 말을 쏟아부었다.

"노아! 지금 빨리 다른 장소로 이동해! 주거 밀집 지역의 건물을 파괴……!"

그러나 급히 소리치던 딘은 이내 말의 끝부분을 삼키며 건물 안을 유심히 살펴야 했다. 아무리 소리를 쳐봐야 들어주는 사람이 없다는 사실을 깨달았기 때문이다.

'어떻게… 된 거지?'

허공. 건물 안에는 허공만이 가득했다. 아예 처음부터 아무것도 없었던 것처럼 텅 비어 있었다. 다만 싸늘한 공기만이 슬렁거리며 떠다닐 뿐이었다.

'설마… 벌써 떠난 걸까? 그럴 리는 없을 텐데.'

무서운 예감이 자꾸만 기어 올라오는 것을 간신히 억제하며 딘은 다시 한 번 건물 안을 둘러보았다. 하지만 역시 아무것도 남아 있지 않았다. 심지어는 여러 명이 잠시 머물렀던 흔적조차 남아 있지 않았다. 덕분에 딘은 심한 불안감이 마음속을 흔드는 것을 막을 수가 없었다.

삐익—

무심코 내디딘 걸음에 눌린 마루가 힘빠지는 소리를 내었다. 그제야 딘은 잊고 있던 사실을 떠올렸다.

14

'아, 그렇지. 마루 밑……'

심장 뛰는 소리가 점점 커져감을 느끼며 딘은 급히 몸을 굽혔다. 어제 들었던 바에 의하면 노아는 마루 밑을 파서 임시 지하실을 만들었다고 했었다. 이렇게 조용한 걸 보면 마루 밑에도 아무것도 없을 거란 생각이 들긴 했지만…….

하지만 적어도 살펴보기는 해야 할 것이 아닌가. 딘은 지푸라기라도 잡는 심정으로 마루를 이루는 널빤지 틈에 검을 끼워넣어 지렛대처럼 널빤지 하나를 들어냈다.

삐기기긱!

널빤지는 어렵지 않게 들어올려졌다. 역시 한번 들어내었던 거라서 쉽게 빠지는 모양이다. 널빤지를 들어낸 길다란 구멍으로 햇살이 쏟아져 들어갔다. 아침의 약한 햇살이라 마루 밑의 공간은 거의 어둠으로 보였지만, 딘은 그 안에 무언가 희끄무레한 물체가 있다는 걸 발견할 수 있었다.

널빤지를 들어낸 구멍을 통해 팔을 뻗어보았다. 팔이 안 닿을 정도로 바닥이 깊지는 않았다. 팔을 집어넣은 채 몇 번 휘저어보니 무언가 부스럭거리는 얇은 물체가 잡혔다.

예상했던 대로 그것은 한 장의 작은 종이 조각이었다. 흙먼지를 털어내고 나니 그 위에 쓰여진 몇 개의 문자가 보였다. 하지만 그 문자의 형태가 상당히 기묘했다. 어쩐지 문자라기보다는 추상적인 그림으로 보이는 이상한 글자들이 종이 위를 까맣게 지나가고 있었다. 문자 여러 개가 한데 모여 있는가 하면, 서로 포개어져 있기도 해서 어떻게 읽을 수 있는지조차 의심스러운 문자들이었다.

하지만 딘은 이 문자를 알고 있었다. 오래 전에 쓰였던 문자, 고대어. 보통 사람들은 이해할 수조차 없는 그 문장이 딘의 마음을 안심시켜 주었다.

사정이 생겨서 일찍 떠난다. 좋은 기회를 놓치고 싶지 않다. 일주일 정도
면 충분히 알테이아 본성을 차지할 수 있을 것 같다. 일주일 후 그곳에서 만
나자.

아무래도 노아는 그리테이트가 알테이아를 침공했다는 소식을
듣고, 그 혼란을 이용하기 위해 급히 떠난 모양이다. 차라리 다행
인 셈이었다. 주거 밀집 지역의 건물을 부순다는 말이 나왔을 때
는 가슴이 철렁했었는데, 결국은 괜한 걱정이었던 셈이었다.

"후우……"

안도감이 밀려오자 한숨이 나왔다. 역시 노아는 어지간히도 철
저했다. 쪽지를 마루 밑, 그것도 고대어로 적어놓다니. 딘이 아닌
다른 사람은 그 쪽지조차 읽지 못하게 한 것이다.

'역시 내가 노아를 만난 건 행운이었어.'

언제나 냉정하지만 노아는 이렇게 매번 딘에게 다행스런 안도
감을 전해주곤 했었다. 만난 지 그리 오래 되지는 않았지만, 그래
도 딘에게는 가장 든든한 동료인 셈이었다. 어쩌면 정말로 믿을
수 있을지도 모르는, 마지막까지 함께 걸어갈 수 있는 그런 사람.

딘은 옅은 미소를 지으며 몸을 돌렸다. 순간, 막 건물 안에 들어
오려던 사람과 시선이 딱 마주쳤다.

"저……?"

그는 눈을 크게 뜨며 딘을 빤히 쳐다보았다. 이 건물 안의 풍경
이 예상을 벗어난 것이라 놀란 모양이다. 딘은 입가에 머금은 미
소를 지우지 않은 채 그런 그를 지그시 쳐다보았다.

그는 침착하고 유약한 인상의 청년이었다. 갈색 머리에 검은 눈동자가 차분한 느낌을 주긴 했지만 대체로 평범해 보였다. 그리 인상적인 모습은 아닌 셈이었다. 하지만 딘의 기억 속에 확실히 존재하는 사람이었다.

"주민들을 대피시켜야 하는데, 도와주겠어, 레브라드?"

안 그래도 영문을 모르겠다는 표정을 하고 있던 그는 딘의 질문에 완전히 이해할 수 없다는 표정이 되어버리고 말았다.

하지만 드래곤과 나이트의 관계란, 겉모습을 뛰어넘는 그 무언가가 존재하는 관계인 것이다. 몇 초 간의 고민이 있긴 했지만 그는 이내 모든 것을 이해하고 고개를 숙였다.

"알겠습니다, 나이트."

"아, 그리고 날 만난 건 비밀로 해주었으면 좋겠어. 내 이 모습도."

이제 주거 밀집 지역 안쪽으로 병사들이 몇 명씩 들어오기 시작했다. 아바스 백작과 다켄 백작에게 눈치 채이지 않게 주의하면서 주민들을 대피시키는 것이다. 주민들은 겁에 질린 표정이었으나 병사들이 두려워 큰 소리를 내진 않았다.

아직은 그리 뜨겁지 않은 햇살이 눈부시게 시야를 밝히고 있었다. 이제 재빨리 내전을 끝내면 곧 노아와 합류할 수 있다. 그리테이트와 알테이아간에 전쟁이 일어난 혼란을 틈타 알테이아 본성을 얻을 수 있다.

쉽다고 할 수는 없었지만 그럭저럭 잘 풀려가고 있는 셈이었다. 그러나 딘은 그 바로 다음 순간 묘한 의문에 사로잡히고 말았다.

노아는 대체 어떻게 고대어를 아는 거지? 대부분의 사람들이 엄두도 내지 못하는 그 문자를? 그리고 어떻게 노아는 내가 고대어를 읽을 줄 안다는 사실을 알고 고대어 쪽지를 남긴 거지?

'뭐, 어떻게든 알 수 있었겠지.'

딘은 가볍게 고개를 저어 의문을 털어버렸다. 의심을 하면 끝이 없다. 매번 뒤틀린 대화밖에 할 수 없는 우리들로서는 차라리 아예 의심을 하지 않는 게 더 합리적인 일일지도 모른다. 이상하다고 생각하면서도 그냥 무심히 덮어두는 것. 어쩌면 그게 우리가 서로를 믿는 방법일지도 모른다.

노아도 분명 나에 대해 수많은 의문을 가졌겠지만 그녀는 한번도 내게 그런 질문을 해온 적이 없었다. 그냥 묵인하는 것이다. 의심스러워하면서도 무심할 정도로 무시해 버리는 것이다. 그런 방식으로 우리는 신뢰를 만들어간다. 믿는다는 말, 믿겠다는 말, 믿을 수 있다는 말. 그런 말 한마디 없이도 우리는 무심한 묵인으로 서로를 믿어가는 것이다.

어쩌면 그러한 묵인이 믿는다는 말보다도 더 강한 믿음일지도 모른다. 거짓 믿음이 가득한 보통 사람들보다 아예 믿는다는 말조차 하지 않는 우리가 진짜 신뢰를 다져 나가는 건지도 모른다.

딘은 천천히 병사들이 있는 쪽으로 걷기 시작했다. 어제만큼이나 아름다운 하늘이 될 듯, 아침의 하늘은 점점 파랗게 물들어가고 있었다.

바쁜 아침이었다. 새들은 하늘에서 바쁘게 날갯짓하고, 사람들은 지상에서 바쁘게 움직이고 있었다.

리안은 한참 동안 이리저리 뛰어다니고 나서야 대강의 명령 전달을 마칠 수가 있었다. 아침 공기는 맑았지만 그의 머리 속은 말 그대로 정신이 하나도 없는 상태였다. 잠을 설쳐 몽롱한 상태에 복잡한 감정이 덧붙여지고 작전 수행에 따른 여러 가지 생각들까지 머리 속을 가득 채워서 더 이상은 쑤셔넣을 자리가 없다는 생각까지 들 정도였다.

하지만 아직 일이 다 끝난 것은 아니었다. 가장 중요한 일, 드래곤을 불러오는 일이 남아 있었던 것이다. 지오르 백작과는 아침 일찍 상의를 끝마쳤지만, 정작 드래곤 나이트에게는 아직 한마디도 전하지 못한 상태였다. 그가 회의에 참석했다면 그나마 편했을는지도 모르겠지만, 요즘 그는 회의에도 참석하지 않고 있었다.

사실은 리안도 지오르 백작 수하에 있는 화룡의 드래곤 나이트가 누구인지 오늘 아침에야 처음으로 안 상태였다. 드래곤의 이름이나 나이까지는 알고 있었지만, 실제로 써먹을 일이 없었기에 나이트가 누구인지 알아볼 생각을 하지 않았던 탓이었다.

'젠장, 하여간에 백작들의 속이란 알다가도 모를 일이란 말이야. 어떻게 드래곤 나이트를 그런 쪽으로 활용할 생각을 했을까.'

그 드래곤 나이트가 전혀 예상치도 못한 사람이었기에 리안은 투덜거리며 그를 찾기 시작했다. 그는 진지의 제일 안쪽, 성벽에 노곤한 듯이 기대어 있었다. 리안이 다가가 햇볕이 가려지자 그는 인상을 찌푸렸다.

"뭡니까?"

"작전 내용에 대해서는 들으셨을 텐데요."

"사이키를 지금 불러와야 되는 겁니까?"

"지금은 주민들을 대피시키는 중이니 한 시간 정도의 여유는 있습니다만, 일찍 불러오는 편이 좋겠지요."

"아직 자고 있을 시간이라 깨워서 데려와야 하는데……."

그는 툴툴거리며 몸을 일으켰다. 어제 하루 종일 리안과 티격태

19

격하긴 했지만 그래도 지오르 백작의 명이란 걸 아는지라 그대로 따르는 모양이었다. 그러나 그는 몇 걸음 걸어가다 갑자기 걸음을 멈추고는 급히 성벽이 있는 쪽으로 되돌아왔다.

"같이 가시겠습니까, 렌스님?"

대체 무슨 일인가 하고 멀뚱히 그를 쳐다보던 리안은 그 질문에 픽, 웃고 말았다. 티그람으로서는 사이키를 부르러 다녀오는 동안 렌스가 없어져 버리기라도 하면 큰 낭패인 것이다. 하지만 렌스로서는 감시하는 사람을 굳이 따라갈 이유가 없기에 우스울 수밖에 없었다.

"별로 가고 싶지 않군요. 머리가 울려서……."

리안의 예상대로 렌스는 귀찮은 듯이 거절했다. 덕분에 티그람은 상당히 곤란하다는 표정이 되었으나 그래서는 리안도 곤란했기에 스스로 나서서 그의 고민을 해결해 주었다.

"그 동안 제가 여기 있을 겁니다. 명령도 다 전달했고, 주민들이 대피하는 동안은 할 일이 없으니까요."

티그람은 영 못 미덥다는 표정이었으나 이내 빠른 속도로 진지 밖으로 뛰어나갔다. 전속력으로 달려나가는 듯, 그의 모습은 순식간에 시야에서 까마득히 멀어져 갔다. 어차피 갔다 올 거, 빨리 다녀오려는 생각이리라.

티그람이 시야 저편으로 사라지자 리안은 렌스를 힐끔 쳐다보고는 그 옆에 주저앉았다. 성벽에 등을 기대고 앉으니 성벽의 단단하고 서늘한 느낌이 약간의 안정감을 주는 것 같다. 리안은 앉은 자세 그대로 고개를 젖혀 하늘을 올려다보았다.

피곤하다. 머리 속이 복잡하다. 골치가 아프다. 간신히 가라앉힌 감정이 언제든 다시 기어 올라오겠다는 듯한 감각으로 꿈틀거린다. 온몸이 노곤함에 잠겨버린 것만 같다. 하지만 하늘은 리안이 그러거나 말거나 맑은 빛으로 펼쳐져 있었다.

어제의 리안이었다면 지금 이렇게 렌스와 나란히 앉아 있는 이유를 순전히 일이기 때문이라고 확실히 못박아두었을 터였다. 그런데 오늘은 이상하게도 그러고 싶은 생각이 별로 없었다. 어제는 렌스가 전장에 나와 있는 게 그렇게도 싫었지만, 오늘은 왠지 모르게 그냥 당연하게 느껴졌다.

어제 전투에서 전 치안 담당으로서 스스로 전방에 나가 싸우던 모습과 오늘 아침에 진지에 찾아온 지오르 백작과 살벌한 말싸움을 하던 렌스의 모습을 봐버린 리안이었다. 제멋대로의 변덕인지도 모르겠지만, 이제 렌스가 특별히 싫을 것도 없다는 느낌이었다. 어제 하루 그렇게 렌스에게 으르렁댄 탓에 렌스는 그렇게 생각하지 않을 테지만.

"좋은 날씨로군요."

기대도 하지 않았지만 역시 렌스는 아무런 대답이 없었다. 그냥 그대로 성벽에 기댄 채 눈을 감고 있을 뿐이다.

하지만 얼마간의 침묵이 흐른 뒤, 먼저 말을 건네온 것은 렌스 쪽이었다.

"다리므가 어디 있는지 혹시 아십니까?"

정말로 궁금해서 묻는 듯한 순수한 질문. 악의라든가 짜증이라든가 하는 감정이 전혀 섞여 있지 않은 어투였기에 리안은 의외라는 생각을 하지 않을 수가 없었다.

스스로 생각해도 어제 리안이 렌스를 대한 태도는 좀 심한 것이었다. 베기스의 표현을 빌리자면 '상대를 잡아먹고 싶어하지만 자신이 식인종이 아니라는 사실을 알기에 말로만 화살을 꽂는'

태도였던 셈이었다. 하지만 렌스는 리안이 그러거나 말거나 정말로 신경 쓰지 않았던 모양이다.

저걸 대범하고 마음이 넓다고 해야 하나, 아니면 무심하고 생각이 없다고 해야 하나… 하는 이상한 고민을 하면서 리안은 렌스의 질문에 답했다.

"어제 저녁 때쯤, 제르비드님께서 다리므가 알테이아에 있다는 연락을 보내오셨습니다. 다리므가 왜 갑자기 알테이아로 돌아갔는지는 잘 모르겠지만."

리안의 대답에 렌스는 잠시 침묵을 지켰다. 아무래도 깊은 생각에 잠겨들어 버린 모양이다. 상당한 시간이 지나 리안이 완전히 다른 생각 속을 헤매기 시작했을 때쯤에야 렌스는 다시 입을 열었다.

"알테이아가 침공당했다는데, 마음이 급하진 않습니까?"

심드렁한 투로 던져진 렌스의 질문에 리안은 픽, 웃고 말았다. 부스스할망정 더없이 태평해 보이는 지금 리안의 모습을 보는 사람이라면 당연히 나와야 할 질문이라는 생각이 든 탓이다.

"안 급할 리가 있겠습니까. 지금은 더 할 일이 없고, 몸은 지쳐서 이러고 있을 뿐입니다. 이런 상태에선 조급하게 왔다갔다해 봐야 얻을 게 없으니 태평하게 있는 게 낫지요."

"그렇습니까."

렌스의 목소리는 아직 원래대로 돌아오지 않아서 그리 듣기 좋은 음색이 못 되었다. 회복술사가 손을 써준 것인지 뺨의 상처는 거의 나아 있었지만, 부스스하기는 리안과 비슷한 상태였다. 머리가 울린다는 말이 그냥 핑계만은 아닌 모양이다.

"주거 밀집 지역의 건물을 허문다고 했지요?"

여전히 눈을 감은 채 나지막이 흘러나오는 렌스의 말은 잠꼬대처럼 들렸다.

"그렇습니다."

"하지만 새 건물을 짓는다는 약속을 과연 믿을 수 있는 겁니까?"

그의 질문은 디노 프라이어가 던졌던 마지막 질문과도 같은 내용이었다. 리안은 하늘을 올려다보던 고개를 기울여 그를 쳐다보았다.

"지키지 않을 수가 없을 겁니다. 그럴 만한 이유가 있으니까요."

"그렇다면 다행이군요."

그 이유가 바로 자신이라는 사실을 전혀 모르는 듯, 렌스는 심드렁한 어조였다. 그리고는 오래된 생각에 잠긴 듯이 느릿한 말을 계속 이었다.

"하지만 새 건물이 세워지면 추운 날 남의 집 지붕 밑에 숨어 들어가거나 건물 틈 사이에서 바람을 피해 자는 것은 불가능해지겠군요. 좋은 장소를 잘 잡으면 겨울 한철은 따뜻하게 지낼 수 있었는데."

"생각해 보니 그렇겠군요. 새 건물엔 그런 장소가 없다고 모두들 투덜거렸었는데, 온통 새 건물로 바뀌고 나면 정말 다 사라지겠군요."

"평소에는 조그맣다고 놀렸어도 겨울만 되면 덩치 작은 아이들이 부러웠었죠."

"훗, 그랬죠. 가장 따뜻한 장소는 항상 너무 좁아서 작은 아이들만 들어갈 수 있었으니까요. 그때는 참… 어라? 어떻게 그런 걸?"

무심코 대화를 이어나가던 두 사람은 뒤늦게 대화가 어떻게 흘러가는지 깨닫고 서로를 빤히 쳐다보았다. 아직은 그리 사이가 좋다고 볼 수 없던 차에 대화가 너무도 원활히 이루어져서가 아니었다. 대화의 내용이 전혀 예상하지 못했던 방향으로 가버렸던 탓이다.

"혹시……"

리안이 먼저 의혹에 찬 말을 내뱉었다. 그러나 그때, 갑자기 날아온 한마디의 인사말이 그들의 대화를 중단시켜 버렸다.

"안녕하세요."

가녀린 목소리라 귓가를 간지럽히는 듯한 음색이다. 고개를 들어 목소리가 들려온 쪽을 쳐다보니 바로 앞에 작은 키의 소녀가 서 있었다. 딱 귀 밑까지 내려오는 단발에 여린 얼굴을 한 게 아무리 봐도 낯설은 사람이었다.

영문을 모르는 리안과 렌스가 멀뚱멀뚱 그 소녀를 쳐다보고만 있는 동안, 소녀는 쪼르르 뒤쪽으로 달려가 다른 두 사람을 끌고 왔다.

그 두 사람 중 한 명은 렌스와 리안도 잘 아는 사람이었다. 정말로 온 힘을 다해 뛰어왔는지, 손으로 땀을 훔치며 숨을 몰아쉬고 있는 티그람이었다. 나머지 한 사람은 짧은 금발의 이지적인 여성이었는데, 소녀와 마찬가지로 생소한 사람이었다.

쪼르르 달려간 소녀는 티그람의 등뒤에 서 있었다. 마치 숨어 있는 듯한 태도였는데, 보통 소녀들처럼 이쪽을 힐끔힐끔 쳐다보지는 않았다. 절도 있는 동작으로 등뒤에 숨었다고나 할까. 아무래도 낯선 사람들과 시선을 마주치는 게 싫은 모양이다.

그러한 소녀의 태도에 젊은 여성은 잔잔한 미소를 지었다. 뭐랄까. 귀여운 딸을 쳐다보는 어머니 같은 이미지랄까? 물론 저만한 소녀의 어머니로 보이기엔 너무 젊었지만, 이미지 자체가 그렇게 보였다.

"혹시, 숨겨둔 딸입니까?"

숨을 가다듬는 티그람을 빤히 쳐다보며 리안은 너무나도 정직히 자신의 생각을 끄집어내었다. 하지만 사실은 렌스도 그와 똑같은 의문을 품고 있었다. 이렇게 서 있는 세 사람의 모습은 젊은 부부와 딸의 모습으로 아주 이상적인 이미지였던 것이다. 티그람이 그게 무슨 해괴한 소리냐는 표정을 지은 것만 제외하면.

"이상한 말씀은 하지 마십시오. 사이키입니다."

조금 빗나간 듯한 대답이었지만 그런 티그람의 말에 렌스와 리안은 일제히 젊은 여성을 쳐다보았다. 그녀는 짧은 금발을 자연스레 빗어내린, 이지적이면서도 잔잔한 인상을 주는 사람이었다. 꽤나 연륜있는 드래곤이라는 느낌이 바로 와닿는 모습인 셈이었다. 역시 드래곤이란…… 말을 리안이 속으로 중얼거렸을 때쯤, 티그람이 약간의 짜증을 담은 어투로 중얼거리며 뒤에 선 소녀를 끌어내었다.

"좀 앞으로 나와라, 사이키. 먼저 인사하고 오랬더니 그 한마디 던지고 내 뒤에 숨어? 기본적인 예의는 지켜야지 그게 뭐냐?"

"이런 자린 싫은데."

소녀는 별로 내키지 않는다는 표정을 지으며 티그람의 손에 끌려나왔다. 순간 리안과 렌스는 엄청난 혼란을 느끼고 말았다. 리안은 머리를 쥐어뜯고 싶다는 감각마저 느끼며 한 손으로 소녀를 가리켰다.

"그러니까, 이쪽이?"

"사이키입니다. 뭐가 잘못됐습니까?"

티그람은 리안의 반응을 전혀 이해할 수 없다는 듯한 어투였다. 하지만 리안은 티그람이 이해할 수 없어 한다는 것을 이해할 수가 없었다. 저런 소녀가 50살이 넘은 드래곤이라고? 저쪽의 젊은 여성이 아니라?

"그렇다면 저쪽 분은……."

아무래도 렌스도 리안과 비슷한 심정이었는지, 허탈한 표정으로 젊은 여성을 가리켰다. 그러자 그 여성은 가벼운 어조로 간단히 자신의 소개를 해주었다.

"화룡 엘크입니다."

"엘크라면?"

너무도 의외의 이름이었기에 렌스는 눈을 크게 떴다. 엘크. 이 여성을 본 것은 처음이지만 기억에 있는 이름이었다. 그것도 그리 좋지는 않은 의미로.

"기억하시는 모양이군요. 얼마 전까진 타피카의 드래곤이었습니다."

그녀는 놀라는 렌스의 반응이 오히려 반갑다는 듯이 잔잔한 미소를 지었다.

"얼마 전까지라면, 지금은 아니란 뜻입니까?"

"그렇습니다. 우리들이 하는 일이란 대부분이 나이트의 의지에 따르는 것이니까요. 지금은 나이트를 모시고 있지 않아 자유로운 상태입니다. 그렇게 경계하지 않으셔도 됩니다."

"그렇다면 여기엔 왜……."

"사이키님이 함께 나오자고 조르더군요. 사람 많은 곳은 싫다고."

어느새 사이키는 다시 티그람의 뒤로 돌아가 있었다. 티그람은 그런 그녀에게 뭐라고 한마디하려다 고개를 저으며 그만두었다. 평소에도 항상 저러는 모양이었다. 사람을 무서워하는 것처럼 보이지는 않았지만 많은 사람들과 함께 있는 건 싫어하는 것 같았다.

리안은 그런 사이키의 모습과 엘크의 모습을 번갈아 쳐다보더니 이내 한숨을 내쉬었다.

"그러니까 엘크님. 엘크님이라고 불러도 되겠지요? 아무튼 '사이키님'이라고 부르는 걸 보니 엘크님보다는 사이키님의 나이가……."

"아마 사이키님이 저보다 50년 가량의 세월을 더 느끼셨을 겁니다."

리안이 왜 이러는지 이해한 엘크는 부드럽게 미소 지으며 대답했다.

"드래곤의 나이란 겉모습만으로는 알 수 없는 것이지요. 우리들은 스스로의 일생을 책임지지 않는 존재이니까요."

13

"……그래서 여기……."

"그렇……."

몽롱한 의식 저편으로 귀에 익은 목소리들이 울려온다. 긴 대화
다. 무슨 이야기를 하는지도 모르겠지만 아무래도 꽤 진지한 듯하
다.

"후아……."

미르는 기지개를 펴며 눈을 떴다. 봄날 아침의 서늘한 바람이
날아와 몽롱하던 정신을 깨운다. 어느새 날은 완전히 밝아져 있었
다. 햇살이 너무도 잘 비쳐 들어오는 탓에 눈이 부시다. 미르는 양
손으로 눈을 비비며 몸을 일으켰다.

"…그래서 모두 이곳에서 잠든 거예요."

막 몸을 일으키던 미르의 귓가에 또 그 대화의 일부분이 흘러
들어왔다. 이 목소리는… 일레이? 꿈의 일부분일 거라고 생각했는

데 그게 아닌 모양이다. 오두막 바깥, 풀밭이 있는 즈음에서 그 대화는 들려오고 있었다.

'대체 누구와 말하고 있는 거지?'

미르는 고개를 저어 머리 속에 남은 졸음을 떨쳐 버리고는 천천히 그쪽을 향해 걷기 시작했다. 다른 사람들은 아직 깨어나지 않았는지, 오두막 안에는 새근새근하는 고요한 숨소리만이 가득 차 있었다.

잠들어 있는 사람 중에 없는 것은 일레이뿐이었다. 덕분에 미르는 아무리 생각해도 일레이가 누구와 대화를 나누고 있는지 알 수가 없었다. 이 숲 근처엔 여전히 결계가 남아 있어서 웬만한 사람은 들어오지도 못할 텐데 대체 누구와……

"아무튼 대단한 일행이구나. 드래곤 셋에 상급 이상 정령 둘이라니."

고개를 갸웃하며 걸음을 내딛는 미르의 귓가에 이번에는 여성의 목소리가 들려왔다. 아무래도 일레이와 말하고 있는 사람의 목소리인 것 같다. 하지만 너무도 귀에 익은 목소리였다. 미르의 머리 속에 남아 있던 마지막 졸음까지도 한번에 날아가 버렸을 정도로 반가운 목소리였다.

이 목소리는… 일레이와 대화하고 있는 이 목소리는…….

급한 마음에 그대로 달려가 벌컥 문을 열어제꼈다. 문이 열리자마자 눈부시게 햇살이 쏟아져 미르는 잠시 눈을 감아야 했다. 눈을 뜨기 어려울 정도로 찬란한 햇살. 그 아름답고 밝은 빛이 풀밭에 가득 내려앉아 있었다.

그리고 그 빛을 온몸으로 받으며 이야기를 나누고 있던 두 사람이 의아한 표정을 지으며 이쪽을 쳐다보았다. 낯익은 얼굴들이다. 미르는 미소를 지으며 풀밭으로 걸어나갔다. 정신없이 나온 탓에 신발도 신지 않은 맨발에 풀잎의 청량한 감촉이 전해져 왔다.

"깨어나셨군요, 네이아님."

"이제 일어났나 보구나, 미르."

일레이의 옆에 앉아 있던 검은 머리의 여성이 미르의 미소를 미소로 받았다. 풀잎들이 사그락거리는 소리를 낸다. 미르는 꿈틀거리는 감정을 제어하며 천천히 그녀에게 다가갔다.

"지금까지 있었던 일들을 이 아이에게 듣고 있었단다. 내가 잠들어 있는 동안 꽤나 여러 가지 일들이 있었던 모양이더구나."

그녀의 목소리는 언제나 그랬듯이 따스하고 부드러웠다. 미르는 괜히 목이 메어오는 것을 느꼈다. 5개월 만에 듣는 목소리였다. 그동안 괜히 그리워하기도 했던 부드러운 목소리가 긴 여운으로 남아 귓가를 맴돌았다.

"예, 상당히 많은 일이 있었어요."

"사람들을 깨워주겠니? 아침 식사 후에 노이테라에 가볼 생각인데."

그녀는 앉았던 자리에서 몸을 일으키며 미르가 있는 쪽으로 걸어왔다. 언제나 그랬듯이 미르는 그녀를 올려다보아야만 했다. 드래곤의 인간형은 변하지 않는 것이니, 몇 백 년이 지난 후에도 이 상태 그대로일 터였다.

"노이테라엔 무슨 일로……."

"딘을 찾아와야지. 다리므도 만나봐야겠고."

네이아는 오랜만에 연락이 닿은 친구를 만나러 가기라도 하는 듯이 가벼운 미소를 짓고 있었다. 모두들 해야 한다고 생각하면서도 이상한 두려움을 느끼고 있던 일에 대해 네이아는 너무도 가볍게 언급하고 있는 것이다.

네이아라면 이 모든 복잡한 일들을 포용해 줄 수 있을지도 모른다. 상처받은 이들을 부드럽게 감싸줄 수 있을지도 모른다…….

미르는 이제야 오랫동안 꼬이고 뒤틀려왔던 일들이 제자리를 찾아갈 것만 같다는 예감 아닌 확신을 느끼며 그녀를 빤히 쳐다보았다. 밝은 햇살 아래 네이아의 가벼운 미소는 더없이 잔잔하고 따스해 보였다.

쾅!

그때였다. 저 멀리 숲 바깥 즈음에서 이상한 소리가 들려왔다. 그리 크지는 않은 소리였지만, 숲 바깥에서 난 소리인만큼 상당히 먼 거리에서 날아온 소리일 터였다. 그런 소리가 여기까지 확실히 들려온다는 건 대수롭지 않은 일이 분명했다.

"또 저 소리가……."

일레이가 불안한 듯 중얼거리며 저편 하늘을 올려다보았다. 아무래도 저 소리는 지금 처음 들려오는 게 아닌 모양이다.

"언제부터 저런 소리가 들려왔나요?"

미르가 걱정스런 질문을 던지며 일레이에게 다가가자 일레이는 흠칫하며 옆으로 한걸음 물러났다.

"왜 그래요?"

마치 무서운 것이라도 가까이 한 듯한 일레이의 반응에 미르는 의아해할 수밖에 없었다. 이상한 질문을 던진 것도 아니고, 그저 당연한 질문을 던지며 다가갔을 뿐인데 왜? 하지만 아무리 봐도 일레이는 상당히 굳어진 얼굴이었다.

"네가 말을 걸어오니 긴장한 모양이구나."

일레이 대신 네이아가 부드럽게 대답해 주었다. 그런 네이아의 대답에 미르는 고개를 저었다.

"긴장하다니요. 그럴 만한 게 뭐가 있다고."

"화이트 드래곤 미르가드의 이름을 모르는 드래곤이 있다고 생각하니?"

"그렇게 따지면 네이아님이 더해요. 그런데……."

쾅!

미르가 다시 말을 이어가려던 찰나에 또다시 그 소리가 들려왔다. 잔뜩 긴장한 얼굴을 하고 있던 일레이는 흠칫하며 그대로 앞으로 뛰어나갔다.

"제, 제가 무슨 일인지 알아보고 오겠습니다!"

너무나도 어색한 한마디를 남겨놓은 채, 일레이는 그대로 새로 변해 포르륵 날아가 버렸다. 미르가 그런 그를 붙잡으려 했으나 너무도 급히 가버린 탓에 제대로 붙잡을 수가 없었다.

"왜 저러지?"

결국 일레이를 놓쳐 버린 미르는 도무지 알 수가 없다는 표정을 지으며 오두막 안으로 들어갔다. 젊은 드래곤들이 그의 앞에서 약간 긴장하는 건 언제나 있었던 일이지만, 저 정도의 반응을 보이는 이는 없었던 탓이다. 생각해 보니 미르가 일레이에게 직접 말을 건 것은 오늘이 처음인 것 같긴 하지만.

"아직은 어리니까 더 긴장되는 모양이지."

막 오두막 안으로 들어서는 미르의 뒤에서 네이아의 가벼운 대답이 들려왔다.

"하지만 네이아님과는 자연스러웠잖아요. 상당히 오래 이야기한 것 같던데."

"나야 전설에나 나오는 과거의 사람일 뿐이니까. 젊은 아이들에

게 과거가 무슨 의미가 있겠니. 이미 사라졌고 앞으로 잊혀질 시
간일 뿐인걸."

뒤에서 네이아가 미소를 지었다는 사실을 미르는 뒤돌아보지
않고도 알 수 있었다. 과거의 사람. 지나간 시간들은 정말로 지나
가 버렸다. 그렇게 모두가 열심히 살아갔던 고대도 이젠 없다. 수
많은 전설만 남긴 채, 고대의 일들은 모두 시간 속에 파묻혀 없어
져 버린 것이다.

시간이라는 건, 정말이지 씁쓸하고도 서글픈 놈이었다. 지나간
순간들을 완전히 없어지게 만들어 버리는 놈. 어떠한 것이든지 결
국은 아무 의미 없는 것으로 만들어 버리는 최고의 파괴자가 시
간인 것이다. 시간 앞에서는 그 누구도 사라지지 않을 수가 없지
않은가. 잊혀지지 않을 수가 없지 않은가. 모두들 잊혀지지 않기
위해 그리도 부단한 노력을 하는데도…….

하지만 일레이가 네이아님을 어려워하지 않았던 건, 그런 이유
가 아니야. 누구에게나 지나칠 정도로 편하게 대해주는 게 네이아
님인걸. 미르는 더없이 씁쓸한 주제를 간단한 중얼거림으로 지워
버리며 사람들을 깨우기 시작했다.

예상했던 대로 또 라드휜은 탁자 다리 하나를 껴안은 채 잠들
어 있었다. 어제 모두들 잠이 들 때 침대가 모자라서 몇 명은 바
닥에서 잤는데, 어차피 자다가 침대에서 떨어질 거라고 자청해서
바닥에 드러누웠던 것이다.

아무리 생각하고 고심해 봐도 탁자 다리가 저렇게도 사랑스러
울 이유는 전혀 없건만, 저렇게 잠들어 있을 때의 라드휜은 깨우
기 전엔 절대 탁자 다리를 놓질 않았다. 대체 무엇 때문에 탁자
다리를 껴안고 자느냐고 물으면 본인은 그런 적 없다고 주장할

테지만.

그래도 라드휜을 깨우는 건 비교적 수월했다. 이름 세 번 부르고, 세 번 흔들고, 뺨을 세 번 꼬집었더니 고개를 세 번 저으며 부스스 일어났다.

문제는 정령들이었다. 원래부터 잠이 깊기로 유명한 종족이 정령이기에 한참을 흔들고 나서야 간신히 에레를 일으킬 수가 있었다. 하지만 스시리아너의 경우엔 그것보다 훨씬 난감해서 아무리 흔들어도 일어날 기미조차 보이질 않았다.

쿠당탕!

그때 갑자기 바깥에서 요란한 소리가 들려왔다. 지금까지 들려온 먼 곳에서 나는 소리가 아닌 바로 앞의 풀밭에서 난 소리였다. 덕분에 일어날 기미를 보이지 않던 스시리아너까지 눈을 번쩍 뜨고 오두막 밖으로 뛰어나갔다.

풀밭에는 일레이가 뒹굴고 있었다. 새의 모습으로 변해 저편을 왕복하다가 착륙을 잘못해 버린 모양이다. 바깥쪽에 있던 네이아가 손을 뻗어 그를 일으켜주자, 일레이는 급한 목소리로 의외의 말을 쏟아놓았다.

"큰일났어요! 숲 바깥에 이상한 몬스터가 가득해요!"

*　　　*　　　*

"후아암……."

지루한 아침이다. 다리므는 긴 하품을 하며 읽던 책을 덮어버렸다. 어제 너무 일찍 자버린 탓에 일찍 깼는데 할 일이 없었다. 무슨 일이든 해야 이 지루함을 없앨 수 있을 것 같건만, 이렇게 침대만 덩그러니 놓인 창고 같은 방에서는 할 수 있는 일조차 별로 없었던 탓이다. 방 안에 가득하던 마법서를 시녀들이 전부 치워버렸는지 책도 이 지루한 역사서 단 한 권밖에 남아 있질 않았다.

어제 별 생각 없이 성에 돌아왔다가 외삼촌에게 엄청나게 혼나고는 방에 갇힌 신세가 되어버린 다리므였다. 이렇게 될 거라고 왜 생각을 못했던가 하는 후회감이 일었지만, 후회해 봐야 별다른 수가 있는 것도 아니었다. 그저 속 편히 기다릴 따름이다. 지금까지의 경험으로 볼 때, 제르비드가 다리므를 방에 가두어두는 것은 대체로 하루를 제대로 넘기지 못하곤 했으니까.

'다들 뭐 하고 있을까. 네이아 누나는 이미 깨어났겠지? 깨어나는 모습을 보고 싶었는데.'

만사가 다 귀찮아진 다리므는 다시 침대에 드러누워 버렸다. 미르를 비롯해 따라와 준 사람들에게 미안하기도 하고, 또 스스로가 바보스럽다는 생각도 든다. 아무 생각 없이 이곳에 돌아왔다가 이렇게 멍한 시간을 보내게 되어버린 것이다.

미르가 말리는 말도 듣지 않고 멋대로의 고집만 부리다 이리 된 거지. 외삼촌이 걱정하실 것 같아서 일부러 온 것이긴 하지만 역시 생각없이 살아가는 것만 같다. 아무 생각 없이 아무 일에나 뛰어들고, 그래서 딘을 고생시키고 다른 사람들 걱정하게 만들고……

나는 대체 지금까지 뭘 해온 걸까? 돌이켜보면 해놓은 일이 하나도 없다. 그저 주변 사람들 걱정만 시켰을 뿐이다. 단 한 가지라도 무언가를 이루기 위해 그렇게 무모할 정도로 모든 일에 뛰어들었건만……

결과는 언제나 제자리였다. 어떤 일에 뛰어들어도 그저 그럴 뿐이었다. 나아지는 것도, 이루어지는 것도 하나도 없이 그저 남은 시간을 낭비하며 살아가는 것만 같았다. 아무리 돌려도 나아갈 수 없는 쳇바퀴 안에 서 있는 것처럼, 다리므란 존재는 언제나 한자리에만 멍하니 서 있는 것만 같았다.

햇볕이 잘 드는 방이라 침대 위로 햇살이 찬란하게 쏟아지고 있었다. 스스로 생각해도 다리므란 놈은 정말이지 그저 한심한 놈일 뿐이었다. 휴페른에 비하면 아무것도 아닌, 정말 아무것도 아닌.

어쩌면 없어져 버리는 게 더 나을지도 모르는.

우울한 생각이 우울한 기분을 몰고 오자 다리므는 눈을 감아버렸다. 찬란한 햇살 탓에 눈을 감아도 시야가 환하다. 아마도 휴페른은 저런 사람이었을 거다. 눈감아도 느껴지는 햇살처럼, 죽은 뒤에도 여전히 영향력을 가지는 사람. 모든 것이 시간의 흐름에 묻혀 잊혀진다지만, 그는 죽은 지 300년이 더 지난 지금에도 많은 사람들의 머리 속에 남아 있지 않은가. 전설로, 혹은 기억으로.

'이대로 내 머리 속에서 다리므로서의 기억을 하나하나 지워간다면… 어떻게 될까?'

다리므는 베개 위에 얼굴을 파묻으며 기묘한 생각에 빠져들었다. 나의 기억. 나를 만드는 건 나의 기억이다. 다리므란 존재를 형성하는 기반은 지금까지 살아왔던 기억 외에는 아무것도 없다.

그러니 내가 가지고 있는 다리므로서의 기억이 사라진다면 나는 대체 뭐가 되는 걸까? 잠재 의식처럼 존재하는 휴페른의 기억이 겉으로 드러나 나는 그대로 그가 돼버리는 걸까? 그런 말도 안 되는 일이 벌어져 버리는 걸까?

머리 속에서 기억을 하나하나 제거해 본다. 어렸을 때, 렌스와 만났던 일, 헤어졌던 일, 그립지만 슬펐던 기억, 지나온 시간들, 수 많은 여행, 목적없이 걸었던 거리, 눈앞에서 죽어버린 지브레일, 후회섞인 시간들, 햇볕이 비끼던 숲길, 옅은 미소를 짓던 딘.

그러고 보니 아직도 렌스와 화해하지 못했는데······.

놓아버릴 수가 없다. 어느 하나도 그렇게 잊어버릴 수가 없다. 기억 하나하나가 너무도 소중하기에 나라는 존재가 흔적도 없이 깨끗이 사라져 버리는 게 두렵다. 이런 생각 따위 정말 하고 싶지 않다.

"젠장······."

다리므는 손을 들어 흐르는 눈물을 아무렇게나 훔쳤다. 정말이지 젠장맞을 생각이다. 내 머리 속에서 내가 없어진다는 바보 같은 생각이 어디 있으랴. 지금의 난 이렇게도 잘 살아가고 있는데. 너무도 좋은 사람들 만나 특별한 어려움 없이 지금까지 왔는데. 그런데······.

똑똑!

갑자기 들려온 노크 소리가 다리므의 생각을 완전히 끊어놓았다. 다리므는 화들짝 놀라 침대에서 내려오며 급히 눈가를 닦았다.

"들어오십시오."

다리므의 한마디에 문은 소리없이 열렸다. 문 저편에 서 있던 사람은 여린 인상의 시녀였다. 김이 무럭무럭 나는 음식들이 담긴 쟁반을 두 손으로 받쳐 든 채, 조심스러운 걸음으로 걸어 들어왔다. 그녀가 발끝으로 살짝 밀어 문을 닫는 교묘한 동작을 다리므는 무심히 쳐다보았다.

"아침 식사입니다."

이렇게 이른 시간에 웬 아침 식사? 외삼촌이 내가 일찍 깰 것까지 예상하고 벌써 보냈나? 다리므는 고개를 갸웃했지만 아무래도 그 해답을 얻어낼 수는 없었다.

그러고 보니 바깥이 조금 소란스러운 것 같은 느낌도 든다. 원래 이 시간엔 더없이 조용한 게 정상인데, 지금 밖에서는 희미한 말소리와 발소리가 울려오고 있었다.

"무슨 일이라도 있나요? 소란스럽네."

"아, 저, 쥐를 잡는다고……."

"쥐를? 이런 아침부터?"

조심스레 흘러나온, 그러나 너무도 황당한 시녀의 대답에 다리므는 아연해질 수밖에 없었다. 물론 성에도 쥐가 있을 수 있다. 그리고 하루 날잡아 쥐를 소탕한다는 계획을 세울 수도 있다. 하지만 이렇게 이른 아침부터 웬 소란이란 말인가?

쾅!

순간, 커다란 소리가 나며 문이 떨렸다. 아무래도 바깥쪽에서 무언가가 문에 세차게 부딪힌 것 같았다. 덕분에 다리므는 얼마 전에 보았던 그 쥐 떼를 연상하고 말았다.

벌컥!

그리고 몇 초 지나지 않아 문은 거칠게 바깥으로 열렸다. 다리므는 순간 반사적으로 쥐 떼가 몰려오지 않을까 하고 찔끔했다. 하지만 들어온 것은 사람이었다. 그것도 의외의 사람.

"와, 왕녀님?"

긴 머리를 아무렇게나 묶어올린 조각상 같은 사람. 그 사람은 사라 왕녀였다. 한참을 뛰어왔는지, 그녀는 숨을 몰아쉬며 곧바로 창문이 있는 쪽으로 달려갔다.

"대체 무슨 일입니까?"

급히 창문을 여는 그녀의 행동을 다리므는 전혀 이해할 수 없다는 눈으로 쳐다보았다. 오늘은 뭔가 이상하다. 지나치게 이른 아침 식사, 쥐 소탕, 그리고 사라 왕녀. 전혀 연관성이 없는 사건들이 한데 모여 빙빙 돌고 있었다.

창문이 열리자 아침의 서늘한 기운이 몰려 들어왔다. 사라는 그대로 창을 뛰어넘으려는 듯이 창틀을 붙잡았다. 바로 그때 멍하니 이 상황을 보고 있던 시녀가 갑자기 사라에게 달려들었다. 정말 순간적이었을 만큼 빠른 동작이었다. 그러나 사라도 만만치 않았다. 재빠른 동작으로 몸을 굴려 창가에서 벗어났다.

팍!

시녀가 내찌른 단검은 나무로 된 창틀에 깊숙이 박혔다. 사라는 시녀가 새 단검을 뽑아 들기 전에 재빨리 주문을 외웠다. 품속에서 세 개의 단검을 꺼낸 시녀가 막 그것을 사라에게 던지려는 순간, 후끈한 열기가 몰아닥쳐 시녀의 가슴을 강하게 떠밀었다. 주변의 공기가 후끈하게 데워졌다는 느낌이 든 순간, 시녀의 몸은 저편 벽에 세차게 부딪혀 버렸다.

"대체 이게……?"

영문을 모르는 다리므는 어떻게 해야 할지 판단하지도 못한 채 시녀와 사라 왕녀를 번갈아 쳐다보았다. 시녀는 부딪힌 충격이 꽤 컸는 듯, 아직도 몸을 일으키지 못하고 있었다. 얼굴을 잔뜩 찌푸린 채 으으~ 하는 신음을 내뱉을 따름이었다.

탁탁탁탁탁!

그때 갑자기 요란스러운 발소리가 나며 여러 명의 기사들이 우르르 방 안에 쏟아져 들어왔다. 그리고 막 창을 뛰어넘으려던 사라의 앞에 서늘한 물의 장막이 생겨나 그녀의 앞길을 막아버렸다.

아무래도 기사들 중 한 명이 사용한 마법인 모양이다. 사라는 입술을 깨물며 뒤를 돌아보았다.

"대체 어딜 가시려는 겁니까, 왕녀님."

기사들 중 한 명이 조심스레 사라에게 다가가며 정중한 말을 내뱉었다. 이러시면 곤란하다는 어투였다. 기사들은 어느새 방 안에 완전히 퍼져 하나의 포위망을 형성하고 있었다. 이렇게 둘러싼 상태에서 점점 거리를 좁혀가는 수법이었다.

'대체 뭐가 어떻게 되는 거야?'

얼떨결에 사라와 함께 포위망 안에 들어 있게 된 다리므는 그저 혼란스러울 뿐이었다. 너무 혼란스러운 나머지 지금 이 상황이 실감이 나질 않을 정도였다. 이게 대체 무슨 상황이란 말인가? 시녀가 왕녀를 공격해? 기사가 왕녀를 추격해? 그리고 왕녀는 그걸 피해 도망치고 있고? 아무리 생각하고 고심하고 고뇌해 봐도 도저히 이해가 가질 않는 상황이었다. 이런 황당한 상…….

"캐액!"

순간 무언가가 강하게 다리므의 목을 휘감으며 아래쪽으로 끌어당겼다. 덕분에 무방비 상태이던 다리므는 캑캑거리며 크게 휘청했다. 사라 왕녀가 한 팔로 다리므의 목을 휘감으며 자신이 있는 쪽으로 끌어당긴 것이었다. 그녀는 왼팔로 다리므의 목을 휘감은 채, 오른손에 마력을 집중시키며 외쳤다.

"비켜주세요. 그렇지 않으면 다리므의 안전은 보장 못 합니다."

이건 완전히 강도가 인질을 붙잡아 추격자들을 위협하는 자세다. 기사들은 그런 사라의 기세에 다가오던 걸음을 멈추고 주춤했다. 하지만 정작 다리므가 느낀 건 두려움이 아니라 괴로움이었다. 사라가 다리므보다 키가 작은 탓에 엉거주춤한 자세를 유지해야

했기 때문이다. 게다가 웬 여자 팔 힘이 이리도 센지, 사라가 옆으로 약간 움직일 때마다 거의 질질 끌려가야 했다.

"미안해요. 나중에 설명할 테니 우선 좀 도와줘요."

의식 속으로 전해져 온 사라의 목소리에 다리므는 막 발동시키려던 마법을 그만두고 질문을 던졌다.

"뭘 어떻게 도와달란 말입니까? 무엇 때문에 기사들이 따라오기에?"

사라는 그대로 다리므를 질질 끌며 창틀 위로 올라섰다. 서늘한 냉기가 하얗게 피어나는 물의 장막 바로 앞에 선 채, 기사들을 찬찬히 둘러보았다.

"지금은 설명할 여유가 없어요. 아무튼 성 바깥으로 나갈 때까지 인질 역할만 해줘요. 성을 나가고 나서는 풀어드릴 테니……."

기사들은 모두 난감해하는 표정이었다. 안 그래도 함부로 대할 수 없는 왕녀를 상대하는 데다가 인질극까지 벌이고 있으니 도무지 손을 쓸 수가 없는 모양이었다. 어떻게 해보지도 못하는 이 상황에 울화통이 터졌는지, 기사 한 명이 다리므에게 짜증 섞인 텔레파시를 전해왔다.

"이 멍청아! 그거 하나도 못 벗어나? 그러고도 네가 마법사냐?"

"그렇게 만만히 보이면 한번 붙들려봐요!"

"마법을 쓰면 벗어날 수 있잖아! 듣자 하니 너, 상위에 속하는 마법사라며!"

"그건 왕녀님도 마찬가지예요! 게다가 공격력 최강인 불 계열을 내가 무슨 수로 상대하겠어요!"

이래서는 앞으로 한동안 기사들에게 한심한 놈 취급을 받을 것 같은 예감이 팍팍 들지만 다리므로서는 별수없었다. 어떤 사정이

있는지는 잘 모르겠지만, 우선은 왕녀를 돕는 게 나을 것 같았으
니까.

사라의 싸늘한 시선을 받으면서도 기사들은 한참을 수군거렸다.
정말로 어떻게 할지 의논하느라 수군거리는 건지, 아니면 시간을
벌려고 하는 건지는 몰라도 사라는 그들이 오랫동안 수군거리도
록 내버려두지 않았다. 이 장막을 없애주지 않으면 이대로 뚫고
나가겠다는 사라의 외침에 결국 기사들은 한숨을 내쉬며 물의 장
막을 없애주었다.

사라는 장막이 사라지자마자 그대로 창 밖으로 뛰어내렸다. 재
빠르고 가벼운 동작이었다. 덕분에 보조를 못 맞춘 다리므가 캑캑
거렸지만, 사라는 바닥에 발이 닿자마자 또 뛰기 시작했다. 창 밖
에 펼쳐진 정원을 가로질러 하얀 돌이 깔린 회랑으로 들어섰다.

바깥으로 나오니 굉장히 시끄러운 소리가 사방에서 울려왔다.
이건 건물이 있는 쪽에서 나는 소리가 아니었다. 여러 개의 하얀
건물과 정원을 빙 둘러싼 성벽 바깥에서 들려오는 소리였다. 함성
소리, 검 부딪치는 소리, 비명 소리……. 갖가지 소리가 뒤섞여 대
지를 진동시키고 있었다.

'전쟁이라도 벌어진 걸까? 왜 저런 소리가 가득하지? 왜? 대체
왜? 대체 뭐가 어떻게 된 거지? 대체 무슨 영문인 거야?'

다리므는 깊은 불안감에 사로잡혔지만 사라는 계속 묵묵히 회
랑을 가로지르고 있었다. 질문을 던져 봤자 대답이 돌아올 수 있
는 상황이 아닌 것 같았다. 뒤쪽에서는 기사들이 눈치를 봐가며
추적해 오고 있었다.

이대로 회랑을 쭉 따라 나아가면 성문이 나온다. 이 노이테라
성의 성벽에는 강력한 결계가 영구적으로 둘러쳐져 있기 때문에

현 자 의 돌

성문이 아닌 다른 곳으로 이곳을 빠져 나가는 것은 불가능했다. 공중으로도 완전히 막혀 있어 담을 넘는다든가, 날아서 침입한다든가 하는 것조차 완전히 불가능한 게 이곳이었다.

사라에게 붙들린 채로 달리느라 다리므가 완전히 기진맥진해져 버렸을 때쯤, 저 멀리 성문이 보이기 시작했다. 하지만 그것은 잠깐이었다. 이내 양쪽에서 나타난 이들이 성문의 앞을 막아버렸다.

앞이 막히자 사라는 급히 발을 멈추었다. 어느새 앞에는 여러 명의 기사들과 한 명의 문관(文官)이 서 있었다. 뚫고 나가기엔 좀 난감한 상황이었다. 맞서 싸우는 게 아닌 다른 의미에서.

'외삼촌?'

다리므는 저 앞에 서 있는 제르비드의 모습을 분명히 볼 수 있었다. 그는 느릿한 동작으로 다리므와 사라를 번갈아 쳐다보더니 이내 분명한 어조로 말했다.

"성으로 돌아가 주십시오, 왕녀님."

나직한 음성. 이건 화났을 때의 음성이 아니다. 제르비드는 좀처럼 감정을 드러내지 않는 사람이지만 오랜 세월 그와 함께 있었던 다리므는 적어도 그가 무슨 감정일 때 어떤 태도를 취하는지 정도는 알고 있었다.

이 목소리는 절대 짜증나거나 화가 났을 때 나오는 음성이 아니었다. 그것보다는 집중이 필요한 일에 임했을 때, 기사들에게 신중한 명령을 내릴 때의 음성에 더 가까웠다.

'대체 뭐가 어떻게 되어가는 거지?'

도무지 이해할 수 없는 이 상황에 다리므는 현기증이 날 것만 같았다. 제르비드가 아주 약간의 화도 내지 않은 채 냉정히 이 상황에 임하고 있다는 건 이 일을 꾸민 게 그라는 의미다. 스스로가 꾸민 일이기에 저렇게 냉정히 있을 수 있는 것이다. 사라 왕녀가 도망치는 걸 당연하다고 생각지 않는 한, 저런 태도로 있을 수는 없다.

"당신이 나에게 명령을 할 수 있는 입장이라고 생각하는 겁니까, 제르비드 경?"

사라의 침착하고도 날카로운 목소리가 퍼져 나간다. 그래, 사라는 어떠한 무엇을 피하기 위해 도망치고 있는 것이다. 그래서 저런 질문을 하는 거다. 당신이 내게 이런 짓을 할 권리가 있느냐고 말이다.

"경우에 따라서는."

제르비드는 의미 심장한 대답을 하며 앞으로 성큼 걸어나왔다. 그런 그의 태도에 사라는 눈살을 찌푸리며 오른손에 마력을 집중했다.

"조카가 눈앞에서 다치는 걸 보고 싶은 모양이군요."

사라와 짜고 있는 상황이 아니었다면 정말 겁을 먹을 수밖에 없었겠다는 생각이 들 정도로 사라의 기세는 대단했다. 침착하면서도 날카로운 그녀의 목소리는 기사들의 귓가에 너무도 확실하게 파고들어 갔고, 붉은빛에 감싸인 그녀의 오른손은 언제든 다리므를 꿰뚫어 버릴 수 있다고 외치는 것 같았다. 뒤에서 달려오던 기사들마저 찔끔하며 걸음을 멈추었을 정도였다.

하지만 제르비드만은 무서울 정도로 태연했다. 그는 천천히 고개를 젓더니, 이내 나직한 한마디를 내뱉었다.

"이제 장난은 그만 하고 이쪽으로 오너라, 다리므."

찬물을 끼얹는 듯한 목소리였다. 기사들은 그게 무슨 멍청한 소리냐고 말하고 싶은 듯이 제르비드를 쳐다보았으나, 다리므로서는

흠칫하지 않을 수 없었다. 빠져 나갈 수 있으면서도 이러고 있다
는 사실을 제르비드는 꿰뚫어 보고 있는 것이다.

"오지 않을 생각이냐?"

다시 한 번 귓가를 울리는 제르비드의 나직한 목소리. 거역할
수가 없다. 이게 설령 잘못된 일이라도, 그렇더라도 다리므는 도저
히 저 말을 거역할 수 없다는 걸 느끼고 말았다. 외삼촌이 하는
말이다. 그렇다면 나는 가야 한다. 그게 비록 나쁜 결과를 낳을지
라도.

제르비드는 그 이상의 행동을 취하지 않은 채 그 자리에 가만
히 서서 다리므를 쳐다보고 있었다. 다리므가 스스로 걸어올 때까
지 기다리는 것이다. 다리므는 고개를 떨구어 버렸다.

"죄송합니다, 왕녀님……."

이따위 말이 아무런 의미를 가지지 못하는 것은 알고 있었다.
하지만 다리므는 천천히, 정말 천천히 주문을 외우기 시작했다. 제
르비드가 계속 이쪽을 쳐다보고 있다는 사실을 느끼면서.

순간 사라가 다리므를 붙들고 있던 팔을 풀더니 그대로 그를
옆으로 밀쳐 내었다. 그리고는 재빨리 마력을 모아 이글거리는 불
꽃의 구체를 만들어내었다. 화염 계열 중급 마법인 파이어 볼Fire
Ball. 흔하다고 할 수 있는 마법이었다. 하지만 저 구체의 위력은
그리 흔하게 나올 만한 게 아닌 것 같았다. 주변의 공기가 발갛게
달아올랐다는 착각이 들 정도의 열기가 순식간에 사방을 잠식해
나가고 있었다. 구체의 주변에 공기가 이글거리는 게 뜨거움이 시
각적으로 느껴질 정도였다.

"완력으로 뚫고 나가지 못해서 이러는 줄 아시오, 제르비드
경?"

사라는 차가운 한마디를 내뱉으며 손을 앞으로 휘둘러 그 불꽃의 구체를 내쏘았다.

휘이이이이잉!

시뻘겋게 널름거리는 불꽃의 구체는 뜨거운 열풍을 내뿜으며 엄청난 속도로 날아갔다. 열풍 때문에 뒤에 있는 다리므까지도 눈을 뜨기 힘들 정도였다.

앞쪽의 기사들이 시급히 양쪽으로 몸을 굴려 피하는 것이 보였다. 하지만 제르비드는 여전히 꼼짝하지 않은 채 무심히 그 구체를 쳐다보고 있었다. 파이어 볼이 일으킨 열풍에 그의 옷자락이 거칠게 휘날린다. 저대로 있다간……!

파아앙!

그러나 제르비드의 바로 앞에서 파이어 볼의 구체는 그대로 짓눌리듯 소멸해 버렸다. 갑자기 제르비드의 앞에 만들어진 바람의 방어막에 부딪힌 것이다. 앞길을 막힌 불꽃의 구체는 그 엄청난 기운을 자욱한 연기로 흩뿌리며 산산이 부서졌다.

바람이 불어와 자욱한 연기가 이쪽으로 흩어져 왔다. 아직도 공기가 이글거리는 것 같다. 후끈한 기운이 좋지 않은 느낌을 사방에 퍼뜨렸다. 이윽고 자욱히 흩어지는 연기 사이로 아까와 다를 바 없이 멀쩡히 서 있는 제르비드의 모습이 드러났다.

"잘했다, 다리므."

다리므는 그의 시선을 피해버렸다. 이렇게 될 거라는 사실을 예상했기 때문에 제르비드가 피하지 않았다는 걸 알고는 있었다. 하지만 그렇다고 해서 그의 예상대로 따르지 않을 수는 없었다. 눈앞에서 제르비드의 몸이 불꽃에 휩싸이는 것을 보고 싶지는 않았으니까……

사라는 입술을 잘근잘근 깨물고 있었다. 다시 한 번 불어온 바람에 하얀 연기가 산산이 흩어지며 이쪽으로 날아든다.

"순간 이동… 할 수 있습니까, 왕녀님?"

"무슨 뜻이지요?"

다리므의 텔레파시에 사라는 날카롭게 답했다. 좋은 소리 못 듣는 게 당연하지만…….

"순간 이동이 가능하다면, 다른 방법으로 도와드리겠습니다."

다리므는 느릿한 동작으로 몸을 일으켰다.

"어떻게 말인가요? 이곳은 결계 탓에 바깥으로의 순간 이동이 불가능해요."

"아주 잠깐 동안은 이 결계의 일부를 약화시킬 수 있을 겁니다. 셋을 셀 테니 셋 하는 순간에 저쪽, 저 나무 있는 쪽 보입니까? 저쪽을 통과해 밖으로 순간 이동하세요. 보장은 할 수 없지만 아마도 빠져나갈 수 있을 겁니다."

"알겠어요. 믿어보죠."

"그럼 세겠습니다."

다리므는 앞으로 걷기 시작했다.

"하나……."

제르비드는 다리므가 다가오는 모습을 침착한 표정으로 쳐다보고 있었다.

"둘……."

휘이이이잉!

순간 성문 쪽에서 엄청난 세기의 바람이 불어닥쳤다. 전혀 예상도 하지 못했던 엄청난 바람에 성문 앞에 있던 기사들은 모두 중심을 잃고 날아가 버렸다. 그리고 예상치 못한 바람을 맞은 건 다리프와 사라도 마찬가지였다. 바람을 조종할 수 있는 다리므와 그 옆에 있던 사라는 날려가기까지는 하지 않았지만, 몸을 바닥에 바짝 붙인 채 태풍 같은 바람을 견디어야 했다.

그 거대한 바람은 성문 앞의 기사들을 날려버린 채 하늘로 올라가다가 다시 날개를 퍼덕여 지상으로 내려왔다. 다리므는 마법을 응용해 주변에 날아오는 바람을 잠재우며 간신히 몸을 일으켰다. 눈앞을 쳐다보니 거대한 물체가 바람 한가운데에서 날개를 퍼덕이며 내려앉고 있었다. 퍼덕거리는 날갯짓 소리가 바람을 일으키며 크게 울렸다.

그것은… 녹색의 드래곤이었다.

드래곤 중에서도 상당히 거대하다는 생각이 드는 큰 몸체다. 햇살을 반사하는 밝은 녹색의 비늘이 찬란한 모습이었다. 주변에 있던 사람들은 모두 멍해진 채 그 드래곤이 내려앉는 장면을 쳐다보았다. 성안에 웬 드래곤이 날아 들어온단 말인가? 너무도 어이없는 상황이라 아무도 제대로 대처를 할 수가 없었다.

"다리므님! 왕녀님을 모시고 이쪽으로 와요!"

이윽고 드래곤이 내려앉은 곳에서 미르의 목소리가 크게 울렸다. 그제야 다리므는 정신이 번쩍 드는 것을 느꼈다. 저편을 쳐다보니 그 녹색의 드래곤 위에서 미르가 이쪽으로 팔을 뻗고 있었다. 자세히 보니 그 주변에 있는 다른 동료들도 보였다. 그렇다면 저 드래곤은… 라드휜?

"무슨 일이야, 미르?"

"설명은 올라와서 들어요! 아무튼 빨리 와요!"

어떻게 된 건지는 모르겠지만 아무튼 다리므는 사라를 잡아끌며 라드휜이 있는 쪽까지 달려갔다. 스시리아너가 손을 뻗어 사라를 위로 끌어 올려주었다. 사라는 어떻게 된 것인지 얼떨떨해하는 것 같았으나, 네이아의 간단한 인사를 받자 가벼운 미소를 지으며 그녀의 인사를 받았다.

사라를 올려주고 나서 스시리아너는 다리므에게 손을 뻗었다. 아직도 뭐가 어떻게 되는지 전혀 이해하지 못한 채 다리므가 무심코 그 손을 잡으려는 순간, 뒤에서 제르비드의 목소리가 들려왔다.

"어딜 가려는 거냐, 다르."

나직한 말이었지만 그 한마디에 다리므는 스시리아너의 손을 잡으려던 동작을 그대로 멈춰버리고 말았다. 뒤를 돌아보니 제르비드가 저편에서 다리므를 쳐다보고 있었다.

라드휜이 땅 위에 완전히 착륙한 덕에 바람은 이제 멎어 있었다. 제르비드는 바람 멎은 대지 위에 선 채, 진갈색 눈동자로 이쪽을 쳐다보고 있었다. 다리므는 한숨을 내쉬고 말했다.

"미르, 왕녀님을 부탁해. 아무래도 난 여기 있어야겠어."

"다리므님!"

미르가 그게 무슨 소리냐고 다리므의 이름을 불렀지만 다리므는 주저없이 돌아서 버렸다. 그에게는 쉽게 보기 힘든 단호한 태도였다. 이건 설득해 봐야 말을 듣지 않겠다는 의미이기도 했다.

어느새 몰려온 기사들이 낮은 음성으로 주문을 외우는 소리가 들려오고 있었다. 아무래도 이대로 여기 더 있는 건 그리 좋지 않을 것 같았다. 일행이 일행인만큼 이 기사들 전체를 상대로 싸우는 것도 그리 어려운 일은 아니겠지만, 그건……

그때였다. 갑자기 네이아가 라드휜의 등에서 뛰어내렸다. 사람들이 그런 그녀의 행동에 어떤 반응을 보이기도 전에 그녀는 제르비드에게 걸어가던 다리므의 어깨를 붙들었다.

"잠깐만, 다리므. 한마디만 할 테니 이것만 듣고 가렴."

갑작스런 그녀의 행동에 다리므는 놀란 표정으로 네이아를 돌아보았다. 아무래도 그는 네이아가 있다는 사실 자체만으로 놀란 것 같았지만.

"네이아 누나?"

"인사는 생략하자. 아무튼 지금은……."

퍽!

네이아의 말은 빨랐지만 다리므는 그 말을 끝까지 듣지 못했다. 네이아가 재빠른 동작으로 다리므의 뒷덜미를 내리친 탓이었다. 그녀는 정신을 잃고 쓰러지는 다리므를 부축하며 자신의 말을 끝맺었다.

"……억지로라도 끌고 가야겠어."

그리고 네이아는 다리므를 들어올린 채 주저없이 라드휜이 있는 쪽으로 걷기 시작했다. 몇몇 기사들이 네이아에게 마법 공격을 해왔지만 모든 마법은 그녀의 앞에서 무력하게 흩어져 갈 뿐이었다. 방어력으로 네이아를 당할 사람은 없었다.

"가자, 라드휜."

네이아의 목소리와 함께 라드휜은 날개를 퍼덕여 날아올랐다. 이내 엄청난 바람이 대지에 불어닥치고, '성문의 마법진을 강화시켜라!'는 외침 소리가 바람 사이에서 멀찍이 들려왔다.

"헤엣, 헛수고하는군. 그렇지, 에레?"

스시리아너가 재미있다는 듯이 에레를 쳐다보았지만 에레는 말 걸지 말라는 표정이었다. 네이아가 다리므를 기절시켜 버린 탓에 결계의 일부를 약화시키는 일이 또 그의 몫이 되어버린 것이다.

낮은 음성으로 긴 주문을 외워가는 그의 이마에 송골송골 땀방울이 맺히고 있었다.

라드휜은 날개를 계속 퍼덕여 상승을 유지했다. 점점 하늘 위로 높이 떠오르면서 저 아래 사물들이 장난감처럼 작아져 가는 것은 꽤 볼 만한 풍경이었다. 창공에서의 바람은 지상보다 더 서늘하고 맑게 느껴졌다. 주문을 외우느라 정신없는 에레에게는 별로 그렇지 않은 것 같이 보였지만.

파지지직—!

어느 시점에 다다르자 라드휜의 상승 속도가 급격히 느려졌다. 결계막에 다다른 모양이었다. 바람의 결계. 엄청나게 강한 바람이 라드휜의 몸체를 밀어내는 듯이 불어닥치기 시작했다. 너무나도 강한 바람의 힘에 모두들 비늘을 꼭 붙든 채 몸을 라드휜의 등에 바싹 붙여야 했다. 머리카락이 너무도 심하게 날리고 몸이 자꾸 뒤로 젖혀질 것 같아 그대로 버티는 것도 쉽지 않았다. 스시리아너가 이러다 팔 빠지겠다고 소리쳤을 정도였다.

그러나 그 괴로운 시간은 그리 길지 않았다. 이내 라드휜의 녹색 몸체는 결계막을 뚫고 더 높은 곳으로 솟아올랐다. 결계 부분을 벗어나자 그렇게도 셌던 바람이 거짓말처럼 뚝 멎었다.

라드휜은 결계막에서 좀 멀어졌다 싶은 높이까지 오자 상승을 멈추고 수평 비행을 하기 시작했다. 중력에 수직하는 방향으로 날아감으로써 더 이상 비늘을 붙잡을 필요가 없어지자 모두들 지쳤다는 표정을 지으며 그 자리에 드러누워 버렸다.

"제기랄, 정말 힘드네. 미르가드! 내 등에 누워 있지 말고 나랑 교대해!"

라드휜의 짜증스러운 텔레파시가 울렸지만 미르는 그냥 편히

드러누운 채 답했다.

"힘든 건 이해하지만 말이 되는 소리를 해야 받아들일 수 있는 거예요, 라드휜. 나랑 교대했다가는 정령들이 비상 사태에 돌입할 걸요."

라드휜의 텔레파시를 듣지는 못했지만 미르의 대답으로 그 내용을 짐작한 스시리아너가 킥킥 웃었다.

"라드휜이 교대해 달라고 한 거야? 한번 해봐. 나 화이트 드래곤에 한번 타보고 싶어."

"그런 바램은 포기해 줘요, 스시리아너님."

미르가 곤란하다는 듯이 대답했다. 그때 지금까지 잠자코 있던 사라가 놀라는 표정으로 질문을 던져 왔다.

"저, 그렇다면 혹시 화이트 드래곤 미르가드인가요? 그리고……."

"예, 맞아요. 그리고 이쪽은 대지의 최상급 정령인 스시리아너님."

사라의 질문이 끝나기도 전에 미르가 차분한 목소리로 대답해 주었다. 사라는 도저히 믿을 수 없다는 표정이었으나, 네이아와 함께 있는 사람들이란 사실로 미루어 간신히 납득하는 듯했다.

"우린 다리므를 부르러 성 근처에 갔다가 상황이 이상하게 돌아가는 것을 보고 뛰어들어갔던 거예요. 그런데 무슨 일로 그런 상황에 처해 있었던 건가요, 왕녀님?"

네이아가 차분한 목소리로 화제를 바꾸자 사라는 씁쓸한 표정을 지었다.

"믿기 힘드시겠지만."

사라는 그런 식으로 서두를 꺼내놓고 나서 네이아를 똑바로 쳐다보았다.

"제르비드 재상이 날 정령들에게 넘기려 했어요."

"예에?"

가장 빠른 반응을 보인 건 스시리아너였다. 그녀는 놀란 음색으로 큰 소리를 내어 사라의 시선이 자신에게 옮겨오게 했다. 사라는 그런 스시리아너의 반응을 이해한다는 듯이 분명한 말로 그 문장을 자세히 풀어주었다.

"몬스터들이 수도에 밀려 들어오고, 그리테이트 군이 알테이아 국경 지대를 공격해 오자 제르비드 경은 날 정령들에게 넘겨 이 상황을 벗어나려고 했어요. 그래서 도망쳤죠. 물건처럼 건네어지기는 싫었으니까."

"어떻게 그런? 알테이아가 예전에 그리테이트 군에게 침공당했을 때 마족과 협상을 맺어 정령과의 관계를 끊어버린 건 칼 제르비드였잖아요?"

스시리아너의 의문 섞인 지적에 사라는 차분히 고개를 끄덕였다.

"그랬지요. 하지만 그건 그리테이트를 장악한 세력이 마족이었을 때의 이야기예요."

분명하게 들려오는 사라의 말은 그리 강한 어조를 띠지는 않았지만 그 내용 자체로 충격적이었다. 어느새 모두들 심각한 표정이 되어 이쪽을 쳐다보고 있음을 느끼며 사라는 말을 계속 이었다.

"확신할 수 없는 내용이긴 해요. 하지만 어느 정도의 근거는 있어요. 그것도 꽤 설득력 있게 들려오는 근거가."

"그런 말도 안 되는……."

"나도 그게 사실이 아니길 바래요. 하지만 상황은 점점 그게 사실이라고 증명해 주는 방향으로 흐르고 있어요."

"하지만 난 그런 사실에 대해 전혀 들은 바가 없어요. 그냥 약간 설득력 있는 헛소문이 아닐까요?"

스시리아녀는 여전히 믿을 수가 없다는 반응이었다. 그런 그녀의 질문에 지금까지 잠자코 있던 에레가 힘 빠진 목소리로 대답해주었다.

"스시리아녀님, 당신은 아칸서스를 믿나요?"

"갑자기 왜 그런 질문이야? 당연한 거잖아. 안 믿지."

"그렇죠. 앞으로도 쭉 그렇게 될 거예요. 그리고 아칸서스는 앞으로도 쭉 당신을 쓸모없는 최상급 정령으로 취급하겠지요. 아칸서스가 당신에게 막 대하지 않는 건 최상급 정령을 공공연히 푸대접하거나 홀대할 수 없기 때문일 뿐이에요. 그리고 다른 이유도 있긴 하지만 우선 그건 접어두고, 아무튼 아칸서스에게 있어서 당신은 그저 분쟁만 조장하는 '더없이 쓸모없고 짐만 되는 존재'일 뿐이에요. 그러니 당신에게 제대로 된 상황을 전해줄 리가 없죠. 많은 사실들이 이미 당신에겐 왜곡되어 알려졌어요. 당신도 알고 있잖아요. 그래서 당신이 그리도 역사 공부를 싫어했던 게 아니었나요? 당신을 개인적으로 좋아하는 몇몇 사람들이 그러한 지시를 어긴 덕에 완전히 엉터리 지식만 배우게 되진 않았지만, 이미 몇몇 사실을 당신은 잘못 알고 있어요. 그리고 많은 사실들이 당신에겐 알려지지 않고 사라졌겠지요. 잘 알고 있는 사실이잖아요. 그런데도 당신은 아무 말도 듣지 못했다는 사실을 내세워 믿지 못하겠다는 말을 하나요?"

에레의 말들은 힘없이 이어졌지만 그 내용 자체에도 힘이 없는 건 아니었다. 스시리아녀의 어깨가 축 처지기 시작하자 보다 못한 미르가 그를 말렸다. 하지만 에레는 미르의 만류하는 말에는 신경조차 쓰지 않고 고집스레 자신의 말을 끝까지 쏟아부었다.

잠시 동안 어색한 침묵이 흘렀다. 고개를 푹 숙여버린 스시리아너는 한참 만에야 들릴락 말락한 목소리로 그의 말에 대꾸했다.

"그건 아칸서스가 멍청이이기 때문이야……."

감정을 제대로 조절하지 못한 탓에 그 목소리의 끝은 조금 떨렸다. 미르가 그만두라는 눈으로 에레를 쳐다보자 그는 눈을 감아버렸다.

아직도 라드휜의 등 위에 드러누운 채, 이제는 눈까지 감아버린 에레의 얼굴은 너무 창백해서 시체처럼 보였다. 하지만 그는 그런 미르의 시각을 거부한다는 듯이 다시 입을 열었다. 눈을 감은 채로.

"지금 무슨 생각을 하고 있나요, 스시리아너님?"

"말하기 싫어."

괜히 퉁명스레 돌아오는 대답.

"그런가요. 그렇다면 아무도 지금 당신이 무슨 생각을 하는지 정확히 알지 못하겠군요. 당신이 직접 말하지 않는다면 아무도 당신의 생각을 알 수 없으니까요. 어떻겠다… 하는 짐작까진 할 수 있어도 정확히 알 수는 없지요. 나는 한때 타인의 생각을 들여다보는 마법을 시도한 적이 있었어요. 당연히 실패했을 거라 생각하나요? 천만예요. 성공했어요. 하지만 들여다보는 것까진 성공했어도 해석은 할 수가 없더군요. 수없이 흘러가는 이상한 상징들, 그리고 형태조차 제대로 파악할 수 없을 만큼 몽환적이고도 기괴한 구조물들. 누구의 생각을 들여다보아도 확실하고 분명한 형상 같은 건 존재하지 않았어요. 그저 의미를 알 수 없는, 지극히 개인적인 상징만이 그득할 뿐이었죠. 그런 거예요. 자신의 생각은 자신만이 해석할 수 있어요. 한 사람의 생각은 그 사람의 생애 전체를 알고 그 사람의 생각 전체를 완전히 알아야만 해석할 수 있는 거예요. 사람의 생각이란 지금까지 살아오면서 배웠던 수많은 지식과 수많은 기억들에 의해 그 형태가 결정되는 것이니까요. 때문에 똑같은 생각이라도 사람마다 그것을 표현하는 형태가 판이하게 다를 수밖에 없어요. 이해가 잘 안 되나요? 예를 들자면 이런 거죠. 똑같은 사물을 주고 여러 사람들에게 그것에 대해 표현해 보라고 말해 봐요. 희한하게도 제각기 다른 표현을 사용할 거예요. 어휘력의 차이, 그 사물에 대한 지식의 차이, 느낌의 차이, 그리고 그 사물에 관계된 기억의 차이. 그런 것들이 있기 때문에 완전히 똑같은 표현은 여간해선 나오지 않아요. 생각은 언어에 의해 형상화되고 분명해지는 것이라고 흔히 말하지만, 사실 완전히 그리 된 건 아니죠. 자신의 생각을 말로 표현해 보라면 많은 사람들이 곤란해하잖아요. 똑같은 사물을 주고 언어로 표현해 보라는 것조차 똑같은 표현이 나오질 않는데, 언어보다도 더 불확실하고 애매한 생각이라는 게 어떠한 형태로 형상지어져 있는지 타인이 어떻게 알아낼 수가 있겠어요. 결과적으로 말해 자기 자신에 대해 가장 많이 아는 것은 자기 자신이기 때문에 자신의 생각은 자신만이 해석할 수 있고, 또한 그렇기 때문에 자기 자신만이 자신에 대해 가장 많이 알 수 있다는 거예요. 설사 타인이 당신의 생각을 들여다보더라도 당신의 생각이 실제로는 어떠한 것인지 알지 못해요. 아무도 당신만큼 당신을 많이 아는 사람은 없죠."

"당연한 말을 복잡하게 하지 마."

"그렇군요. 그럼 한 가지만 묻죠. 어떠한 것의 가치를 판단하려면 그것에 대해 많이 알고 있어야겠죠? 알지도 못하면서 그 사물에 대해 이렇다 저렇다 말하는 건 가치 판단이 아니라 거짓말일 뿐이니까요. 말을 좀 바꾸면 어떠한 것에 대해 가장 정확한 가치를 매길 수 있는 건, 가장 많이 아는 사람이라 할 수 있겠지요? 당신도 그렇게 생각하나요?"

"무슨 말을 하고 싶은 거야. 그런 쓸데없는……."

"대답해요. 그렇다고 생각하나요, 아니라고 생각하나요?"

짜증스러운 스시리아너의 태도에 못을 박듯 에레는 단호하게 그녀의 말을 끊어버렸다. 스시리아너는 거의 마지못한 어투로 대답했다.

"……그렇겠지."

"이상하군요, 스시리아너님은."

"뭐야, 또!"

"어떠한 것에 대한 가치를 가장 잘 파악하는 건 그것에 대해 가장 많이 아는 사람. 그리고 당신에 대해 가장 많이 아는 것은 당신 자신. 그걸 알고 있으면서도 당신은 왜 다른 사람이 판단한 자신에 흔들리고 있는 거지요? 당신의 가치를 가장 정확히 판단해 낼 수 있는 건 당신 자신이 아니었던가요? 당신에게 제대로 된 관심조차 갖지 않아 당신에 대해 거의 알지 못하는 자들이 내린 판단이 과연 맞을 수나 있는 것이라 생각해요?"

"그건……."

스시리아너는 완전히 말문이 막혀버린 듯했다. 에레는 실로 교묘하게 그녀의 대답을 끼워맞춰 스시리아너가 더 이상 침울한 방향으로 흘러가지 않게 해버렸던 것이다. 매번 반박할 틈도 없이 폭포수처럼 말을 쏟아붓곤 하던 스시리아너가 말문이 막힐 때도 있다니, 역시 에레는 뭔가 다르긴 다르다는 생각에 미르는 픽, 웃어버렸다.

그러나 스시리아너가 할말을 잃었던 시간은 그리 길지 않았다. 그녀는 이내 엉금엉금 기어 에레가 드러누워 있는 쪽으로 다가가더니 그의 옆구리를 손가락으로 쿡쿡 찌르기 시작했다.

"대체 그게 뭐야, 에레. 병 주고 약 주기야? 게다가 멀쩡히 잘 흘러가던 화제를 갑자기 삼천포로 빠지게 만들어? 말하던 도중 완전히 엉뚱한 화제로 바꾸어 버렸으니 왕녀님이 얼마나 황당했겠어."

그러한 스시리아너의 행동에 미르가 '대체 누가 반성할 사람인지…' 라고 말하는 듯한 표정을 지었으나 다행히 스시리아너는 그 표정을 보지 못했다. 그래서 미르는 더 이상 이상한 화제로 빠져들기 전에 화제를 원래대로 되돌릴 수 있었다.

"아무튼 이만 원래 화제로 돌아가요. 어디까지 말씀하셨었죠, 왕녀님?"

"그리테이트를 장악하고 있는 게 아마도 정령 세력일 거라는 말까지 했었어요."

미르의 시선을 받은 사라는 부드러운 미소를 지으며 그의 말에 답했다. 스시리아너와 에레가 실랑이를 벌이는 장면을 미소 지은 채 지켜보던 그녀였다. 그러한 사라의 미소를 받은 미르는 자신이 괜히 머쓱해지는 것을 느꼈다.

사라는 부드러운 동작으로 사람들을 한번 둘러보더니 다시 설명을 시작했다.

"스시리아너님께서는 그럴 리가 없다고 말씀하셨지요? 그렇다면 그 근거들을 말씀드리기로 하지요. 첫째는 그리테이트가 점진

적으로 개방 정책을 펼치기 시작했다는 점이에요. 이건 그냥 국가
적인 정책 변경이라 볼 수도 있겠지만, 그런 것만은 아닌 것 같아
요. 그리테이트를 장악해 왔던 마족 세력, 휴식 계열 마족들은 가
장 폐쇄적이고 배타적인 이들이지요. 그들의 뚜렷한 반대조차 받
지 않은 채 그리테이트가 개방 정책으로 돌입했다는 건, 이미 그
리테이트에서 휴식 계열 마족들의 영향력이 거의 없어지다시피
했다고 해석할 수 있어요. 둘째는 제르비드 경의 태도예요. 아까
스시리아너님이 지적하셨듯이 이번에 그리테이트로 하여금 알테
이아를 침공토록 한 게 정말 마족 세력이라면, 제르비드 경이 정
령과 협상을 하려 한다는 게 설명되지 않아요. 이미 한번 치명적
인 실수를 해서 알테이아의 영토를 지금처럼 만들어 버린 게 정
령들이니, 마족과의 싸움에 정령들의 힘을 빌리려 하진 않겠지요.
정령과의 싸움이기에 정령들과 협상을 하려는 것일 거예요."

"잠깐만요. 제르비드가 왕녀님을 정령들에게 넘기려 했다고 했
지요. 그게 어떻게 성립이 가능한지 모르겠군요. 한 나라와 한 사
람을 맞바꾸는 셈인데……. 간단히 말하자면, 정령들이 왕녀님을
요구할 이유가 없다는 말이에요. 앞으로 정령들에게 충성을 바치
겠다는 상징으로서의 볼모로 왕녀님을 원한다 하기도 좀 어렵죠.
알테이아의 왕족은 왕녀님 하나뿐이니까 볼모로서의 가치가 전혀
없어요. 왕녀님이 그렇게 볼모로 정령들에게 가버린다면, 알테이
아의 왕족은 다른 집안이 돼버리겠죠. 그래서는 볼모로서의 가치
가 떨어지는 거잖아요? 왕녀님이 정령 측으로 감으로써 왕족으로
칭해지는 집안이 바뀌어 버리면 왕녀님은 실질적으로는 왕족이
아닌 것처럼 되어버리니까. 게다가 왕녀님이 쫓기고 있었던 것도
이해가 되질 않는군요. 왕녀님은 요즈음 알테이아 내에서 어느 정

도의 세력을 장악했다고 보는데… 왕녀님을 따르는 사람들이 그런 얼토당토않은 결정에 승복했을 리는 없잖아요? 아무도 왕녀님을 보호해 주지 않고 혼자 쫓겼다는 게 이해가 가질 않아요. 왕녀님을 돕는 사람 중에 다리므님 외에는 아무도 움직이지 않았다는 말인가요?"

미르가 좀더 자세한 설명이 필요하겠다는 어투로 여러 개의 의문을 제기했다.

사라는 그런 질문들이 나올 것을 예상했다는 듯이 고개를 가볍게 끄덕이며 그의 말에 답했다.

"정령이 날 원하는 이유는 그리 어렵지 않게 예상할 수 있어요. 하지만 그 전에 비밀을 지켜주겠다는 약속을 해주었으면 좋겠군요."

"비밀을 지킬 자신은 없어요. 하지만 말해서는 안 될 사람에게 말하지 않는 것은 보장하지요."

미르의 희한한 대답에 사라는 고개를 갸웃했다.

"그건 이미 내가 무슨 대답을 할지 예상하고 있다는 말로 들리는데요?"

"어느 정도는. 류카라는 이름을 기억하실지 모르겠군요. 우리는 그 사람을 그제 만나서 긴 이야기를 들었어요. 그래서 우리의 추측이 어느 정도까진 맞을 거라고 생각해요."

"류카를 만났단 말인가요? 어떻게?"

사라는 놀란 표정으로 미르를 빤히 쳐다보았다. 하지만 그녀의 놀란 듯한 반응은 그리 오래 지속되지 않았다. 그녀는 이내 그럴 수도 있겠다는 투의 말을 침착히 중얼거렸다.

"하긴, 가능했겠지요. 이 일행이라면."

"그래요. 우리는 류카님에게 당신에 관련된 이야기를 간접적으로 들었어요. 하지만 사실, 완전히 알지는 못해요. 류카님도 당신이 어떤 능력을 가지고 있는지 예상하지 못했으니까요. 그저 불 계열의 오프너라는 것만 알 뿐. 그 이상은 직접 듣고 싶군요. 그저 불 계열의 오프너라는 사실만으로는 정령들이 노릴 이유가 없는데."

아무래도 미르는 사라에게서 목소리에 대한 말을 듣고 싶어하는 것 같았다. 과연 사라에게 목소리를 통한 음파 발생 능력이 있는 것일까? 그는 그러한 질문에 대한 답이 나오도록 대화를 유도해 나가고 있었다.

하지만 이윽고 사라에게서 나온 대답은 엉뚱한 것이었다.

"지금 정령들의 수중에는 완전한 오프너가 한 사람도 없는 걸로 알고 있어요. 그 정도면 충분한 이유가 되겠지요."

"예에? 뭐라고요? 왕녀님이 완전한 오프너?"

전혀 예상하지도 못했던 대답에 스시리아너가 자리에서 벌떡 일어났다. 날아가는 드래곤의 등 위였기에 엄청난 맞바람을 맞아 크게 휘청하며 다시 앉아야만 했지만.

사라는 그리 대수롭지 않다는 표정으로 스시리아너를 쳐다보았다.

"아무래도 전혀 예상하지 못하신 것 같군요. 류카의 말을 들었다면 예상했을 거라고 생각했었는데."

"그걸 어떻게 예상했겠어요."

"아니, 충분히 예상할 수 있었어요. 우리가 바보 같았군요."

망연히 중얼거리는 스시리아너의 말에 미르가 반론을 제기하듯 끼여들어 왔다. 스시리아너가 그게 무슨 의미냐는 눈으로 쳐다보자, 미르는 간결하게 자신의 생각을 꺼내주었다.

"류카님은 딘이 정령이 된 이유를 거울 효과일 거라고 했어요. 반대되는 형질이 나타난 현상. 생각해 봐요. 딘은 물의 최상급 정령이에요. 중급도, 상급도 아닌 최상급. 그에 정반대되는 형질은 뭐라고 생각해요? 불 계열, 그리고 오프너. 우리가 예상한 건 여기까지였죠. 우리는 딘이 최상급이라는 것까지 뒤집어 생각하진 않은 거예요. 최상급 정령의 정반대라면 뭐겠어요?"

"어라, 정말 그렇네."

"이런 식으로 우리가 예상하지 못했던 사실들, 그리고 몰랐던 사실들이 아직도 꽤 많을 것 같군요. 아무튼 우선은 아까 듣던 설명부터 마저 듣죠. 정령들이 왕녀님을 원하는 이유는 그거라 치고, 제르비드는 어떤 방식으로 왕녀님을 넘기려 했나요?"

미르는 대화가 교묘하게 삼천포로 빠지는 것을 경계하듯, 급히 화제를 원점으로 돌렸다. 하지만 그런 미르의 말에도 사라의 설명은 계속 이어지지 않았다. 사라가 갑자기 입을 다문 채 깊은 생각에 잠겨 들어갔기 때문이다.

"왕녀님?"

한참 동안의 침묵에 의아함을 느낀 미르가 사라를 불렀다. 하지만 그래도 사라의 대답은 돌아오지 않았다. 눈을 약간 내리깐 채, 복잡한 생각을 정리하는 표정으로 한동안 사라는 침묵 속에 잠겨 있었다.

이상한 침묵을 견디지 못한 미르가 다시 한 번 사라를 부르려던 찰나에야 사라는 다시 입을 열었다.

"미르가드, 그렇다면 당신의 현재 나이트는 딘인가요?"

"예? 아, 예, 그래요."

의외의 말에 미르는 약간 놀랐으나 금세 차분히 대답했다. 아무래도 사라는 미르가 딘에 대한 이야기를 하는 것과 몇 가지 사실들을 종합하여 이러한 결론을 내린 것 같았다.

"그런가요. 언제나 그랬지만 딘은 역시 대단하군요. 화이트 드래곤 미르가드의 나이트라니."

사라는 농담 같은 어투의 말을 중얼거리며 부드러운 미소를 지었다. 무슨 의미를 띠고 있는 건지는 몰라도, 우선 보는 사람을 편하게 해주는 미소였다.

미르는 무심코 그런 사라의 모습을 찬찬히 관찰해 보았다. 사라의 얼굴은 상당히 조화가 잘 이루어진 형태였다. 살짝 내리깐 눈 위를 까맣고 긴 속눈썹이 덮고 있고, 하얗고 매끄러운 살결은 정말 조각상 같다는 느낌을 확실히 느끼게 한다. 전체적으로는 딘과 비슷한 이미지이지만, 딘에게 있는 귀여운 느낌을 지우고 부드러운 느낌을 추가한 듯한 모습이었다.

"어쨌든, 이만 설명을 계속하기로 하죠. 제르비드 경이 나를 정령에게 넘길 생각을 한 것은 내가 가짜라고 생각하기 때문일 거예요."

미르의 생각이 연결되어 가려는 찰나에 갑자기 사라가 아까 끊겼던 설명을 다시 풀어나가기 시작했다. 덕분에 앞부분을 약간 놓쳐 버린 미르는 놓쳐 버린 앞 내용을 유추해 내기 위해 뒤에 이어지는 설명을 귀담아 들어야 했다.

"류카에게 설명을 들었다면 제르비드 경이 어째서 나를 가짜라 생각하는지 아시겠지요?"

"어, 그런 말은 듣지 못했어요. 류카님은 로베리 마을이 파괴되면서 딘과 왕녀님을 잃어버렸다는 말밖에 해주지 않았거든요."

스시리아녀가 미르 대신 할말을 해주었다. 그런 그녀의 말에 사라는 고개를 갸웃했다.

"잃어버렸다고요? 류카가 정말 그렇게 말하던가요?"

그제야 모두들 지금 직면하고 있는 의문이 '어떻게 사라가 성으로 돌아갔는가'에 대한 것이라는 사실을 깨달았다. 류카의 말에 따르면 로베리 마을이 파괴되었을 당시 사라는 그 마을에 있었다. 하지만 사라는 그 이후 성으로 돌아갔고, 딘은 마을에 버려져 있다가 로다와 네이아가 구해내었다. 이건, 무언가 아직 밝혀지지 않은 사실이 있다는 의미일까? 로베리 마을의 멸망에 관련된 좀더 복잡한 사실이?

"류카님은 그 이후로 무슨 일이 있었는지에 대해서는 모른다고 했어요. 디아나는 그 파괴된 마을에서 로다님과 네이아님께 구조되었다고 하던데, 왕녀님은 어떻게 성으로 돌아간 거죠?"

어느새 기절해 버린 다리므를 제외한 모두가 의문을 품은 눈으로 사라를 쳐다보고 있었다. 하지만 사라의 대답은 그들의 궁금증을 풀어줄 수 있는 내용의 것이 아니었다.

"글쎄요. 나도 그게 궁금해요."

"예? 왕녀님이 그걸 모르면 누가⋯⋯."

"다섯 살 때의 일이니까요. 그 당시의 기억은 잘 나지 않아요. 딘이라면 기억하고 있을지도 모르겠지만."

실망스러운 대답이었다. 사라는 힘 빠진다는 표정을 짓는 스시리아녀를 쳐다보며 하던 말을 교묘히 이어나갔다.

"내 스스로도 어떻게 된 건지는 잘 모르겠지만, 나는 한동안 성에 없다가 갑자기 성으로 돌아갔던 셈이에요. 정확한 건 모르겠지만 아마도 누군가가 날 발견해 데려간 것이었겠지요. 그 탓에 제르비드 경은 누군가 가짜 왕녀를 찾아내어 데리고 온 거라고 생각하고 날 진짜 왕녀로 대하지 않았어요. 하지만 나는 그걸 알면서도 제르비드 경에게 사실을 밝히지 않았어요. 사실을 확실히 증명할 만한 방편도 없는 데다가, 정령들의 표적이 될 것 같아서였죠. 내가 완전한 오프너란 사실이 알려져서 좋을 건 없으니까요. 하지만 어떻게 알아냈는지는 몰라도 정령들은 내가 진짜란 것을 알고 있는 것 같아요. 그리고 제르비드 경은 내가 자신이 세운 가짜라고 믿고 있는 상태⋯ 그래서 이렇게 되어버린 거예요. 정령들은 내가 진짜란 사실을 알고 날 요구하고, 제르비드는 날 가짜라 생각해 날 넘기려 하고⋯⋯. 바보 같은 상황인 셈이죠."

갑자기 다시 이어진 설명이었기에 모두들 정신없다는 표정을 지었으나 사라는 그에 개의치 않고 계속 자신의 말을 이었다.

"그리고 날 도우려는 사람이 없었던 건, 내 판단 착오 때문이었어요. 사실 지금 노이테라 성에는 제 말을 따르는 이가 거의 남아 있지 않아요. 페리어드에 내가 움직일 수 있는 인원의 거의 대부분을 파견해 버렸기 때문이에요. 그리테이트가 특별한 움직임을 보이기 전에 페리어드의 내전이 끝날 거라는 오판을 했던 탓에 그쪽에 과감하게 거의 전원을 보내버렸어요. 그리테이트마저 정령 세력이 장악해 버린다면, 페리어드를 마족 국가화(化)시키는 게 시급한 문제였기에 약간 무리를 했던 거지요. 그게 이런 결과를 낳을 줄도 모르고."

"아아, 그래서 페리어드에 그렇게 많은 인원을⋯⋯."

"알테이아가 침공당했다는 소식이 그쪽에도 전해졌을 텐데, 어떻게 하고 있는지 모르겠군요. 잘 해나갈 거라는 생각은 하지만. 그런데 지금 어디로 가고 있는 건가요?"

사라는 문득 의문이 떠올랐다는 듯이 저 아래를 내려다보았다. 이제 라드횐은 하얀 건물들이 가득한 지역을 서서히 벗어나고 있었다. 그건 알테이아를 벗어나고 있다는 의미였다. 사라로서는 어디로 가게 될지 궁금하지 않을 수가 없을 터였다.

"페리어드의 내전을 직접 볼 수 있는 곳으로 가고 있어요. 요즘 비교적 정령들의 손길이 약한 곳이 페리어드이니까요. 왕녀님도 그곳으로 가실 건가요?"

"그래야겠지요. 페리어드에 있는 알테이아 사람들과 합류할 수밖에. 그런데 정령의 손길이 약한 곳이란 건 무슨 의미이지요? 혹시 그곳에서 딘과 만날 약속이라도 했나요?"

"딘, 아니, 나이트와는 연락이 거의 되지 않아요. 정령들의 손길이 닿지 않은 곳으로 가려는 건 정령들을 신경 쓸 다른 일이 있어서예요."

미르는 왠지 궁지에 몰리는 듯한 기분을 느끼며 사라의 질문에 대답했다. 그러나 바로 다음에 던져진 사라의 질문은 의외의 것이었다.

"다리므인가요, 그 다른 일이란 건?"

"예?"

"아닌 모양이군요. 그렇다면……."

"아, 아니, 잠깐만요. 다리므님이 어쨌기에 그런 말씀을 하시는 건가요?"

왠지 이 대화가 류카를 대했을 때와 비슷하게 돌아가는 것만 같다는 느낌을 받으며 미르가 급히 질문을 던졌다.

사라는 무슨 생각을 전혀 읽어낼 수 없는 표정을 한 채로 조용히 미르를 쳐다보았다.

"글쎄요. 확신할 수 없는 것이긴 하지만, 확실히 이상하다고 생각하고 있어서."

침착하게 흘러나오긴 했지만 그 뜻을 제대로 파악할 수 없는 대답이었다. 덕분에 미르와 스시리아너는 다음 질문을 어떻게 던져야 할지 잠시 고민하게 되었다.

그러나 그 다음 질문은 뜻하지 않은 사람에게서 흘러나왔다.

"오프너 마법사이기 때문입니까?"

에레였다. 그 질문의 내용 자체는 그리 특별한 것이 아니었지만 모두들 반사적으로 그를 돌아보았다.

"오프너라는 것만으로는 정령들의 표적이 될 수 없다고 아까 미르가드님이 말하지 않았던가요?"

"그렇겠지요. 보통의 오프너라면."

아무래도 에레는 무언가를 알고 있는 모양이었다. 사라는 그런 그를 잠시 쳐다보다가 다시 입을 열었다.

"그래요. 보통의 오프너라면 그리 신경 쓰이지 않겠지요. 나와 다리므는 비슷한 시기에 마법 수련을 시작했어요. 노이테라 성이 습격당한 이후부터이지요. 그 이전에는 마법에 대해 어느 정도 알고만 있었을 뿐 본격적인 수련을 하진 않았었고, 그건 다리므도 마찬가지였어요. 그런데 이상하게도 속도의 차이가 그리 크게 나진 않더군요."

"예?"

갑자기 다시 설명조가 된 사라의 말에 알겠다는 표정을 짓는 건 에레뿐이었다. 나머지 사람들은 좀 자세히 설명해 달라는 표정을 지을 수밖에 없었다.

사라는 천천히 흐르는 하늘을 슬쩍 올려다보더니 가벼운 어조로 더 자세한 말을 풀어놓았다.

"아까도 말했지만 나는 완전한 오프너예요. 마법을 습득하는 속도로는 아무도 날 따라올 수가 없지요. 하지만 그럼에도 불구하고 다리므는 나와 비슷한 속도로 마법을 습득해 나가더군요. 물론 서로 다루는 마력의 계열이 다르기에 정확한 비교는 할 수 없었지만, 다리므가 마법을 익혀나가는 속도는 대체로 나와 비슷한 것 같았어요."

"하, 하지만 완전한 오프너는 자연적으로는 태어나지 않는다고……."

스시리아너가 급히 끼여들어 사라의 말을 끊었다. 하지만 사라는 태연할 뿐이었다.

"글쎄요. 나도 어떻게 그런 현상이 일어났는지는 잘 모르겠어요."

14

"……그래서 결과가 재미있어지겠다는 겁니다."

화려한 방 안, 그 가운데에 놓여진 탁자 위에 양팔을 얹은 채 중년의 사내가 긴 설명을 끝맺었다. 미소를 짓거나 웃음을 흘린 건 아니지만, 왠지 모르게 히죽거린다는 느낌이 드는 사내였다.

찬란한 샹들리에의 빛 아래 사내의 깊은 주름살은 더욱 두드러져 보였다. 사방에 금박을 입힌 장식물이 놓여 있고 고귀한 그림들이 가득한, 호사로움의 극치라 불러도 좋을 방 안에서 사내는 유일하게 낡고 오래된 존재였다. 번쩍거리는 불빛에 비해 사내의 피부엔 윤기가 없었고, 웅장한 인테리어에 비해 사내의 몸집은 초라하기만 했다. 하지만 그는 방에서 쫓겨나기는커녕 귀중한 손님 취급을 받고 있었다. 하인 한 명이 더없이 정중한 태도로 다가와 그의 빈 찻잔에 향기로운 차를 채워주곤 물러섰다.

"무엇이 재미있다는 거요? 실제적인 이익이 없는 한, 재미있다는 말은 삼가는 게 좋을 것이오."

　방 안의 꾸밈 만큼이나 화려한 방의 주인이 탐탁지 않다는 투로 고개를 저었다. 하지만 그러한 그녀의 태도는 사내의 심기에 아무런 영향을 미치지 못했다. 겉으로는 저래도 굉장한 흥미를 가지고 있다는 사실을 이미 알고 있기 때문이었다. 맑게 가라앉은 찻물을 은수저로 휘휘 저어 물결을 만들며 사내는 말을 이었다.

　"실리야 어차피 보장되어 있는 게 아닙니까? 여제(女帝) 폐하께서 커다란 실수를 하시지만 않는다면 그리테이트는 몇 개월 안에 리니아스 대륙 최고의 강대국이 될 겁니다."

　꾀죄죄하고 볼품없는 몰골에 무례한 언동까지. 사내는 정말 거침이 없었다. 대신들마저 어려워하는 여제의 앞에서 그는 불손한 태도를 한껏 내비치며 히죽히죽 웃고 있었다.

　하지만 여제는 그러한 그의 태도에는 별로 신경 쓰지 않고 있었다. 그녀에게 중요한 건 사내 그 자체가 아니라 그가 제시하고 실행할 일들뿐이었으므로. 다만 만일의 경우에 대비하여 확실히 못을 박아둘 뿐이었다.

　"그대의 실수가 나쁜 결과를 몰고 올 경우엔 각오해야 할 것이오."

　별다른 의미 없이 못을 박기 위해서 한 말이었지만, 그것조차도 상당한 힘을 가지고 있어 하인들은 몸을 움츠렸다. 하지만 사내는 아무래도 상관없다는 듯이 그저 편하게 대답할 뿐이었다.

　"잘 되어가고 있는 중에 그런 말이 무슨 필요 있습니까? 모두들 어리석은 장단에 맞춰 춤을 추는 게 너무도 잘 보이지 않습니까? 다만, 우리는 그들이 진실을 깨닫는 순간을 기다리며 미소 짓기만 하면 되는 겁니다."

사내는 무엇이 그리도 즐거운지 쿡쿡 웃으며 자리에서 일어났다. 이제 이걸로 할말이 다 끝맺어진 모양이다. 대화를 끝내겠다는 말도, 심지어는 짧은 인사조차 없이 그는 자리를 나서고 있었다. 덕분에 방 안에 있던 하인들과 근위 기사의 표정이 눈에 띨 정도로 일그러졌다. 하지만 여제는 방을 나서는 사내의 모습을 그냥 쳐다보고만 있었다.

탁!

작은 소리를 남기며 사내의 모습은 완전히 사라졌다. 그가 시야에서 없어지자마자 지금까지 화를 눌러 참고 있던 근위 기사 한 명이 여제에게 다가갔다.

"정말 이래도 되는 것입니까? 저런 무뢰한을……"

"그대가 감히 내 결정에 토를 달려 하는 것인가?"

여제가 그를 빤히 쳐다보자 그는 급히 무릎을 꿇었다. 급한 동작에 갑옷이 서로 부딪쳐 요란스레 철컥거렸다. 절도없는 행동으로 보일 수도 있겠지만, 요즈음의 그리테이트에서는 당연한 행동이기도 했다. 전례없이 강력한 중앙 집권제를 표방하고 있는 여제의 앞에선 그저 따라야 할 뿐이었다. 토를 단다든가, 불만스런 반응을 보인다든가 하는 일은 꿈에도 생각할 수가 없었다. 의견을 묻기 전에는 의견조차 말하지 못하는 상황이었다. 언제나 일부러 의견을 묻는 말을 끄집어냄으로써 대신들의 의견이 묵살당한다는 생각이 들지 않게 하는 여제였기에 그러한 점은 더욱 확실히 지켜지고 있었다.

"죄, 죄송합니다, 폐하. 제가 제 위치를 망각하고 큰 실수를……"

"됐소. 일어나시오."

여제는 분명한 어투의 말을 내뱉고는 자리에서 일어났다. 그녀의 간단한 손짓에 시녀들이 급히 움직여 창문을 열었다. 삽시간에 그리테이트의 차가운 공기가 방 안 가득 흘러 들어왔다.

사그락, 사그락……

긴 옷자락을 끌며 여제는 바람이 밀려오는 창가에 섰다.

"서늘하군."

차가운 바람. 그리테이트의 겨울 바람은 그 어느 곳보다도 차가웠다. 살아가는 생명들에게 시련을 주기라도 하려는 듯이 끝없이 그리테이트를 얼리는 바람. 이 바람 안에서 모두들 삶을 이어온 것이다. 언젠가는 이 얼음의 땅을 떠날 수 있길 바라마지 않으며…….

"덴부르크, 그대는 오래된 스크롤Scroll을 사용해 본 적이 있소?"

"없습니다."

여제의 갑작스런 질문에 근위 기사는 급히 대답했다.

여제는 마치 깊은 감상에 잠긴 사람처럼 느긋한 어조로 긴 말을 이어나갔다.

"오래된 스크롤은 별로 기분 좋은 물건이 못 되오. 스크롤을 찢는 것만으로 마법이 발동되게 하려면 마력도 함께 스크롤 안에 가둬두어야만 하는데, 그 때문에 스크롤은 오래 두기 힘든 물건이지. 마력은 어디에 있든 자유로이 날아다니려 하는 것이거늘, 그렇게 작은 종이 안에 가둬놓으면 어떻게든 그곳에서 빠져 나가기 위해 스크롤을 망가뜨린다오. 마력이 스스로 움직여 그렇게 스크롤을 버려놓는다는 게 마법학자들에겐 이해 못 할 일이지만……. 아무튼 오래된 스크롤은 그래서 고약한 물건이오. 표면의 질감도 끔찍한 데다, 심한 악취가 풍기지. 하지만 마법사들은 강한 마법이 담긴 스크롤이라면 그렇게 오래된 것도 불쾌함을 참고 사용한다오. 나도 꼭 한 번 헬 파이어의 스크롤을 사용한 적이 있소. 오래 된 스크롤이라 상당히 불쾌했소만, 참을 수 있었소. 그건 헬 파이 어의 마법이 그때의 내게 꼭 필요한 것이었음과 동시에……."

여제는 잠시 말을 끊고 덴부르크를 돌아보았다.

"한 번 쓰고 버릴 물건이었기 때문이었소."

어쩐지 엉뚱하게까지 들리는 말이었지만 덴부르크는 어렵지 않 게 그 의미를 알아차리고는 머리를 조아렸다.

"그대는 아직 젊소. 때때로 그 혈기에 눈에 거슬리는 것을 못 견딜 수도 있겠지. 하지만 큰 것을 이루기 위해서는 모든 것이 보 기 좋게 이루어지게 할 수만은 없는 것이오. 때로는 참아야 하고, 때로는 두 손을 피로 물들이기도 해야 하오. 기사도적인 정의조차 희생해야 한다 생각하는 게 편할 것이오. 방금 떠들다 나간 쓰레 기의 처리는 그대에게 맡겨두리다. 모든 일이 순조로이 끝나면, 기 사도 대신 나에 대한 충성심으로 쓰레기를 깨끗이 처리하시오. 그 대를 믿겠소."

"명(命)을 받들겠습니다."

덴부르크는 망설임조차 없이 짧게 대답했다. 언제나 그래왔던 것처럼.

차가운 바람이 앞으로의 일들을 예감하듯 차갑게차갑게 방 안 을 가득히 채워가고 있었다.

                    *   *   *

낮은 발소리가 통로를 가득히 울린다. 불규칙적으로 대기를 울 리는 발소리의 흐름. 케리는 그 흐름을 온몸으로 느끼며 깊은 생각에 잠기어 있었다.

불규칙적으로 낮게낮게 흘러가는 소리의 리듬. 그 리듬은 이내 저 앞에서 울려오는 다른 리듬과 화음을 이루며 뒤섞여갔다. 점점 두 리듬이 서로를 구별할 수 없게 섞여드는 걸 보니, 누군가가 이쪽으로 다가오는 모양이다. 케리는 생각을 잠시 중단시키고는 고개를 들었다. 저편 통로에서 눈에 익은 사람의 모습이 점점 가까워오고 있다는 사실이 시야 속에 밀려 들어왔다.

케리는 잠시 동안 그 사람을 빤히 쳐다보았다. 몇 초의 시간이 흐르는 동안, 그 사람과 케리의 거리가 점점 좁아져 서로간에 얼굴을 확실하게 알아볼 수 있는 거리까지 이르렀다. 역시, 예상했던 사람이다. 게다가 상대방은 바닥만 보며 걸어오느라 아직 케리를 보지 못한 것 같았다. 일이 너무도 쉽게 되어가는 것을 느끼며 케리는 버릇처럼 히죽 웃었다.

"어딜 그렇게 급히 가는 거지, 슈마리엔?"

급히 통로를 통과해 가던 슈마리엔은 그 말 한마디에 갑자기 걸음을 뚝 멈추었다. 막 케리의 옆을 스쳐 지나가던 순간이라 두 사람의 거리는 굉장히 가까운 상태였다. 그녀는 멈춰선 그대로, 케리를 쳐다보지도 않은 채 입을 열었다.

"아직 살아 있었군, 케리 마리느."

"아직도 날 기억하다니, 영광이군 그래."

케리는 히죽 웃었으나 슈마리엔은 표정의 변화를 보이지 않았다. 경멸하는 기색도, 반가워하는 기색도 전혀 없는 무표정으로 그녀는 다시 입을 열었다.

"이런 곳을 어슬렁거리다니, 이번 일을 꾸민 건 당신이었나?"

"절반 정도는. 왜, 마족에 의해서가 아니라 나 같은 연금술사에 의해 그리테이트가 움직였다는 게 불만스러운가?"

"어차피 언젠가는 그리테이트도 휴식 계열 마족의 지배에서 벗어나게 되어 있었어."

스스로도 휴식 계열 마족의 중심 인물이라는 사실을 잊고 있는 것만 같은 슈마리엔의 말투에 케리는 고개를 끄덕였다.

"역시 여전히 중립적이구만. 그래서 내가 슈마리엔을 대하기가 편하다 하는 것 아니겠어."

"그건 당신 하기에 달려 있어. 지금 상황으로 봐서는 앞으로도 계속 중립적인 태도를 취하긴 힘들겠어. 지금까지 계속 그래왔듯이."

"쿡, 그래서 전처럼 날 위협해 막겠다는 건가? 그것도 나쁘진 않겠지. 지금 여기서 네가 날 공격한다고 해도 막을 힘이 없으니까. 하지만 내가 없어진다면 네게도 좋지 않을걸."

"어째서지?"

슈마리엔의 태도는 여전히 별다른 의미가 없어 보였다. 그녀의 질문도 정말로 궁금해서 던져진 것들뿐이었다. 다른 사람을 기분 나쁘게 하는 데는 소질이 있다는 케리의 태도에 대한 반응치곤 지나치게 조용한 셈이었다.

아무리 기분 나쁜 자라도 역사의 일부라는 희한한 발상에서 나온 태도이겠지. 그래서 내가 이렇게 일부러 말을 걸고 있는 것이고.

케리는 다시 히죽거리며 그녀의 말에 답했다.

"뮤트라고 했던가? 아무튼 그 아이 말이야. 또다시 이노베이션을 꿈꾸고 있더군. 이미 알고 있을 거라 생각하지만."

어쩐지 엉뚱하게 들리는 대답이었지만 슈마리엔은 말없이 듣기만 했다.

"계속 그 아이를 보고 있었어. 상당히 흥미로웠지. 지금까지 우리가 꿈꾸어왔던 완전한 존재… 그에 가장 근접한 아이였으니까. 얼마 전엔 마력 그 자체까지도 그 아이를 위해 움직이더군. 믿을 수 없는 일이었지만, 실제로 일어나 버린 일을 부정할 수는 없었지. 아니, 솔직히 말하지. 믿기는 힘들었지만 그래도 부정하고 싶지는 않았어. 그렇게 대단한 아이라는 것에 대해 기뻤으니까. 아마도 그 아이라면 흔들리는 이 세계의 균형까지도 맘대로 조종할 수 있을 거야."

"연금술이 낳은 건 아무것도 없어. 고대에도, 지금도. 연금술이란 불가능을 가능하다 착각하는 허상일 뿐이니까."

"그래, 그랬지. 지금까진 그랬지. 아무도 완전함에 이르는 현자의 돌을 만들어내지 못했으니까. 기저 금속에 사영시켜 완전함을 만드는 매개체를 아무도 만들지 못했으니까. 지금까지는 그저 완전하지 못한 실험체들만 존재했기 때문에 그리 보였을 거야. 연금술은 쓸모없는 학문이라고, 그저 괴물만 만들어내는 학문이라고. 지금 네가 말하는 것도 그런 의미이겠지. 하지만 이젠 달라. 이젠 무언가 대단한 것이 이루어질 것만 같은 기색이 보여. 물론 뮤트, 그 아이도 처음엔 완전함엔 미치지 못했어. 오히려 균형을 위협하는 기저 금속이었지. 하지만 누군가가 던져 넣은 현자의 돌 덕에 지금 그 아이는 완전함에 가까워져 세상을 움직이고 있어. 아마도 그 아이가 진정으로 원한다면 이 세계 자체까지 기꺼이 움직여 줄 거야. 엄청난 존재지. 우리가 언제나 꿈꾸던."

"그래서 뮤트를 요구한 건가? 그 조건을 내건 것은 당신이지?"

"뭐, 그건 내가 내세운 게 아니지만, 아무래도 상관없겠지. 아무튼 나는 그 아이가 좀더 완전해지길 바래. 지금은 완전함에 가까운 상태일 뿐이니까. 그것만으로는 안 돼. 확실히 완전해야 해. 나는 뮤트가 완전한 생명체가 되어 이 세상을 이끌어 나갈 수 있길 바래. 그래서 인류라는 존재 자체가 더욱더 신에 가까워지길 바래. 바보 같은 소리로 들리나? 천만에! 이건 생물학적인 진화야. 인간은 이미 자연적인 진화의 끝에 도달해 버렸어. 이젠 인위적인 진화가 필요해. 아마 신도 그런 생각을 했겠지. 어린아이가 스스로 자기 일을 할 수 있을 때까지 돌보아주는 것처럼, 신도 우리 스스로 생명을 다룰 수 있을 때까지 자연적인 진화로 인간을 유지시켜 준 거야. 그 이후의 일은 우리 연금술사들의 몫이다. 드디어 나는 정말 오랜만에 완벽에 가까운 존재를 보았어. 이번엔 망치지 않아. 그 아이에게 모자란 부분은 내가 만들어내겠어. 전쟁을 일으켜서라도. 수많은 사람의 죽음을 빚어내더라도."

케리의 표정은 어느샌가 달라져 있었다. 히죽거리는 것은 여전했지만 눈빛이 심상치 않았다. 마치 쓸데없는 것에 죽어라 매달리는 광인(狂人)처럼, 그의 눈은 더없이 분명하고 열정적으로 번쩍거리고 있었다.

슈마리엔은 한숨을 내쉬듯 그의 말에 답했다.

"오래 전부터 수많은 이들이 그렇게 숭고하지도 않은 생각을 숭고하다 착각하여 전쟁을 일으켰지. 그리고 언제나 남은 건 시체뿐이었고."

"훗, 슈마리엔답지 않은 대답이군. 전쟁의 뒤에 남은 게 시체뿐이었다고? 과연 그랬던가? 어떠한 일을 이루기 위해선 희생이 필요해. 아주 하찮은 일엔 하찮은 희생이, 그리고 위대한 일에는 커다란 희생이 필요하지. 짧은 잡상을 머리 속에 떠올리는 작은 일조차도 몇 초의 시간이란 희생물을 요구하잖아. 네 말대로 흘러가 볼까? 프랑스? 그래, 고대 이전 프랑스라는 나라에 시민 혁명이 일어나지 않았었다면 그 이후의 역사는 어떻게 되었을까? 그 시기에 수많은 사람이 죽었었지. 그리고 숭고한 목적을 내건 혁명 뒤에 이어진 건 강압적인 공포 정치였지. 하지만 그 사건이 없었다면 민주주의라는 체계는 제대로 발전해 나가지 못했을 거야. 발전의 역사란 희생의 역사다. 희생을 두려워해서는 아무것도 할 수가 없어."

"날 설득하려고 작정하고 있었던 모양이군."

케리가 고대 이전의 이야기를 뱉어놓자 슈마리엔은 그의 의도를 알겠다는 듯이 중얼거렸다. 하지만 그의 말을 계속 듣고 싶었는지 그만 하라는 식의 말까진 꺼내지 않았다.

그녀의 그런 반응에 흡족함을 느낀 케리는 히죽거리며 말을 더 이어나갔다.

"고대에 우리가 실패한 이유가 뭐라고 생각하나? 우리는 충분히 신중했어. 그리고 우리 스스로 잔인해지지 않기 위해, 그리하여 악몽을 만들지 않기 위해 충분히 주의했었어. 하지만 우리는 결국 이런 악몽을 만들고 말았지. 그건 우리가 레볼루션Revolution이 아닌, 이노베이션Innovation을 꿈꾸었기 때문이야. 우리의 신념은 너무 약했어. 어리석게도."

"레볼루션, 혁명이 필요했던 거라고? 웃기지 마. 그거야말로 악몽이었을걸. 우리가 이렇게 새로운 세계를 만들어 이주한 이 '혁신', 이노베이션보다는 그냥 원래 세계에 계속 머무르면서 다른 사람들을 지배하는 '혁명'이 더 나았을 거라고? 단어의 뜻을 제대로 알고 있기나 한 거야? 혁신은 현재의 체제를 유지하며 일으키는 큰 변화이지만, 반면에 혁명은 체제 자체를 뒤엎어 버림으로써 타인을 지배하며 일으키는 변화야. 그건 아예 대놓고 타인을 지배하는, 처음부터 악몽인 바보짓이 아닌가? 물론 인간사에 있어 혁명의 중요함을 부정하려는 것은 아니야. 하지만 우리는 그런 보편적인 상황들과는 경우가 달랐어. 인간 사회 내에서 이루어진 혁명은 발전을 가져다 주었지만, 아예 종족이 다른 상황에서의 혁명은 그저 지배 관계를 구축할 뿐이야. 난 우리가 레볼루션보단 이노베이션을 선택했던 걸 정말 현명한 선택이라 생각하고 있어."

희한하게 흘러가는 케리의 말에 슈마리엔은 비로소 약간의 감정을 드러내었다. 한심스럽다는 듯한 어투와 약간의 경멸이 섞인 눈빛이 케리에게 정확히 가닿았다. 그리 좋다고는 할 수 없는 반응이었기에 케리도 약간의 감정을 드러내며 말을 이었다.

"타인을 지배하는 것이 바보짓이라고? 한때 역사학자였던 네 입에서 나올 말이 아니라는 느낌이 강하게 드는군. 역사를 되새겨 봐. 초고대에서부터 지금까지. 잠깐이라도 모든 사람이 완벽히 평등한 적이 있었던가? 언제나 사람들은 타인을 지배하며 살아왔어. 비교적 이상적인 제도라 일컬어지던 민주주의에서조차 사람들은 서로 지배하고 지배당했지. 너도 이 사실을 잘 알고 있으면서 그런 말을 해? 지배하는 자도, 지배당하는 자도 없는 세상은 존재하지 않아. 그러니 지배당하는 것보단 차라리 타인을 지배해야 해. 타인에 의해 운명이 결정되는 위치보단 타인의 운명을 휘두르는 자리에 서야 해. 우리는 그걸 간과했던 거야. 어리석은 이상주의에 빠져 모두가 평등한 세상을 만들 수 있을 거라 믿었던 거지. 그게 우리의 잘못이었어. 어디로 가든 계층은 생기기 마련이고, 그래서 결국은 우리가 스스로 실험체를 만들어내 지배하게 될 거라는 사실을 예측하지 못했던 거지. 아까 모든 일엔 희생이 필요하단 말을 했었지. 고대의 우리들에게도 희생은 필요했어. 사람으로서 살 권리라는 건 가장 기본적인 권리이지만 동시에 가장 소중한 권리이기도 하니까, 큰 희생이 필요한 건 당연한 일이었어. 하지만 고대의 우리에겐 그 희생을 감당할 만한 용기가 없었어. 타인을 거리낌없이 짓밟고 희생시킬 수 있을 만한 신념이 우리에겐 없었던 거야. 그래서 실패한 거야. 애초에 우리가 레볼루션을 생각했었더라면, 정령과 마족이 다투는 일도 없었을 거야. 그 싸움의 원인은 몬스터 때문이 아니었던가? 이 세계로 이주해 오면서 차원 이동을 견디지 못한 이들이 강력한 몬스터가 되어버렸던 사건 말이야. 그 몬스터와 싸우는 과정에서 정령과 마족이 갈라섰잖아. 그러니 우리가 차원 이동을 시도하지 않았다면, 지금처럼은 되지 않았을 거야. 그냥 전에 있던 그 세계에서 레볼루션을 일으켜 우리의 권리를 얻은 상태로 잘 살고 있었겠지."

"궤변이군. 무슨 말을 하고 싶은 거지?"

그리 탐탁지 않은 듯한 슈마리엔의 반응에 케리는 어깨를 으쓱해 보였다.

"다시 말하지만 뮤트는 이노베이션을 꿈꾸고 있어. 그 방법도 나름대로 합리적이지. 하지만 방향이 틀렸어. 분명 또 악몽으로 끝이 날 테지. 타인을 기꺼이 희생시키고 지배할 만한 신념이 없는 자에겐 원하는 걸 얻을 만한 자격이 없어. 레볼루션이 아닌 이노베이션을 지향하기 때문에 그 아이는 합리적이면서도 허점투성이야. 그냥 단번에 확 쓸어버리면 모두들 벌벌 떨며 복종할 텐데, 그걸 어렵게어렵게 돌아가고 있어. 만들지 않아도 될 위험 요소까지 만들어가면서. 지금도 그렇지. 페리어드의 내전에 참여해 페리어드를 마족에게 넘겨주겠다고? 겉으로 보기엔 과감한 것 같지만 사실은 그 반대야. 그 아인 마력 그 자체를 움직일 수 있고, 최고 의 검사이자 마법사이며, 다섯 드래곤의 나이트야. 그 모든 것을 완벽하게 운용한다면, 혼자서도 페리어드는 먹을 수 있어."

긴 문장을 내뱉은 탓에 침이 마르는지, 케리는 잠시 입을 다물 었다가 말을 계속 이었다.

"나는 그런 그 아이의 허점이 네이아 때문이라고 생각해. 뮤트 는 원래 네이아가 키운 아이였으니 네이아의 영향을 많이 받았겠 지. 그래서 네이아의 약점을 그대로 이어받은 거야. 안타까운 일이 지. 그렇다면 반대로 그 아이의 완전함을 만든 요인인 '현자의 돌'은 대체 무엇이었을까? 내 생각에 그건 로다야. 한없이 약해지 기 쉬운 실험체의 감정을 로다가 잘 두드려놓은 거야. 로다의 영 향이 강하게 나타날 때 그 아이의 모습은 정말 아름답지. 냉철하 고, 그렇다고 해서 잔인할 만큼 피를 즐기지도 않으며, 감정에 잘 휘둘리지도 않지. 너도 알고 있지 않나? 5개월 전의 노이테라 성 에서의 모습과 타피카를 부숴버렸을 때의 모습 말이야. 직접 본 적은 없겠지만 흥미를 가지고 그 당시의 이야기를 들었을 거라 생각하는데."

"그건 그랬었지."

슈마리엔은 이제야 케리가 말하는 바가 무엇인지 알겠다는 듯 이 고개를 끄덕였다.

비록 겉으로는 전사로서의 역할이 더 두드러져 있지만, 본질적 으로는 케리와 같은 학자 계열인 슈마리엔이었다. 케리가 끝까지 학문에 매달린 반면, 슈마리엔은 학문을 버렸지만 분석적인 태도 로 사물을 보는 건 둘의 시각이 일치할 터였다.

"나쁘진 않았어. 강하고 냉정하면서도 차갑진 않았으니까. 평소의 뮤트와는 상당히 다른 모습이었지. 개인적으로는 평소의 뮤트가 더 마음에 들지만."

"개인적으로? 그렇다면 역사적으로는? 역사는 어느 쪽을 택할까?"

"글쎄."

슈마리엔은 확실한 대답을 피했다. 하지만 그것만으로도 충분하다고 케리는 생각했다. 잘 되어가고 있다는 느낌으로 약한 불안감을 잠재우고는 약간 다른 방향의 말을 덧달았다.

"그 아이, 처음엔 그저 자기 자리에 안주하려고만 했어. 네이아의 보살핌 속에 그저 조용히 머물러 있기만을 원했지. 그런 그 아이가 움직이게 된 계기는 너희가 노이테라를 습격한 사건이었어. 간단히 말해 잔인하게 돌아간 상황이 그 아이를 평화 밖으로 밀어내었던 거지. 그리고 그 이후 이어진 일들이 그 아이를 잘 단련시켜 주었어. 물론 그 아이에겐 그런 일들이 끔찍했겠지. 어쩌면 지금도 과거의 평화로운 시간을 그리워하고 있을지도 몰라. 하지만 그런 사건으로 인해 그 아이는 더 강해졌다. 네이아의 품에서 벗어나지 못했던 응석받이가 스스로 움직이고 행동할 줄 알게 된 거야. 생각해 봐. 놀라운 발전 아니겠어? 아무것도 못 하던 어린아이가 몇 개월 만에 이노베이션을 생각할 정도로 커버린 거야. 무엇보다도 그 아이를 강하게 만든 것은 행복한 과거가 아니라 끔찍한 사건들이었던 거야. 초라한 숯덩이가 고온 고압의 시련을 받은 후에 빛나는 다이아몬드가 되듯이, 그 아이는 그렇게 발전해 온 거야. 아, 그래. 말을 다시 해야겠군. 현자의 돌은 '시련'이야. 로다로 대표되는 시련, 혹은 강해지라고 재촉하는 압박. 인간은 참

으로 이상한 존재라서 더없이 안락한 환경이 주어지면 발전할 생
각을 하지 못해. 그저 안락함 속에 뒹굴 뿐이지. 하지만 반대로 끔
찍스러운 시련 앞에선 자신의 한계까지도 뛰어넘으려 해. 궤변인
것 같나? 예를 들어볼까? 넌 원래 학자로 살아가길 원했지? 하지
만 그 이후 고대의 실험체들이 이노베이션을 꿈꾸게 되면서 넌
잠시 학자로서의 자신을 접어두고 무기를 집었지. 상황이 희한하
게 돌아가 다시 학자로 돌아갈 수 없게 될 거란 사실을 예상치
못한 채. 어떻게 보면 이것도 시련에 속해. 역사학자로서의 슈마
리엔에 대한 시련. 그 이후 지금에 이르기까지 하루에 책 한번 펴
보기 힘든 상황의 연속이었지. 넌 고대 이후 역사엔 제대로 손을
대지 못했어. 하지만 그러는 동안 네 역사 의식이 약해졌을까? 난
그렇지 않다고 생각해. 역사학자로서의 널 버리고 맘에도 없는 전
사 역할을 하는 동안 네 역사 의식은 더없이 견고하고 단단해졌
어. 자료를 늘어놓고 과거의 사실에 대해 현학적인 설명만 내뱉었
던 게 고대의 너라면, 지금의 넌 네 생활 자체가 역사야. 단지 과
거의 조각으로서의 역사에만 매달리지 않게 되었다는 말이야. 넌
이제 과거뿐만 아니라 현재, 미래까지도 역사로 보고 있겠지? 발
전이라는 테마 아래 모든 시제를 다루는 게 지금의 네 역사가 아
닌가?"

　끊어질 듯 끊어질 듯, 그러나 대체로는 줄기차게 긴 말을 완성
시킨 케리는 슈마리엔을 빤히 쳐다보았으나 그녀는 잠시 침묵을
지켰다. 아무래도 생각에 잠겨든 모양이었다. 어쩌면 조금 전에 내
뱉어진 말들을 다시 한 번 곰곰이 되새겨보는 건지도 모르겠다고
케리는 생각했다.

　침묵의 시간은 그리 길지 않았다. 잠시 동안의 고요 속에 자신

의 생각을 가지런히 정리한 슈마리엔은 나직한 목소리로 입을 열었다.

"시련이라 했지. 완벽함을 만드는 현자의 돌은 시련이라고. 그건, 뮤트를 좀더 완전에 가깝게 하기 위해 그 아이에게 시련을 더 주겠다는 의미인가?"

"이런, 슈마리엔은 이해력이 너무 좋아서 탈이군. 내가 할말을 가로채 버리다니."

"또, 레볼루션이 아닌 이노베이션을 꿈꾸는 자에겐 원하는 걸 얻을 권리가 없다고도 했지. 타인을 기꺼이 지배하고 희생시킬 만한 신념이 없이는 아무것도 이룰 수 없다고……."

"그랬지."

"그건 결과적으로 말해 뮤트가 시도하는 이노베이션을 네가 파괴하겠다는 의미로군."

슈마리엔은 감정이 섞이지 않은 단호한 어조로 그 길던 대화를 완전히 압축시켰다. 진갈색 눈으로 케리를 빤히 쳐다본 채, 앞으로 있을 일에 대한 예측을 뱉어내고 있었다.

그런 그녀의 시선을 잠시 받고 있던 케리는 이내 히죽거리면서 고개를 저었다.

"파괴가 아니라 발전이지. 인류가 더 나은 존재로 나아가기 위한, 신에게로 한걸음 더 다가가기 위한 걸음마. 그 아이가 꿈꾸던 이노베이션이 산산이 부서지면, 그 아이는 얼마간 절망감에 주저앉겠지. 하지만 곧 일어날 거야. 전보다 더 강해져서. 그리고 더 완벽에 가까워져서 우리를 지배하겠지. 레볼루션을 일으켜서 말이야."

"지배당하길 바라는 건가?"

"지배할 자격이 있는 자에겐 얼마든지. 그게 곧 발전이 될 테니까."

"지배할 자격이 없는 자에게 지배당한다면?"

"누군가가 또다시 레볼루션을 일으키겠지. 그런 식으로 인류는 발전해 왔으니까. 좀더 나은 것이 세상을 지배했다가 그게 쇠퇴할 때쯤엔 레볼루션, 그리고 레볼루션 이후의 더 나은 세계. 그리고 약간의 쇠퇴. 또 레볼루션……. 계단을 쌓듯이, 레볼루션을 통해 인류는 발전하는 거야. 이노베이션은 아무 의미를 갖지 못해. 역사에서도 여러 번 밝혀졌잖아? 거의 모든 이노베이션은 그 체제 자체의 유지에만 급급해서 실질적인 발전을 이루지 못했지. 쇠퇴하고 지나간 걸 뒤엎어 버려야 발전이 가능한 거야. 그걸 조금 고쳐서 쓰거나 그것에서 아예 벗어나려고 해봐야 나아지는 건 없어. 옛날 고대에, 그 세계를 지배하기보단 새로운 세계를 만들어 따로 살자는 이노베이션을 성공시켰던 우리들은, 언제나 그랬듯 과거의 체제를 그대로 이어받아 버렸지. 과거의 과오는 반복되어선 안 돼. 이 다음에 이어져야 할 것은 레볼루션이야, 이노베이션이 아니라."

"이해하겠어. 솔직히 조금 동감이기도 해. 하지만 이런 사상을 내게 주입시켜서 뭘 하려는 거지? 다른 마족들이 널 방해하지 못하도록 내가 막아주길 바라나?"

슈마리엔이 조금 물러나며 팔짱을 끼자 케리는 손을 저었다.

"말했잖아? 이노베이션보단 레볼루션이라고. 그건 모두에게 해당되는 말이야. 심지어는 너와 나에게도."

"뭐?"

무서운 의미를 담고 있는 케리의 말에 슈마리엔은 미간을 좁혔다. 어지간해서는 이런 반문을 하지 않던 그녀였기에 케리는 그녀의 놀라움이 어느 정도인지 대충 짐작할 수 있었다. 놀라지 않으면 오히려 이상할 정도로 강력한 말이긴 했지만.

"마족의 역사를 말할 필요까지 있을까? 무서운 허무감만을 남긴 채 정령과의 전쟁만 벌이며 살아온 휴식 계열 마족, 그리고 감언에 휘둘려 이용당하기만 하는 활기 계열 마족. 한심스럽지 않아? 이미 너무나 많은 원한이 쌓여버렸기 때문에 평화가 불가능하다고 하르드퀴논은 말했었지. 하지만 그건 이노베이션의 범주에 서일 뿐이야. 이 상황 자체를 뒤엎어 버린다면, 레볼루션을 일으켜 지금의 체제 자체를 바꾸어 버린다면 평화는 가능해. 그 방법까진 지금 말하지 않겠어. 그리고 강요하지도 않아. 잘 생각해 보라구. 생각 있으면 10시쯤 칼립스 교(橋)로 나와. 방법에 대해선 그때 토론해 보도록 하겠어."

그리고 케리는 슈마리엔의 어깨를 가볍게 툭 치며 그대로 앞으로 걸어나갔다. 긴 대화 탓에 멈추었던 길을 다시 가는 것이었다.

"레볼루션… 이라고?"

케리의 발걸음 소리마저 완전히 들리지 않게 되었을 즈음, 슈마리엔은 조심스런 목소리로 그 이상한 단어를 입 밖에 내어보았다. 위험할 정도로 적극적이기에 쉽사리 실행할 수 없는 그 단어. 하지만 이상하게도 가슴이 뛰고 있었다. 지금까지 그냥 모든 것을 무심히 역사의 일부로 흘리기만 했는데, 이번엔 아무래도 그리 되지 않을 것 같았다. 역사의 새로운 페이지를, 인류 발전의 새로운 계단을 스스로 올라보라고 케리는 말한 것이다. 어줍잖은 변화를 꿈꾸는 이노베이션이 아닌, 전체를 뒤엎는 레볼루션으로……

현자의 돌

덜컹덜컹!

거센 바람이 부는지 창문이 덜컹거린다. 슈마리엔은 깊은 한숨으로 마음을 가라앉히고는 다시 걷기 시작했다. 지금까지 걸어왔던 길이 아닌, 색다르고도 과격한 길을.

15

전투는 거의 소강 상태로 접어들고 있었다. 이제 적군에겐 더 이상 대항할 힘이 남아 있지 않는 것처럼 보였다. 적들에겐 성에서의 방어전이라는 엄청난 이점이 있었으나, 이미 큰 패전으로 사기가 바닥까지 떨어져 있었던 데다 아군의 기습이 멋지게 성공하여 순식간에 초토화당했던 것이다.

섣부른 판단을 내리지 않기 위해 최대한 신중히 생각해 봐도 이건 확실히 이긴 전투였다. 여기서 진다면 말이 안 될 거라는 생각이 들 정도의 상황이었다.

"와아아아—!"

병사들의 함성 소리가 기분 좋게 들려오는 것도 오랜만이다. 이제 아군 병사들은 더 이상 거칠 것이 없다는 기세로 적군의 성을 빙 둘러싸고 있었다. 날씬한 조형미를 자랑하던 다켄 백작의 성이 주변을 포위한 아군 병사들 탓에 왠지 초라해 보인다는 느낌이

들 정도였다.

성 위에 있는 적군들은 이제 아래로 내리쏠 화살마저도 떨어져 버린 모양이다. 초라한 몰골로 덜덜 떠는 게 항복하고픈 맘을 애써 짓누르고 있다는 사실이 여실히 보일 정도였다.

마치 성 전체가 겁을 집어먹은 것만 같은 분위기. 아군은 무척 신이 나 있었다. 전투란, 객관적으로 보기엔 끔찍하지만 의외로 어느 정도의 중독성도 가지고 있는 것이어서 이기고 있을 때의 전투는 한없이 즐겁게 여겨질 수도 있는 것이다. 이기는 동안만큼은 적의 팔이 날아가는, 혹은 적의 몸이 갈기갈기 찢기는 장면을 즐기며 웃을 수 있는 게 인간이란 존재이니까.

이제 더 이상의 반항은 없을 거란 생각이 확신으로 굳어져 갈 때쯤, 여러 명의 병사들이 커다란 통나무를 운반해 왔다. 성문을 강제로 열려는 것이었다.

리안의 손짓에 따라 통나무를 수평 방향으로 기울인 병사들은 함성을 지르며 앞으로 달려나갔다.

쿵!

통나무 끝이 성문에 거칠게 부딪히며 큰 소리가 울려퍼졌다. 꽤나 세게 부딪혔지만 역시 단번에 열리진 않는다. 통나무가 부딪힌 충격이 빠르게 전달되면서 성문 전체가 부르르 떨렸지만, 뒤로 밀려날 기세는 보이지 않았다.

쿵!

두 번째 부딪힘. 이번엔 성문이 뒤로 조금 들썩했다. 한번만 더 부딪힌다면 열릴 것 같은 기세였다. 덕분에 성을 둘러싸고 있던 아군의 함성은 더 높아졌다. 지나친 함성에 귀가 멍멍하단 느낌이 들 정도였다.

콰과광!

그리고 통나무 끝이 세 번째로 성문에 부딪혔을 때, 성문은 결국 큰 소리를 내며 세차게 뒤로 밀려나고 말았다. 육중한 철문이 부르르 떨며 뒤쪽으로 세차게 날아가는 건, 멋은 없어도 꽤나 볼만한 장면이었다. 하지만 아군 병사들 중에 그 장면을 즐겁게 쳐다보는 이는 없었다. 성문이 열리자마자 모두들 정신없이 안으로 밀려 들어갔기 때문이다.

저러다 대열이 흐트러져 기습을 당하진 않을까 하는 생각에 리안은 잔뜩 긴장하며 병사들의 뒤를 따라 달렸다. 다행히 병사들은 대열까지 흐트러뜨리진 않고 대체로 규칙적으로 나아갔다. 명령을 전달하는 마법사가 '대열을 지켜라! 건물 안까지는 들어가지 말고 다음 명령을 기다려라!' 라는 말을 수없이 반복 전달하느라 완전히 지쳐 버리긴 했지만, 그래도 그럭저럭 다행인 셈이었다.

다켄 백작의 성은 보통 성들처럼 성벽으로 둘러싸인 안에 정원이 있고, 그 가운데 난 길로 중앙 건물에 들어가도록 이루어진 구조였다. 병사들 중 몇 명이 회백색 자갈이 깔린 길을 통해 중앙 건물에 들어가려는 의지를 보였으나, 다행히 많은 수는 아니어서 막을 수가 있었다. 사기가 낮아서는 정말 곤란하지만 너무 높아도 골치 아프다는 사실을 새삼 느끼며 리안은 주변을 빙 둘러보았다.

아군은 지금 다켄 백작의 정원을 군화로 짓밟으며 도열해 있는 상태였다. 한마디로 말해 적의 본거지에 발을 디밀었다는 의미였다. 하지만 막상 들어와 보니 이상하게도 사방이 지나치게 고요했다. 몇 분 후, 리안의 짜증 섞인 다그침에 아군의 함성마저 가라앉고 나니 주변은 완전히 쥐죽은듯이 고요해졌다. 하늘에서 허공을 가르는 새의 울음 소리가 뚜렷이 들려왔을 정도였다.

'설마, 함정일까?'

위쪽을 올려다보니 성벽 위에서 벌벌 떨고 있던 적군 병사들도 어느새 사라지고 없었다. 정말이지 아무도 없는 성에 들어온 것만 같은 기분이었다. 조금 전까지만 해도 성안에 병사들이 드글드글한 걸 보았고, 그 이후 아군 병사들이 성을 에워싸 버렸기에 아무도 이곳에서 나가지 못 했을 텐데도 이렇다니. 덕분에 리안은 강한 불안감이 사방에서 울려오는 듯한 감각을 느껴야만 했다.

"고요하군요."

함정일지도 모르니 후퇴해야 하나. 아니면 그냥 우리의 힘을 믿고 밀어붙여야 하나… 하는 고민에 리안이 골머리를 썩히기 시작했을 즈음, 앞쪽에 있던 디노가 리안에게 다가왔다. 어떻게 하는 게 좋겠냐고 묻고 싶은 모양이었다.

"함정이 아닐까요? 이대로 섣불리 들어가서는 좋을 게 없을 것 같습니다만, 프라이어님은 어떻게 생각하시는지?"

쉽사리 결정을 내리지 못한 리안은 그녀에게 슬쩍 질문을 던져보았다. 어떻게 움직일지 확실히 결정하기 전에 그녀의 의견을 듣고 싶었던 것이다.

그녀는 고개를 조금 돌려 저편에 있는 성의 건물을 물끄러미 쳐다보더니, 이내 한 가지 제안을 해왔다.

"그렇다면, 제가 들어가서 확인해 보도록 하지요. 잠깐이면 될 겁니다."

"아, 그러는 게 좋겠군요. 기사들을 딸려드리겠습니다."

"아닙니다. 제가 혼자 움직이는 게 더 빠릅니다."

무모하게 들리는 디노의 말에 리안은 미간을 좁혔다.

"빠르다고 될 일이 아닙니다. 위험하니까요. 기사 열 명쯤이면……."

"필요없다고 했습니다. 여차하면 순간 이동으로 빠져 나올 테니 위험도 없을 겁니다. 꾸물거리다간 오히려 위험합니다."

"그렇습니까. 후우……!"

그녀의 말이 끝날 때쯤 리안은 한숨을 쉬고 말았다. 맞는 말이다. 효율성으로 볼 때 그녀 혼자 보내는 게 제일 괜찮은 방법이다. 효율적으로 생각하면…….

하지만 왜 괜히 씁쓸한 기분이 드는 걸까. 전장에선 누구나 도구일 뿐인데. 어떻게 하면 저 사람을 가장 효율적으로 이용할 수 있을까 하는 생각이 제일 합리적인 생각인데.

"알겠습니다. 그럼 부탁합니다."

"그럼."

리안의 말이 끝맺어지자마자 디노는 앞으로 달려나갔다. 빠른 움직임, 사뿐한 발놀림으로 순식간에 시야에서 사라져 갔다. 달리는 게 아니라 춤을 추는 것처럼 보인다는 착각이 일 정도였다.

그녀의 붉은 머리칼이 산산이 흩날리며 아름다운 붉은빛을 사방에 흩뿌렸다.

아군 병사들의 웅성거림이 뒤에서 들려온다. 내가 갑자기 앞으로 뛰어나온 탓에 의아함을 느꼈나 보다. 딘은 뒤를 돌아볼까 하다가 고개를 들어 앞을 쳐다보았다. 우아하면서도 웅장한 건물이 점점 다가오고 있었다.

다켄 백작 성의 중앙 건물. 매끄럽고 날씬한 곡선이 화려하지 않으면서도 우아하다. 건물의 벽을 이루고 있는 엷은 회색의 돌들은 차가웁게 느껴지는 게 아니라 오히려 포근한 느낌을 가득히 전해주고 있었다. 성을 짓는 본래 목적인 방어력에 미의식이라는 기준까지 덧붙여 설계한 성인 모양이다. 그저 칙칙하고 차갑기만 한 마르티누스 성과는 완전히 대조적인 건물인 셈이었다.

중앙 건물 앞을 지키는 경비병이 없었기에 딘은 곧바로 건물 안으로 발을 내디뎠다. 한쪽 벽면을 완전히 창문으로만 구성한 덕에 복도 안에 햇살이 길게 쏟아지고 있었다. 흰 햇살에 젖어 아득한 분위기에 잠긴 회백색의 복도를 딘은 긴장 섞인 눈으로 쳐다보았다.

고요함이 시야 속으로 부드럽게 스며 들어온다. 아무래도 이 1층 복도는 비어 있는 것 같았다. 가득히 흘러 내려온 햇살 속에 꿈결 같은 느낌만이 떠돌 뿐, 살아서 움직이는 것은 단 하나도 보이지 않았다. 이 정도 크기의 성이라면 하인들이라도 오갈 법하건만, 정말 아무도 보이질 않았다.

스릉—

막연한 불안감을 느낀 딘은 검을 뽑아 들었다. 긴 복도 안이라 검을 뽑는 마찰음이 벽에 반사되어 귓가에 웅웅 울렸다. 햇살 속에 울리는 검의 마찰음. 맑고 깨끗한 소리이면서도 왠지 모르게 섬뜩하단 느낌이 든다. 이 마찰음은 검의 날 부분이 검날의 안쪽과 마찰하며 나는 소리이니까. 검의 날이 얼마나 잘 서 있는가에 따라 나는 소리이니까.

잠시간 복도 안을 떠돌던 검의 마찰음은 얼마 지나지 않아 가라앉았다. 그리고 다시 정적이 사방을 떠돌기 시작했다.

소란스러움보다 더 불안한 정적이 깃털처럼 살랑살랑 내려앉는 것만 같다. 딘은 그 정적을 헤치며 복도를 달리기 시작했다. 1층 복도를 지나 2층과 연결되는 계단을 오르기 시작했다. 계단 끝에

도달해 2층의 복도를 둘러보기 시작했다.

하지만 역시 2층에도 정적만이 흐르고 있었다. 상황이 이렇게 되자, 딘은 불안하기보단 차라리 어이가 없어지는 것을 느꼈다. 이 게 대체 어떻게 된 상황이란 말인가? 성안에 있어야 할 그 많은 사람들이 전부 각자의 방 안에서 숨죽이고 숨어 있기라도 하단 말인가? 그 많던 병사들까지도?

아니, 어쩌면 병사들은 이 중앙 건물이 아닌 다른 건물 안에 있 을지도 모른다. 하지만…….

'저건?'

복잡한 생각에 잠겨 고개를 젓던 딘의 시야에 이상한 것이 들 어왔다. 이상한, 꿈틀거리며 퍼져 나가는 듯한 검은색의 덩어리였 다. 딘은 고개를 숙여 그쪽을 빤히 쳐다보았다. 까만 물체라고 생 각했는데 잘 보니 붉은색이다. 오른편 복도 한쪽 바닥에 불그죽죽 한 무언가가 스멀스멀 퍼져 나가고 있었다.

'대체 뭐지?'

딘은 검을 잡은 손에 힘을 주며 그쪽으로 서서히 다가갔다. 가 까이에서 보니 그건 붉은 액체였다. 복도 한쪽에 있는 문 밑에서 부터 퍼져 나와 담청색 카펫을 붉게 물들이고 있었다. 저건… 피? 저 문 뒤에 있는 방에서부터 흘러나온 피? 기분 나쁜 비린내가 코 끝을 맴도는 게 아무래도 피가 맞는 것 같다. 저 방 안에 퍼진 피 가 문지방과 문 사이의 틈을 통해 복도에 번져 나오고 있는 것이 다.

'이 정도라면 방 안엔 피가 흥건히 고여 있겠군.'

딘은 침을 꿀꺽 삼켰다. 비릿한 피 냄새와 함께 두려움이 혀끝 을 맴돌기 시작했다. 사방을 채운 고요함이 그러한 감정을 배가시

키듯 귀아프게 울려오고 있었다. 이런 상황, 별로 맘에 들지 않는
다. 안 좋은 장면이 저 안에 펼쳐져 있음을 알면서도 문을 열어야
하는 상황이라니…….

문 앞에 잠시 서 있었던 탓에 딘의 신발마저 붉은빛으로 젖어
들어가고 있었다. 경계를 늦추지 않으며, 이대로 돌아서서 나가고
싶다는 생각을 억누르며, 문고리의 서늘한 온도를 손으로 느끼며
딘은 문을 열었다.

찰칵!

문고리가 돌아가는 소리가 정적을 꿰뚫고 날아갔다. 느릿한 동
작으로 뒤로 밀려나간 문은 자신이 있던 자리에 방 안의 풍경을
펼쳐 놓았다. 문이 서서히 열리면서 우아하고 고급스럽게 꾸며진
방 안의 풍경이 점차 딘의 시야에 밀려 들어왔다.

"아?!"

방 안의 풍경을 확실히 봐버린 딘은 짧은 감탄사를 내뱉었다.
기분 나쁜 예상이 들어맞아 버린 탓이다.

방바닥에 피가 흥건히 고여 흐르고 있었다. 느릿한 걸음으로 안
에 들어서는 딘의 신발을 축축이 적실 정도로 흥건했다. 기분 나
쁜 감각. 피 냄새가 코를 찔러온다. 딘은 천천히, 전혀 서두르지 않
고 방 안 깊숙이 걸음을 내디뎠다. 그 피 웅덩이의 근원지로 다가
가는 것이다.

안락해 보이는 갈색 소파. 그 안에 몸을 깊숙이 묻은 채 한 중
년의 사내가 깊은 잠에 빠져 있었다. 다시는 깨어날 수 없는 잠에.

직접 만나본 적은 없지만 그래도 아는 사람이다. 딘은 어느새
그를 빤히 쳐다보고 있었다. 눈을 감은 그의 얼굴에는 죽음 직전
까지 그를 괴롭혔던 고통의 흔적이 여실히 남아 있었다. 눈을 홉

뜬 상태에서 죽지 않은 게 다행이라 여겨질 정도로 강한 고통이
전체적으로 퍼져 있었다.

눈썹은 무섭게 올라가고 미간은 구깃해져 있다. 입술은 일그러
져 이가 반쯤 보인다. 꼭 감긴 눈에도 그러한 고통의 일부가 담겨
있어 눈가에 깊은 주름이 새겨져 있었다. 아마도 이 사내는 있는
힘을 다해 눈을 꼭 감은 채 이를 악물며 고통을 견뎠으리라. 죽음
이란 것에서 도망치지 않기 위해서, 스스로 선택한 죽음을 받아들
이기 위해서.

이윽고 사내의 손목에 그어져 있는 여러 개의 붉은 줄에 시선
이 옮겨가자, 딘은 허탈감을 느끼고 말았다. 내전은 이제 끝났다.
다켄 백작이 이렇게 죽음을 택한 이상, 아바스 백작도 더 이상 버
텨낼 수가 없을 테니까.

하지만… 하지만 말이다. 이렇게 스스로 목숨을 끊을 거였으면
내전은 왜 일으켰을까. 결국 이렇게 마지막까지 견디지도 못한 채
허망하게 죽을 거였으면, 대체 왜 수많은 병사들을 죽음에 몰아넣
었을까. 아예 처음부터 얌전히 있었다면 괜찮았을 것 아냐. 백작
자리 정도면 충분했잖아.

아, 아니, 당신에겐 그렇지 않았었나 보지. 그래서 당신은 내전
을 일으킨 거겠지? 아마도 처음엔 성공할 거란 확신까지 가졌을
지도 모르지. 사람은 앞일을 예측하지 못하는 존재이니까. 그래,
당신은 내전의 끝에 이러한 파멸이 있으리란 생각을 하지 못했기
에 내전을 일으킨 거겠지?

사람이란 그런 걸까? 앞으로 다가올 일이 파멸인 줄도 모르고
달콤한 꿈을 꾸는, 그런 허망한 존재인 걸까? 혹시 나도 당신과
같은 부류인 건 아닐까? 아니, 아니길 바래. 제발 그건 아니길 바

래. 우리가 원하는 건 권력도, 부도 아닌 단순한 살 권리일 뿐이니까. 모두에게 당연히 주어져 있는 것. 그것만 있으면 돼. 그러니⋯⋯.

"흐윽⋯⋯."

순간 어디선가 작은 흐느낌 소리가 들려왔다. 작은 소리였지만 딘을 흠칫하게 만들기엔 충분한 소리였다.

"훌쩍! 히잉… 흑흑⋯⋯."

코를 들이키는 소리. 흐느끼는 소리. 이건 분명히 사람이 내는 소리다. 누군가가 숨죽여 울고 있는 게 분명하다. 딘은 급히 몸을 돌려 다시 복도로 뛰어나갔다. 소리가 끊기기 전에 소리의 근원을 찾기 위해서였다.

탁탁탁!

급한 발소리가 울음 소리와 뒤섞이며 정적을 마구 뒤흔든다.

쾅!

딘은 이곳이다 싶은 곳의 방문을 발로 차버렸다. 무엇 때문인지 마음속의 여유가 없어져 버린 것 같은 느낌이다. 거칠게 차인 문은 한쪽이 고정되어 있는 탓에 사분원의 궤적을 그리며 뒤로 밀려나다 벽면에 부딪혀 끼익거렸다.

자그마한 방이었다. 방 크기뿐만 아니라 가구도 모두 작았다. 아이를 위해 만들어진 방인 모양이다. 장식품들까지도 아기자기한 것들뿐이었다. 파스텔 하늘색의 얇은 커튼이 바람에 하늘거리는 게 이 방 전체가 하나의 독립적인 세계라도 되는 듯한 기이한 느낌을 주고 있었다.

그리고 그 방 한쪽에, 작은 침대 위에 웅크린 채 코를 훌쩍이는 작은 생명체가 있었다. 무릎을 세운 채 그 위에 얼굴을 묻고 있어서 얼굴은 못 보겠지만, 역시 어린애였다. 많이 봐줘도 여덟 살 이상으론 보이지 않았다.

엷은 갈색 머리칼이 고운 곡선을 수없이 그리며 무릎 위에 덮여 있다. 안 그래도 작은 몸을 더 작게 웅크린 아이의 어깨가 덜덜 떨리고 있었다. 무서운 걸까? 아이의 발치엔 나무로 만들어진 장난감 칼이 놓여 있다. 아무래도 위험이 생기면 저 칼로 적을 무찌르겠다는 어린애다운 생각을 한 모양이다.

하지만 장난감 칼이라도 그리 투박한 것은 아니었다. 날 부분은 매끈한 곡선으로 처리되어 진짜 검 같은 모양을 하고 있었으며, 검날의 색을 나타내기 위한 은박까지 입혀져 있었다. 잡기 좋도록 만들어진 손잡이에는 작은 장식과 드래곤의 조각까지 새겨져 있었다. 아무리 봐도 상당한 고급품에 속하는 장난감인 셈이다. 보통 아이들은 꿈도 못 꿀…….

'다켄 백작의 아들인 걸까? 저 나이 또래의 막내가 있다는 말을 듣긴 했는데.'

딘은 복잡하게 뒤엉키려는 마음을 애써 가라앉히며 아이에게 다가갔다. 덜덜 떨고 있는 아이의 어깨. 손 안에 꼭 들어올 것만 같은 작은 어깨가 떨리고 있으니 보기에도 애처롭다. 슬퍼질 이유가 없는데도 괜히 눈물이 날 것만 같다. 아이들은 아무런 걱정 없이 소리도 우렁차게 울음을 터뜨려야만 한다. 저렇게 숨죽여 울어서는 안 된다. 저렇게 작은 몸 안에 슬픔을 가두면 안 된다. 엉엉 울어서 주변 사람들이 달려오게 해야 한다. 외롭지 않도록. 사랑받고 있다는 사실을 느낄 수 있도록.

눈물이 핑 돈다. 왜 이런 느낌이 드는지 모르겠다. 우울함이 마음속을 흔드는 것을 느끼며 딘은 아이의 작은 어깨를 감싸안았다.

현 자 의 돌

갑작스런 일에 놀란 아이가 급히 고개를 드는 게 느껴진다. 정말 작다. 어떻게 달래야 할지는 모르겠지만 안아주는 것만이라도 해 주고 싶었다. 적어도 곁에 사람이 있다는 사실만은 알리기 위 해……

타악!

순간 재빨리 장난감 칼을 집어 든 아이가 있는 힘껏 딘의 손을 내리쳤다. 막 아이를 안아올리려던 딘은 흠칫하며 한걸음 물러났 다. 아이의 힘이라 약하디약한 공격이었지만, 아직 완전히 낫지 않 은 오른손을 정통으로 맞은 탓에 욱신하는 감각이 신경망을 타고 전달되어 왔던 것이다.

"누, 누구야!"

아이는 어느새 장난감 칼을 두 손으로 꼭 쥔 채 그럴듯한 포즈 까지 취하고 있었다. 용사 이야기를 너무 많이 들은 모양이다. 온 통 눈물에 젖은 얼굴인데다 목소리는 울음에 잠겨 있어 도저히 용사로는 보이지 않았지만.

딘이 말없이 아이를 쳐다보고만 있자, 아이는 딘이 자신의 기세 에 겁먹은 거라고 판단한 모양이었다. 이 기회를 놓치지 않겠다는 듯이 장난감 칼을 열심히 휘둘러왔다. 마치, 그 장난감 칼로 딘을 쓰러뜨릴 수 있으리라 생각하기라도 하는 것처럼.

"물러나! 저리 가란 말야!"

탁! 타닥, 타닥─

아이가 휘두르는 장난감 칼은 방어하지 않고 그냥 맞아도 전혀 아프지 않을 정도로 약했다. 하지만……

수없이 칼을 맞았어도 쓰러지지 않는 딘의 모습에 아이는 조금 당황한 듯했다. 더 기를 쓰고 칼을 휘두르며 거의 악에 받친 목소리로 소리쳐 왔다.

"이 악독한 마왕아! 물러나란 말… 흐… 히잉……."

있는 힘을 다해 칼을 휘두르며, 있는 힘을 다해 소리치던 아이
는 결국 말끝에 울음을 매달아 버리고 말았다. 아무리 때려도 쓰
러지지 않는 딘이 무서워진 모양이다. 울먹울먹하며 얼굴을 찡그
리더니 이내 바닥에 주저앉으며 울음을 터뜨렸다.

"와아아앙!"

제발 누가 와달라고, 제발 도와달라고 소리치는 듯한 울음이다.
아무도 와줄 수 없는 상황 속에서 아이는 제발 아무나 와달라고
커다란 소리로 울고 있었다.

"울지 마."

딘은 최대한 부드러운 목소리로 말을 건네며 아이의 작은 몸을
안아올렸다. 아이는 빠져 나가려고 있는 힘을 다해 버둥거렸지만,
딘의 힘을 당해낼 수 있을 리가 없었다. 한참을 버둥거리며 큰 소
리로 울다가 이내 힘이 빠진 듯 얌전해졌다.

힘은 빠졌어도 눈물은 아직 멈추지 않아 아이의 눈물에 딘의
옷이 점점 젖어가고 있었지만, 딘은 어떻게 해야 이 아이의 울음
을 멈추게 할 수 있을지 몰랐다. 도저히 알 수가 없었다.

아이를 안아올린 자신의 눈에서 흘러내리는 눈물을 멈추는 방
법도 딘은 알지 못했으므로.

"울지 마……."

다만 주문처럼 짧은 한마디를 되뇌일 수 있을 뿐이었다. 이곳에
서 이러고 있으면 안 되는데, 나는 나아가야만 하는데 눈물이 멈
추질 않았다. 턱을 타고 흘러내린 눈물이 바닥에 투두둑 떨어져
내린다.

딘은 팔에 안은 아이를 끌어당겨 품속에 꼬옥 안았다. 그리고 또다시 짧은 말을 중얼거렸다. 아이에게 하는 말인지, 자기 자신에게 하는 말인지 알 수 없는 모호한 말을.

"울지 마… 제발……."

바깥에서 시끄러운 소리가 들려오기 시작하고 있었다.

무기를 버리고 양손을 머리 위로 올린 적군 병사들이 긴 열을 지어 아군 앞으로 걸어오고 있었다. 지휘자도 없는 데다 더 이상 승산이 없으니 항복을 해오는 것이었다.

리안은 아군의 진형을 변형시켜 항복자들을 수용하며 중앙 건물을 올려다보았다. 이제 이 고요함이 함정 때문이 아니라는 건 밝혀졌는데도 디노는 아직 나오지 않고 있었다. 그녀의 움직임이라면 중앙 건물 안을 샅샅이 살피고도 남을 시간인데, 대체 무엇을 하기에 아직도 나오질 않은 것일까. 리안은 항복해 온 병사 중 계급이 비교적 높아 보이는 자를 다그쳐 보았지만, 그의 입에서 나온 말은 '전 아무것도 모릅니다' 라는 말뿐이었다.

얼마간의 시간이 더 지나 모든 항복자들이 아군 진형 내로 들어올 때까지도 디노는 건물 안에서 나오지 않았다. 이제 성을 완전히 점령했으니 병사들을 시켜 건물 안을 뒤지게 하기도 해야겠는데, 디노가 나오질 않으니 선뜻 명령을 내리기가 힘들었다. 중앙 건물 안의 상황이 어떻게 되어 있는지 아직은 잘 모르기에 선불리 들어가지 않고 기다릴 수밖에 없었다.

지루한 기다림이었다. 몇 초가 몇 분같이 느껴지고 몇 분이 몇 시간처럼 느껴지는 기이한 시간의 흐름이 주변에 흐르는 것 같았다. 결국 리안은 인내심의 한계를 느끼고야 말았다.

그때, 저편에서 하나의 그림자가 희미하게 그려지기 시작했다. 그 흐릿한 그림자는 느릿한 속도로 점점 선명해지더니, 이내 그 모습을 알아볼 수 있을 정도의 거리까지 다가왔다. 멀리서도 선명히 보이는 붉은 머리칼은… 디노였다. 그녀는 무언가를 팔에 안은 채 천천히 이쪽으로 걸어나오고 있었다. 대체 무엇을 안고 나오나 하고 자세히 쳐다보니, 그건 어린아이였다. 곤히 잠든 아이를 팔에 안은 채 붉은 머리칼을 바람에 날리며 그녀는 이쪽으로 다가오고 있었다.

"늦어서 죄송합니다."

리안의 바로 앞에 와서야 그녀는 흐릿한 미소를 지으며 가볍게 고개를 숙였다. 그런 그녀의 표정이나 목소리엔 아무런 감정도 실려 있지 않았다. 그저 보고하는 형식의 말투였을 뿐이다. 덕분에 리안은 중앙 건물 안에서 무슨 일이 있었는지 짐작조차 할 수 없게 되고 말았다.

"안의 상황은 어땠습니까?"

"아무래도 거의 비어 있는 것 같습니다. 별다른 위험도 없어 보였습니다. 그냥 들어가도 될 겁니다. 더 이상 지휘할 사람이 없으니까요."

"지휘할 사람이 없다니요?"

"다켄 백작이 자살해 버렸더군요."

강한 느낌을 전해주는 디노의 대답에 모두들 흠칫하며 서로를 쳐다보았다. 다켄 백작이 자살해 버렸다고? 그럼 이걸로 내전은 끝나는 건가?

"그럼, 그 아이는 대체 누굽니까?"

복잡한 생각의 흐름 속에서 간신히 평정을 유지한 리안이 재빨리 다음 질문을 던졌다. 디노는 아이의 머리카락을 부드럽게 쓸어 주며 짧게 대답했다.

"데스트락 다켄. 다켄 백작의 막내아들입니다."

"예에?"

의외의 대답이었기에 리안은 좀더 자세히 설명해 달라는 표정을 지었다. 하지만 디노는 더 이상 대답을 주지 않았다. 아이를 안은 채 그대로 뚜벅뚜벅 앞으로 걸어가 버렸다. 성을 나갈 생각인 모양이다. 길게 열을 지어 서 있던 아군 병사들이 좌우로 움직여 그녀가 지나갈 길을 터주었다.

"어디로 가는 겁니까?"

리안이 뒤에서 소리치자 그녀는 뒤도 안 돌아보고 대답했다.

"아헨으로 먼저 돌아가겠습니다. 자세한 말은 그때 하지요."

밑도 끝도 없이 그저 그때 가서 설명을 들으라는 일방적인 대답. 하지만 그녀의 그런 태도에도 아군 병사들은 그저 말없이 양편으로 물러나 길을 터줄 뿐이었다. 그녀가 이런 말을 하든 저런 말을 하든 따르겠다는 듯이.

강하다는 것. 기사들에게나 사병들에게나 그것은 동경의 대상이 되는 모양이다. 강하지 않은 자가 자신의 위에 서면 불평하지만, 강함을 인정할 수밖에 없는 자가 위에 서면 동경의 대상이 되는 것이다. 지극히 단세포적인 사고이지만 싸움 자체가 직업인 사병과 기사들에겐 암묵적으로 존재하는 작은 규칙인 셈이었다.

덕분에 그녀는 아무런 힘도 들이지 않은 채 진형의 가장 뒤쪽까지 걸어나갔다. 조용한 걸음으로, 부드러운 움직임으로 시야에서 점점 멀어져 갔다.

아군의 맨 뒤쪽에는 몇몇 마법사들과 후방을 맡은 기사들이 서 있었다. 딘은 잠든 아이의 귓가에 부드러운 자장가를 흥얼거리며 천천히 걸어나갔다.

진형의 가장 바깥쪽에선 만약을 위해 따라온 사이키의 모습도 볼 수 있었다. 그녀는 엘크와 나란히 서서 상황을 살피고 있었다. 딘은 그들이 눈치 채지 못할 만큼만 고개를 들어 그들을 빤히 쳐다보았다. 아니, 엘크의 모습을 살폈다.

엘크. 얼마 전에 보았던 타피카의 드래곤. 다행히도 살아 있었던 모양이다. 그것도 저렇게 건강하고 평온한 모습으로.

드래곤에게 있어 나이트의 죽음은 커다란 충격으로 다가오기 마련이다. 아무리 악독하던 나이트를 가지고 있었대도 나이트가 죽어버리면 드래곤은 자신의 일부를 잃어버린 듯한 충격에서 쉽게 헤어나지 못한다. 드래곤 자신은 잘 인지하지 못하지만 실제로 자신의 일부를 잃는 것이므로.

그러니 엘크도 꽤나 큰 충격을 받았을 터였다. 그날, 타피카를 공격했던 그날, 에이린이 그녀의 나이트를 죽였으니까.

걸음이 빨라서인지 어느새 딘은 아군 진영을 완전히 빠져 나가 있었다. 아군 진영 맨 뒤에 있던 엘크와의 거리도 10미터 가량 벌어졌을 때, 갑자기 옆에서 튀어나온 누군가가 딘의 바로 옆까지 다가왔다.

의외의 사람이었다. 딘은 놀란 눈으로 그를 올려다보았다.

"레브라드? 여긴 왜?"

주변의 풀숲에 몸을 숨기고 있다가 딘에게 다가온 사람은 다름 아닌 레브라드였다. 어떻게 된 건지는 모르지만 딘이 나오기를 쭉 기다렸던 모양이다. 약간의 걱정을 담은 눈으로 딘을 쳐다보며 조심스런 말을 이었다.

"조금이라도 도움이 될 일이 없나 해서 기다렸습니다."

낮은 목소리. 저편에 있는 사람들에게 들리지 않도록 신경 쓰고 있는 모양이다. 딘도 비슷한 크기의 목소리로 대화를 이어나갔다.

"말했잖아. 네 생활을 이어가라고. 내게 그렇게 신경 쓰지 않아도 되는데."

"그런 의미가 아닙니다. 다만."

딘의 분명한 말에 레브라드는 조심스레 자신의 말을 자세히 풀어놓으려 했다. 그러나 그는 그 이상 말을 잇지는 못하였다. 저편에서 누군가가 이쪽으로 다가오고 있다는 사실을 깨달았기 때문이다.

"혹시… 레브라드?"

엘크였다. 조심스런 걸음으로 천천히 다가오며 미심쩍은 표정으로 이쪽을 쳐다보고 있었다. 약간의 놀라움과 약간의 미심쩍음과 약간의 반가움이 뒤섞여 있는 모습이다. 고요하고 잔잔하던 얼굴에 여러 가지 감정이 퍼져 나가 하나의 표정을 이루고 있었다.

"엘크?"

이윽고 레브라드의 얼굴에도 놀라움이 번졌다. 아무래도 레브라드는 이 뒤쪽 풀숲에 있었으면서도 엘크를 보지 못했던 모양이다. 엘크가 완전히 눈앞에까지 다가왔을 즈음에야 그는 떨리는 목소리로 말을 이었다.

"살아 있었던 거야?"

"너야말로……."

이윽고 엘크의 표정에 섞여 있던 미심쩍음이 잔잔한 미소로 바뀌었다. 조심스럽던 목소리가 반가운 목소리로 바뀌었다. 주변을 경계하는 것인지 두 사람 모두 작은 목소리였지만 그렇다고 반갑지 않게 들리는 것은 아니었다.

"그 이후, 아헨에 계속 있었던 거야? 한번도 보지 못했는데."

"사이키님을 우연히 만나서 사이키님과 함께 있었어. 그런데 이분은?"

엘크는 서두르지 않고 차분히 말을 잇다가 레브라드의 옆에 서 있는 딘을 돌아보았다.

"아, 그게……."

"만나서 반갑습니다, 엘크."

레브라드가 대답을 꺼내기 전에 딘이 그의 말을 끊으며 인사를 건네었다. 레브라드의 대답이 애매해지도록 만든 것이다. 정말 순수한 인사의 의미도 없지는 않았지만.

하지만 그런 딘의 행동은 별다른 효과를 가져오지 못했다. 이런 장소에서 레브라드와 함께 걷고 있는 사람은 한 사람밖에 없는 거니까.

"레브라드의 나이트이십니까?"

확신을 담은 질문이었기에 딘은 할 수 없이 고개를 끄덕였다. 그런 딘의 반응에 엘크는 알겠다는 듯한 미소를 지었다.

"그렇군요. 만나 뵙게 되어 영광입니다."

아무래도 엘크는 이미 딘이 누구인지 눈치 챈 모양이다. 어쩌면 그녀는 뜬소문으로나마 레브라드의 새로운 나이트가 딘이라는 말을 들었던 건지도 몰랐다.

지금의 딘은 정체가 들키지 않도록 환각을 사용하고 있긴 했지만, 그게 엘크에게까지 효과를 미칠 리는 없었다. 딘의 얼굴을 아는 사람이라면 너무도 인상적인 이 환각 때문에 누군지 알아보지 못하게 되었겠지만, 엘크는 애초에 딘이 어떻게 생겼는지 모르는 것이다. 그러니 엘크는 딘을 대하며 '지금 이 모습이 딘의 모습이구나' 하고 생각해 버렸을 터였다.

때때로는 무지(無知)가 진리로 이르는 길을 제공할 수도 있다고 하던가.

"그날은 미안했어요."

왠지 상황이 복잡해지는 것을 느끼며 딘은 애써 엘크의 시선을 피하며 걷기 시작했다. 엘크와 레브라드가 따라오는 것이 어렴풋이 느껴졌다.

"지난 일입니다. 그때의 일은 이제 잊기로 했습니다. 떠오르는 태양을 보며 어제의 태양에 대한 아쉬움을 이야기할 필요는 없겠지요."

뒤에서 전해져 오는 엘크의 말이 의미 심장하게 들린다. 딘은 자기도 모르게 고개를 돌려 그녀를 쳐다보았다. 그리고 예상했던 짧은 질문이 그 뒤로 이어져 왔다.

"제 나이트가 되어주시지 않겠습니까?"

16

　뜨거운 햇살이 내리쬐는 아름다운 오후. 페리어드의 수도 아헨에 위치한 한 저택 앞에 세 명의 사람이 서성이고 있었다. 아무래도 이 저택에 볼일이 있는 사람들인 듯했다. 그들 중 한 사람이 작은 종이를 경비병에게 내보이며 몇 마디 말을 건네고 있었다.

　경비병에게 말을 건네고 있는 사람은 굉장히 눈에 잘 띄는 인상을 한 젊은 여성이었다. 나이는 20대 초반 가량으로 보였는데, 하얀 피부에 대비된 붉은 머리칼과 붉은 눈동자가 강렬한 느낌을 주는 미인이었다. 예닐곱 살쯤 되어 보이는 사내아이를 품에 안고 있었지만, 아이의 어머니로는 보이지 않았다. 곤히 잠든 조카를 안고 있는 느낌에 더 가깝다고나 할까. 품에 안은 아이를 상당히 소중히 다루는 것 같긴 했지만, 어머니라 하기에 너무 젊어 보였다.

　"······아시겠지요? 뮤트님께선 이 아이를 잘 돌봐달라고 신신당부하셨습니다. 아마도 당분간은 이 저택에서 맡고 있어야 할 겁니다."

그녀는 부드러우면서도 분명한 어조로 자신이 전할 사항을 경비병에게 모두 전해주었다. 상황이 잘 이해되지 않는 듯 경비병은 고개를 갸웃했으나, 그래도 금방 안으로 들어가 하녀 한 명을 데리고 나왔다. 영문은 잘 몰라도 뮤트의 친필 편지가 있기에 저 여성의 말에 따르기로 한 모양이다.

"잘 부탁합니다."

아이를 안고 있는 여성은 부드러운 미소를 지으며 안고 있던 아이를 하녀에게 넘겼다. 하녀는 능숙한 움직임으로 아이를 받아 안았다. 아이를 돌본 경험이 꽤 많은 사람인 모양이었다. 아이를 건넨 여성은 그런 하녀의 모습에 안도하는 표정을 지었다. 사정이 생겨 이 저택에 맡기긴 하지만 이곳에서 아이가 잘 지낼지 걱정했던 것이리라.

철컹!

이윽고 하녀는 저택 안으로 사라지고, 뒤이어 저택의 문도 닫혔다. 아이를 안은 하녀의 뒷모습을 물끄러미 쳐다보고 있던 젊은 여성도 말없이 그곳에서 물러나와 걷기 시작했다. 무섭게도 내리쬐는 햇살. 흙먼지가 발끝에 채여 하늘을 날다 떨어져 내린다.

"하지만 저곳이 저 아이에게 좋은 곳이 될 수 있을까요?"

문득 젊은 여성의 오른쪽에서 걷고 있던 청년이 그녀에게 말을 걸어왔다. 그녀는 청년을 힐끔 쳐다보더니 불분명한 대답을 남겼다.

"글쎄, 모르겠어."

외모상의 나이로는 몇 살 차이 나지 않는 것 같은데도 그녀는 청년에게 반말을 쓰고 있었다. 청년이 더없이 정중한 어투를 사용한 것과는 상당히 대조적이었다.

"그래도, 이게 최선일 겁니다. 다켄 백작이 완전히 무너진 이상, 어느 누구도 저 아이를 맡아주려 하지 않을 테니까요."

그녀의 왼편에 걷고 있던 여성도 청년과 비슷한 투의 정중한 말을 전해왔다. 마치 신분이 높은 한 사람을 다른 두 사람이 수행하고 있는 듯한 분위기였다. 하지만 그 정중함 속엔 보호의 의미가 별로 담겨 있지 않아서 아가씨를 수행하는 모습이라기보다는 서로 계급이 다른 기사들이 나란히 걷고 있는 듯한 느낌에 더 가까워 보였다.

"하지만 엘크."

붉은 머리의 젊은 여성 딘은 씁쓸한 표정을 지으며 엘크의 말에 반론을 제기하려 했으나 이내 그만두었다. 이런 대화를 질질 끌어봐야 별다른 소득이 있는 것도 아니라는 사실을 잘 알기 때문이다.

한숨을 내쉬며 한 손으로 머리를 쓸어올렸다. 머리카락의 감촉마저 까슬까슬하다. 페리어드의 강한 태양빛 때문에 머리결이 상한 모양이다. 어떻게 요 며칠 동안 그 뜨거운 태양 아래 살았나 하는 생각이 새삼스레 떠오른다.

목적을 가진다는 게 삶에 이렇게 커다란 영향을 미치는 것이었던가. 딘은 천천히 요즈음에 일어났던 일들을 되새겨보았다. 생각해 보니 정말 많은 일이 있었다. 잠도 거의 자지 않은 채 하루하루를 수많은 일들도 채워나갔으니까. 지금까지 이어져 온 딘의 생활 중 대부분이 조용한 시간들이었다는 점을 감안하면, 정말 정신없이 뛰어다닌 셈이었다. 이렇게 뛰어다니는 목적이 결국은 조용하고 평화로운 앞날을 얻기 위해서라는 사실이 괜히 우습긴 하지만.

딘이 막 이곳 아헨으로 돌아왔을 때 제일 먼저 들은 소식은 내전이 끝났다는 말이었다. 다켄 백작의 성에서부터 아헨까지 걸어오는 동안, 아바스 백작이 항복을 해왔던 것이다.

이제 알테이아의 전쟁과 페리어드 내부 정비가 남았다며 고개를 젓던 지오르 백작의 모습을 딘은 분명히 기억하고 있었다. 어이없고 허무하지만, 아무튼 내전은 끝났으니 이제 아헨에서 딘이 할 일은 많이 줄어들어 있었다. 굳이 이곳에 계속 머물 이유가 없어진 셈이었다.

지오르 백작은 딘을 아헨에 붙들어두고 싶어하는 눈치였지만, 딘은 다른 할 일이 있다며 그 자리를 물러나와 버렸다. 마족에 관한 사항이나 몇 가지 자질구레한 일들을 관리하기 위해 가끔 찾아오긴 해야겠지만, 상주(常住)할 필요가 없는 이상 이렇게 더운 나라에 계속 머물러 있을 이유는 없으니까.

이런저런 생각을 하려니 새삼스레 피곤하단 감각이 몸 안에 스며 들어온다. 오른손을 다친 탓에 계속 왼손으로 검을 썼더니 왼팔의 느낌이 좋지 않았다. 딘이 근육의 긴장을 풀기 위해 가볍게 팔을 돌리자, 레브라드가 입고 있던 로브를 벗어 딘의 어깨에 얹어주었다.

"햇볕이 뜨겁군요. 후드를 쓰시는 게……."

"고마워."

딘이 옅은 미소를 지으며 그를 쳐다보자 그는 머쓱한 듯 고개를 돌렸다.

"그런데 어디로 가실 생각이십니까?"

"그리테이트로. 할 일이 있거든."

"급하지 않다면 하루 정도는 쉬었다 가시죠."

111

"천천히 가야 하긴 하지만, 하루라도 이곳에 더 머물렀다간 지오르 백작에게 붙들리게 될 거야. 내가 페리어드에 남길 원하는 눈치였거든."

"그렇습니까."

딘의 나직한 대답에 레브라드는 더 이상 할말이 없어진 모양이다. 딘이 조금이라도 쉬는 시간을 가지길 원하는 눈치였지만 마땅히 설득할 말을 찾지 못하는 것 같았다.

아무래도 레브라드는 주변 사람에게 참 신경을 많이 쓰는 타입인 것 같았다. 보통의 드래곤이라면 나이트에게 이렇게 세세한데까진 신경 쓰지 않는다. 자칫 주제넘은 짓으로 보일 수도 있고, 어차피 나이트의 명엔 무조건 따라야 하니까. 하지만 레브라드는 아침에 주거 밀집 지역에서 딘을 만났을 때부터 계속 이것저것 챙기고 있었다. 자질구레한 일이나 주제 넘는 일이라도 걱정되는 일은 끝까지 챙기는 성격인 모양이다.

이런 성격, 사람 좋다는 소리는 듣겠지만 드래곤에게는 흔치 않은 성격일 거란 생각에 딘은 픽, 웃었다. 아주 똑같은 건 아니지만 레브라드의 성격은 그를 꽤 많이 닮아 있었다. 오래 전 기억 속에 아득히 남아 있는, 웃는 모습이 소탈하던 그 사람을.

'아무튼, 내전이 너무 빨리 끝난 덕에 시간이 많이 남아버렸군. 그리테이트에 도착해서 쉴까? 노아는 일주일이라 했었는데……'

햇볕에 달구어진 흙길에서는 계속 흙먼지가 날리고 있었다. 내전이 거의 끝난 걸 어떻게 알았는지 거리를 오가는 사람 몇 명이 눈에 띈다. 발걸음이 급한 걸 보니 내전 기간 동안 하지 못했던 일들을 급히 해치우고 있는 모양이다.

약초 바구니를 팔에 안고 달려가는 사람, 내용물을 알 수 없는 꾸러미를 잔뜩 이고 걸음을 재촉하는 사람⋯⋯. 바쁜 삶의 모습이 드문드문 길 위에 펼쳐지고 있었다.

아마, 이제 며칠 후엔 이 근처에 노점상들도 다시 늘어설 터였다. 내전이 끝난 직후의 어수선한 분위기에서 장사를 다시 시작하기는 불안하겠지만, 하루라도 더 쉰다는 건 그만큼 굶는 날이 많아진다는 의미밖에는 안 되는 것이다. 힘겹게 살지만 그래도 왠지 아름다워 보이는 사람들. 구차하고 의미없이 이어가는 삶인 것 같아도 나름대로 강한 생명력과 낙천성을 지니고 사는 사람들. 앞으로 이 사람들의 삶이 너무 고달파지지는 않도록 딘은 조용히 마음속으로 기원했다.

복잡한 거리로 들어가 몇몇 점포들을 기웃거렸다. 아직 제대로 문을 연 곳은 없었지만, 그래도 문을 두드리면 사람은 나와주었다. 그런 식으로 점포 주인 몇 명을 깨우며 돌아다닌 끝에 딘은 그럴듯한 마차 한 대를 빌릴 수가 있었다.

마차가 다시 돌아오지 않을 거란 생각에 잠긴 마차 주인을 보아선 빌렸다기보단 샀다는 표현이 어울릴 테지만, 마차 값을 조금 웃도는 돈을 준 덕에 마차 주인도 손해보았다는 말은 없었다.

마차를 거리에 내어놓으니 어디선가 한 사내가 나타나 마차 주변을 기웃거렸다. 그가 무엇을 원하는지 눈치 챈 딘이 금화 한 닢을 던져 주었더니, 그는 씨익 웃으며 마부석에 올라앉았다.

아예 처음부터 이걸 노리고 다가온 사내이지만, 그래도 그는 큰 선심쓰는 듯한 말을 수없이 늘어놓기 시작했다. 그리테이트까지 가는 길은 그리 안전하고 안락한 길은 아니지만 아예 못 돌아올 길은 아니니 함께 가주겠다, 나만한 마부를 만난 걸 다행으로 생각해라, 원래 이 정도 가격에 서비스는 안 하지만 이런 시기에 마부 찾는 게 힘들 테니 봐주겠다…… 등등. 그는 정말 순식간에 상당한 양의 말을 쏟아낼 수 있는 뛰어난 능력을 가지고 있었다. 거의 대부분이 자신에 대한 허풍이었지만, 입담이 워낙 좋아 듣고 있는 사람들은 웃음을 머금을 수밖에 없었다.

"저도 함께 가면 안 되겠습니까?"

막 마차에 오르려던 딘의 등에 레브라드의 목소리가 와닿았다. 딘은 발을 발판에 걸치려다 말고 그를 돌아보았다.

"네 할 일이 있잖아?"

"함께 가고 싶습니다."

"글쎄, 그냥 나 혼자 가는 게 나아."

"그래도……."

레브라드는 쉽사리 물러날 생각을 하지 않고 딘을 빤히 쳐다보았다. 보통은 이 정도 즈음에서 '알겠습니다'라고 말하며 물러나는 게 정상인데, 역시 드래곤답지 않은 그였다. 딘은 그의 시선을 애써 외면하며 마차에 올랐다.

"그렇다면 그리테이트 국경까지만이라도 함께 가겠습니다."

순간 조심스러운 말을 내뱉으며 레브라드가 따라 올라왔다. 생각보다 더 적극적인 반응이었기에 그에 정신이 팔린 딘은 하마터면 마차 천장에 머리를 찧을 뻔했다.

탁! 히이이잉!

마차의 문이 닫히고 말 울음 소리가 높게 퍼져 나갔다. 작은 창으로 스며드는 햇살의 방향을 바꾸며 마차는 앞으로 힘차게 뻗어 나갔다.

딘은 창문 밖으로 머리를 내밀어 뒤쪽을 돌아보았다. 뒤로 밀려 나가는 바람에 머리카락이 시야를 가린다. 붉은 머리칼이 그리는

114

곡선 사이로 손을 흔드는 엘크의 모습이 보였다. 뒤로뒤로 밀려나는 사물들. 햇볕에 젖은 거리. 생활 속으로 흘러가는 사람들. 시야를 가득 채운 삶이라는 것. 그 모습이 이렇게 역동적이고 아름다운 것이란 사실을 처음 알았다.

엘크의 모습이 작은 점이 될 정도까지 멀어지자 딘은 내밀었던 고개를 집어넣었다.

덜컹덜컹—

포장되지 않은 길이라 마차는 불규칙적인 진동 속에 나아가고 있었다.

그리테이트까지는 마차로 이틀 거리. 순간 이동을 한다면 단숨에 갈 수도 있겠지만 마차의 진동 속에서 쉬고 싶었다. 약간의 여유를 이렇게 보내고 싶었던 것이다. 뒤로뒤로 밀려나는 사물들을 돌아보며, 졸음이 오면 눈을 감으며 조용하고 평화롭게.

"레브라드."

마차에 몸을 기대며 딘은 나직이 레브라드의 이름을 불렀다. 바깥을 내다보고 있던 그는 말없이 시선을 이쪽으로 돌렸다.

"내가 네 두 번째 나이트라고 했었지?"

"예."

"네 이전 나이트는 어떤 사람이었어?"

별로 기분 좋은 질문은 아니라는 사실은 알고 있었다. 하지만 괜히 묻고 싶어졌다. 나이트가 드래곤의 성격에 얼마나 많은 영향을 미치는지 알기에.

레브라드는 잠시 생각에 잠긴 표정을 짓더니 느릿한 속도로 대답해 왔다.

"전형적인 기사였습니다. 허용적이라기보다는 강압적인 분위기가 강했지만, 자기의 일은 스스로 해야 한다는 신념을 가지고 있었기에 제게는 작은 일조차 잘 맡기지 않았었지요. 덕분에 비상사태가 아닌 때에는 거의 자유 시간이었습니다."

그랬군. 그도 드래곤을 피하는 부류의 사람이었던 거야. 그래서 레브라드가 드래곤치곤 덜 조심스러웠던 거군. 딘은 얕은 한숨을 내쉬며 눈을 감았다.

"나이트."

잠시간의 침묵이 흐른 후, 이번에는 레브라드가 먼저 말을 걸어왔다.

"미르가드님께서 나이트를 찾고 있다는 걸 아십니까?"

"알아."

딘은 천천히 눈을 뜨고 레브라드를 쳐다보았다.

"만나지 않으실 겁니까?"

"지금 상황은 그리 좋은 편이 못 되는걸. 지금은 만나야 좋을 거 없어."

"그렇지 않습니다. 드래곤에게 있어 나이트는 때때로 자기 자신보다 소중한 존재이니까요."

레브라드는 어느새 약간의 쓸쓸함을 담은 표정으로 딘을 쳐다보고 있었다. 미묘한 감정. 약간은 생소한 감정이 딘의 의식 속에 밀려 들어왔다.

"자유로운 게 더 낫지 않아?"

어떤 대답이 나올지 뻔히 알면서도 딘은 쓸쓸한 질문을 던졌다.

덜컹덜컹—

돌부리를 넘는지 마차가 한쪽으로 기울어진다. 그와 함께 모든 사물도 어느 정도 기울어졌다. 마차와는 상관없는 바깥 사물까지도 기울어진 듯한 느낌이 든다. 내가 기울면 세상이 함께 기울어 버린다. 이상한 사실이지만 나에게 있어 모든 것의 기준은 내 자신일 수밖에 없으니까.

"물론 자유롭게 지내는 게 좋다는 걸 알고는 있습니다만."

레브라드는 딱히 설명할 수 있는 말을 찾기 힘든지 말끝을 흐렸다.

"그건, 스스로 책임지는 걸 두려워하기 때문이야."

"예?"

"나이트와 함께 있는 한은 어떤 일에도 책임지지 않을 수 있지. 스스로 내린 결정이 아니니까. 하지만 혼자 있게 되면 자신이 스스로 내린 판단이기에 스스로 책임을 져야 하지. 그 때문이야. 드래곤에게 나이트가 필요한 이유는."

약간 이상하게 들리는 딘의 말에 레브라드는 이해하지 못하겠다는 표정을 지었다.

"이상하게 들리겠지. 나도 이상하다 생각해. 하지만 사실이야. 나이트는 드래곤에게 있어 삶이나 다름없는 존재, 그리고 나이트에게 있어 드래곤은 아무것도 아닌 존재. 그렇게 생각하니? 사실은 그렇지 않아. 드래곤의 의지를 지배한다는 건 그로 인해 생기는 책임도 떠안게 된다는 의미야. 믿기지 않겠지만 드래곤이 슬프면 나이트도 슬퍼져. 감정이 연결되어 있다고나 할까? 드래곤 쪽에서는 나이트의 감정에 떠밀리지 않는다고 들었어. 하지만 나이트는 드래곤의 감정을 분명히 느껴."

"하지만……."

레브라드는 반론을 제기하려는 듯한 움직임을 보였으나 뭐라고 해야 할지 잘 떠오르지 않는 모양이었다. 딘은 그런 그에게서 그가 하고 싶어하는 말을 읽어낼 수 있었다.

하지만 정말로 그렇다면 어째서 대부분의 나이트들이 드래곤을 가혹하게 대하는 겁니까.

사실 처음엔 딘도 그 점을 이해할 수 없었다. 드래곤과 나이트가 그렇게까지 연결된 관계이면서도 정말 드래곤에게 잘 대해주는 나이트가 없다는 건, 상식적으로 이해가 가질 않는 현상이었으니까.

하지만…….

"무슨 말을 하고 싶은 건지 알아. 나이트가 드래곤의 감정을 느낀다면, 어째서 드래곤에게 그리 가혹하게 대하는 거냐고 묻고 싶겠지? 자기 자신을 위해서라도 잘 대해주는 게 정상인데 말이야. 하지만 실제로는 그 반대야. 드래곤의 감정을 고스란히 느끼기에 나이트들은 드래곤에게 쌀쌀맞게 대할 수밖에 없어."

"그게 무슨 뜻입니까?"

레브라드는 뒤이어질 딘의 말이 두려워진다는 표정을 짓고 있었다. 드래곤의 직감으로 딘이 거짓이나 허풍을 말하고 있는 게 아니라는 사실을 깨달았기 때문이리라.

어떤 사실이 숨어 있는지 두려워하면서도 계속 질문을 던지는 건, 사람이 가진 희한한 딜레마가 아닐까 하고 딘은 생각했다. 애초에 아무것도 모른다면 마음이 편할지도 모르는데, 왜 모두들 묻고 싶어할까. 금단을 향한 질문을 던질까. 그저 아예 모른 채 산다면 행복할지도 모르는데. 비록 그게 진짜 삶이 아닐지라도…….

"아까 말했듯이."

딘은 말의 첫 부분을 끄집어내고는 잠시 말을 끊었다.

"드래곤의 의지를 지배한다는 건 그에 따른 책임까지 짊어진다는 의미야. 사람들이 진정으로 자유로워질 수 없는 이유가 무엇 때문이라 생각하니? 자신을 얽매는 것이 도처에 널려 있기 때문에? 아니야. 책임을 두려워하기 때문이야. 누구나 지금 있는 자리를 박차고 일어날 수 있어. 모든 것을 던져 버리고 자유롭게 존재할 수 있어. 다만 그에 잇따른 책임이 두려워서, 던져 버린 것들을 영영 잃을까 봐 두려워서 자유롭지 못하는 거지. 자신이 한 행동에 책임을 져야 하기 때문에 삶은 누구에게나 무거운 건지도 몰라. 자신이 원하는 방향으로 살아가려면 모든 것을 스스로 판단하고, 모든 것을 책임져야 하지. 사람에겐 엄청난 가능성이 언제나 주어져 있어. 하지만 모두들 아무것도 없다고 느끼는 건, 자신의 판단대로 나아갔을 때 그에 따라 주어질 책임을 견딜 자신이 없기 때문인 거야. 그런데 나이트는 드래곤과 계약을 맺음으로써 드래곤이 지닌 책임의 일부를 떠안게 되지. 타인의 삶을 짊어진다는 건 지극히 견디기 힘든 일이야. 그래서 나이트들은 자신도 모르는 사이에 난폭해져 버리지. 이게 아닌데, 이래서는 안 되는데 하면서도 드래곤에게 짜증을 내고 결국은 둘 다 힘들어져 버리곤 해. 그게 한 사람이 다수의 드래곤을 거느릴 수 없는 이유이기도 하지."

"하지만 나이트는……."

레브라드의 질문 섞인 중얼거림에 딘은 한숨을 내쉬었다.

"나 같은 경우는 무책임하기 때문이야. 책임을 떠안지 않으려 하니까 여러 드래곤을 거느리는 게 가능해지더군. 처음에 내가 말했었지. 내가 무슨 말을 하든 네 판단으로 거부해도 좋다고 그게 내 유일한 명령이라고. 그 외의 말들은 명령으로 받아들이지 않아도 좋다고."

그리고 딘은 입을 다물었다. 무언가 더 반론을 제기할 거라고 생각했는데 레브라드도 침묵을 지켰다. 복잡한 생각에 시달리는 듯한 표정을 한 채 그는 딘을 빤히 쳐다보고만 있었다.

힘없는 바람이 열린 창문으로 밀려 들어온다. 딘은 눈을 감았다. 잠을 청하려는 듯이 마차에 완전히 기대었다. 피곤하다…….

"하지만 결국은 이런 말들도 전부 궤변일 뿐이지. 애초에 이렇게 만들어진 탓인걸."

뜻 모를 말을 마지막으로 중얼거리며 딘은 깊은 잠 속에 빠져 들었다. 마차가 움직이는 건지, 아니면 세상 전체가 움직이는 건지 분간이 잘 가지 않는 모습으로 세상 모든 것들이 뒤로뒤로 밀려 나고 있었다.

또…… 그 꿈이다.

다리므는 수많은 비명이 메아리치는 공간에 서 있었다. 대기 속에 가득한 단말마의 비명. 피비린내가 가득한 곳이다. 입고 있던 옷도 이미 땀과 피에 흠뻑 젖어 있었다. 조금만 발을 내디뎌도 물컹거리는 시체 조각이 밟힐 정도다.

이 꿈은 대체 언제까지 반복되는 것일까.

처절하게 울려오는 비명 소리에 귀를 막았다. 죽어가는 사람의 목소리. 듣고 싶지 않다. 정말 듣고 싶지 않다. 하지만 아무리 듣지 않으려 애를 써도 소용이 없었다. 언제나 그랬듯 이미 머리 속이 비명으로 가득 차 있었으니까.

내 머리를 박살내 버리지 않는 한 이 소리는 내게서 떠나질 않을 테지. 아니, 내 머리를 박살내더라도 이 비명의 무더기는 계속 메아리로 울려퍼질 것만 같다. 피할 수도, 외면할 수도 없다. 그저 이 장면을 직시할 수밖에 없다.

온몸에 소름이 돋는다. 사방이 시체투성이다. 한때 사랑했던 사람들, 그리고 잃고 싶지 않았던 사람들의 얼굴이 피에 얼룩진 채 바닥에 버려져 있다. 대체 무엇이, 대체 무엇이 이 모든 것을 파괴하고 있는 것일까. 대체 무엇 때문에 이 사람들은 부서져 나간 것일까. 그리고 나도……

눈물이 흐른다. 이건 꿈이다. 꿈이라는 걸 알고 있다. 하지만 언제나 그랬듯 역시 이번에도 아무것도 할 수가 없다. 소중한 사람들의 죽음을 공포에 질려 쳐다보다 결국엔 같이 부서져 나가며 꿈에서 깨어날 뿐이다. 아무도 지킬 수가 없다.

피에 얼룩진 뺨 위로 피에 젖은 눈물이 흘러내린다. 이 지독한 피비린내를 씻어내기라도 하려는 듯이 눈물이 흐른다. 하지만 이 가느다란 눈물 줄기로는 더 큰 얼룩을 만들뿐이다. 피범벅된 얼굴을 씻어내는 것조차 할 수가 없다.

그래, 나는 이토록 미약하고, 그래서 모두를 눈앞에서 놓쳐 버렸다. 나 혼자서는 아무것도 할 수가 없다. 정말 소중한 사람을 지키는 일조차도……

"언제까지 울고만 있을 거야?"

문득 앞에서 귀에 익은 목소리가 들려왔다. 톤이 낮은 듯하면서도 부드러운 여자 목소리다. 다리므는 깜짝 놀라 그쪽을 쳐다보았다.

저편에 검은 로브를 입은 사람이 서 있었다. 언제 나타난 걸까? 바람도 불지 않는데 로브 자락이 부드럽게 휘날리고 있다. 이 피투성이의 꿈에서 저 사람 혼자만 완전히 단절되어 있는 것만 같은 느낌이다. 꿈속에서 벗어난 꿈결 같은 분위기로 그 사람은 서 있었다.

"이제 그만 나가자. 이 지겨운 곳에서."

그리고 그 목소리가 다시 다리므의 귓가를 울려왔다. 아, 그래, 이 목소리는 딘이다. 후드를 푹 눌러쓰고 있어서 얼굴을 볼 수는 없지만 이건 분명 딘의 목소리다. 항상 듣고 싶었던 목소리, 아직도 생생히 기억하는 목소리이니까.

다리므는 반가움 반 두려움 반으로 그녀에게 다가갔다. 검은 로브 때문인지 그녀만은 피에 절어 있지 않은 것 같았다.

비명은 아직도 공간 가득히 울려오고 있었다. 하지만 무엇 때문인지 이제는 모든 것이 다 아득하게만 느껴졌다. 점점 가까워지는 딘의 모습만이 뚜렷해지고, 그 외의 사물들은 급속도로 흐릿해져 갔다. 작은 빛줄기 앞에 어둠이 스러져 가듯이.

다리므가 가까이 오자 딘은 앞서 걷기 시작했다. 아무래도 그녀는 나가는 길을 알고 있는 것 같았다. 이대로 딘을 따라가면 이 지긋지긋한 꿈에서도 벗어날 수 있을 거란 예감이 분명히 들었다. 나갈 길이 없다고 생각했었는데, 전에는 딘마저도 무형의 적에게 산산이 찢겨버리고 말았었는데 지금은 달랐다. 딘이 걷고 있는 저 앞편에 희미한 빛줄기가 길게 비껴오고 있었다.

"어째서 넌 이곳에서도 멀쩡한 거지?"

다리므가 조심스런 질문을 던졌다. 이것은 나의 꿈. 어떤 대답이 나올지라도 그건 나의 대답일 뿐이다. 하지만……

딘은 천천히 뒤를 돌아보며 후드를 벗었다. 후드가 목 뒤로 흘러내리면서 그녀의 검은 머리카락이 부드럽게 흔들렸다.

이윽고 다리므의 시야 안에 들어온 그녀의 앳된 얼굴은 다리므의 기억 속에 남아 있는 그대로였다. 머리가 짧아진 것 외에는 하나도 변하지 않은 모습이었다. 평범하면서도 귀여운 인상의 얼굴에 부드러운 미소를 띠고 있었다.

그리고 그녀는 짧은 한마디를 다리므에게 전해주었다.

"난 그 누구도 손댈 수 없는 괴물이니까."

"아……?"

다리므는 눈을 떴다. 강하지도 약하지도 않은 적당한 빛이 시야 안에 가득 스며 들어왔다. 하얀색의 천장. 노이테라와 비슷한 느낌의 천장이다.

하품을 하며 몸을 일으켰다. 얼마나 잤는지 눈이 부어 있는 느낌이다. 한참 동안 눈두덩을 비비고 나서야 비로소 제대로 눈을 뜰 수가 있었다. 고요한 방 안. 조금 열린 창문에서 밀려온 바람이 얇은 커튼을 흐느적거리게 한다. 평화로운 방 안. 사방에 초록색의 빛덩이가 어른거린다. 불을 켜지 않아 어둑한 방 안을 적당한 밝기로 비춰주고 있었다. 이 아름다운 빛덩어리들은…….

대지의 소정령?

다리므는 그제야 이곳이 어디인지 깨달았다. 이곳은 페리어드, 에레의 구역 안인 것이다.

'언제 여기까지 온 거지?'

뒷머리를 긁적이며 침대에서 빠져 나왔다. 분명 어제까진 알테이아에 있었다. 내가 몇 시간이나 잤는지는 잘 모르겠지만, 아무튼 알테이아에서 난리를 피웠던 기억이 아직도 생생하니까. 하지만 눈을 떠보니 에레의 구역이라니, 얼떨떨했다. 대체 상황이 어떻게 돌아가는 건지 제대로 판단이 서질 않았다.

익숙하지 않은 집 안이라 이리저리 기웃거리며 욕실을 찾았다. 다행히 욕실은 눈에 잘 띄는 곳에 있었다. 벽에 걸린 거울을 보고 있으려니 꼬락서니가 우습다는 생각이 든다. 막 일어난 탓에 몸은 늘어지고, 머리는 마구 헝클어져 있고, 눈은 적당히 부었고, 얼굴 전체에는 아직 채 나가지 않은 졸음이 덕지덕지 붙어 있었다. 스시리아너와 마주쳤다면 엄청나게 부스스하다며 깔깔깔 웃어댔을 거란 생각이 들 정도였다.

대충 세수를 마치고 다시 마루를 걸었다. 이제 사람들을 찾을 차례다. 다리므를 혼자 이곳에 버려둔 채 다른 곳에 가버렸을 리는 없으니 분명 모두들 이 집 안에 있을 터였다. 마루에 아무도 없는 걸 보면 아무래도 방 안에 틀어박혀 긴 대화라도 나누고 있는 모양이다. 그렇다면…….

'어?'

천천히 걷던 다리므는 문득 뒤에서 이상한 느낌이 전해오는 것을 느꼈다. 누군가가 뒤를 따라오고 있는 듯한 느낌이었다.

걸음을 멈추고 천천히 뒤를 돌아보았다. 하지만 뒤에는 아무것도 없었다. 그저 고요함만이 복도에 가득할 뿐이었다.

'착각인가?'

착각이라 생각하기엔 꽤 분명한 느낌이었지만 그는 고개를 갸웃하며 다시 걷기 시작했다. 이곳에서 다리므를 따라올 만한 건 아무것도 없었으니까.

하지만 걷기 시작하자 뒤에서 또 무언가가 따라오는 느낌이 들었다. 다리므는 다시 한 번 뒤를 돌아보았다. 하지만 역시 아무것도 없었다. 다만 가없는 고요함만이 공기 속을 떠다닐 뿐이었다.

'뭐, 뭐야, 이거……'

더없이 고요한 곳에서 무언가가 계속 따라오는 상황이라면 누구나 호기심이 일기 전에 머리가 쭈뼛해질 수밖에 없다. 다리므도 예외는 아니어서 세 번째 돌아볼 때는 쭈뼛쭈뼛 돌아봐야만 했다. 하지만 역시 아무것도 없었다.

이쯤 되자 다리므는 과연 계속 걸어가야 하는가에 대한 심각한 회의에 사로잡히기 시작했다. 마치 귀신처럼 뒤를 돌아볼 때면 숨고, 걸어가면 슬그머니 따라오는 괴물체라니. 그 따라오는 느낌이 인기척과는 미묘하게 다르다는 점에서 더 괴기스러웠다. 지금은 한낮이라 귀신이 나올 시간은 아니지만…….

한참 동안의 괴로운 생각들에 시달리던 다리므는 결국 빨리 사람들을 찾아야겠다는 결론을 내리고 뛰기 시작했다. 하지만 다리므가 달리기 시작하자 뒤따라오던 그 무언가도 그만한 속도로 따라오기 시작했다. 마치 다리므 정도는 얼마든지 붙잡을 수 있다는 듯이.

'저, 저건 대, 대체 뭐야!'

다리므는 온몸에 소름이 돋는 것을 느꼈다. 형체도 없는 이상한 것이 뒤를 따라오고 있다고 생각하니 환장할 지경이었다. 순간 바닥을 잘못 디뎌 발이 미끄러졌다. 덕분에 다리므는 오른쪽으로 180° 회전하며 요란스레 바닥과 박치기를 해버리고 말았다.

쿠당탕!

"아구구구……."

따지고 보면 멋진 공중 회전인 셈이었지만, 다리므는 정신이 하나도 없었다. 그의 기준으로 보면 세상이 한번 크게 흔들리면서 홱 돌아버린 거나 다름없었으니까. 그러나 그와 함께 시야에 들어온 사물들은 다리므를 어이없게 만들기에 충분했다.

녹색의 빛덩이가 시야 가득히 떠올라 있었다. 대지의 소정령들. 하지만 아무렇게나 흘러다니던 평소와는 달리, 모두들 꼼짝도 않은 채 그 자리에 가만히 떠 있었다. 경직되어 버린 것만 같은 모습이었다. 아무래도 저들은 다리므가 갑자기 이쪽을 쳐다봐서 당황한 모양이었다.

아무래도 다리므를 쫓아왔던 건 이 소정령들인 모양이다. 그냥 한두 개 정도가 따라왔다면 따라온다는 느낌이 나지 않았을 테지만, 저렇게 많은 수가 졸졸 따라왔으니 인기척도 아닌 회한한 느낌으로 전해진 것이다. 전혀 예상하지도 못했던 해답에 다리므는 쿡쿡 웃고 말았다.

다리므로 따지자면 열심히 달리다가 뒤로 뒤집어지며 넘어진 탓에 본의 아니게 갑자기 뒤를 돌아보게 된 것이었다. 하지만 그 덕분에 뒤따라오던 소정령들이 몸을 숨기는 타이밍을 놓쳐 이렇게 당혹스러워하고 있는 것이다. 그냥 둥둥 떠다니는 빛덩이로만 생각했는데, 의외로 장난스러운 면이 있다고 생각하며 다리므는 몸을 일으켰다.

'그런데 정말 아무도 없는 건가?'

사방은 여전히 고요했다. 아까 다리므가 넘어지면서 큰 소리가 났음에도 불구하고 아무도 나와 보질 않은 것이다. 다른 사람들이라면 몰라도 미르나 네이아라면 그런 소리를 놓치지 않았을 텐데도 아무런 움직임이 없었다. 소정령들만이 이리저리 흘러가며 돌아다닐 뿐이었다.

시간이 멈춰버린 듯한 고요함.

혹시나 하는 생각에 1층으로 내려가 보았다. 하얗게 꾸며진 1층엔 사방에서 비껴 들어온 태양빛이 가득했다.

빛이란 결계까지도 통과해 스며 들어오는 에너지다. 그래서 외부와 단절된 공간인 이곳에도 아름다운 빛줄기가 들어올 수 있는 것이다. 빛의 반사율이 높은 흰색 건물 안에 내려앉은 햇볕은 찬란히 부서져 눈을 부시게 만들고 있었다.

고요한 집 안.

그러고 보니 얼마 전의 기억이 떠오른다. 며칠 전 타피카가 공격당하던 날, 그때는 이 1층이 토울의 구역이었다고 했었다. 타피카를 운영하던 최상급 정령 토울. 지금은 에레가 건물 전체를 다 쓰고 있는 것 같지만, 그때는 이 1층에 꽤 많은 정령들이 들락날락했을 터였다.

1층의 홀 한가운데 서서 1층의 전체적인 구조를 천천히 둘러보았다. 이 건물은 현관에서 바로 1층의 홀Hall로 연결되고 홀에서 계단, 혹은 방으로 연결되는 구조였다. 덕분에 한자리에 서서도 주변에 빙 둘러싸인 방문들을 전부 볼 수 있었다.

1층에는 모두 열 개의 방이 있었다. 현관을 기준으로 해서 앞쪽에 두 개의 문, 왼쪽에 네 개의 문, 오른쪽에 네 개의 문. 어쩌면 토울은 연금술에 관심이 있었던 건지도 모르겠다는 생각이 들었다. 보통 '10'이란 수는 연금술사들이 신봉하는 수이니까.

특별하거나 위험한 것들은 이미 에레가 다 치웠을 테지만, 다리므는 괜한 호기심에 왼쪽에 달린 문 하나를 열어보았다. 평범한 침실이었다. 방 안에 여러 개의 침대가 쭈욱 늘어서 있는 걸로 보아 이 방은 여러 사람이 함께 쓰는 공동 침실, 혹은 숙소인 것 같았다.

침실 안에 발을 들여놓으며 그 안을 기웃거렸다. 순간 뒤따라오던 소정령들이 오랜만에 새로 놀 장소를 만났다는 듯이 우르르 쏟아져 들어왔다. 정말이지 생각보다 훨씬 장난기 넘치는 녀석들이었다. 소정령들이 너무 많이 들어와 버린 탓에 시야가 녹색으로 보인다는 착각이 일 정도였다.

한참이 지나 소정령들의 움직임이 어느 정도 가라앉고 나서야 다리므는 방 안을 제대로 둘러볼 수가 있었다. 정령의 건물이 다 그렇듯이 이 방도 온통 하얀색이었다. 하지만 전혀 삭막하게 보이지 않는 건, 생활의 조각들이 여기저기 늘어서 있기 때문이리라. 아무렇게나 밀어넣은 듯한 서랍에는 옷가지가 반쯤 비어져 나와 있었고, 너저분한 방바닥에는 방금 벗은 듯한 양말도 굴러다니고 있었다.

정령들이나 인간이나 벗은 양말을 아무렇게나 던져 두는 건 마찬가지였군. 다리므는 양말을 아무렇게나 던져 두는 게으른 버릇이 탈종족적(脫種族的)인 보편적 행위였다는 엄청난 사실을 처음으로 깨닫고 킥킥거렸다.

채칵! 채칵! 채칵!

시계 소리마저 낮은 음으로 고요히 가라앉는 듯하다. 열여섯 개의 침대 중 이불이 제대로 개어져 있는 건 두 개뿐이었다. 나머지는 전부 이불이 반쯤 아래로 흘러내려 있었다.

그중 한 침대 위는 구깃구깃한 그림 한 장이 놓여 있었다. 손바닥만한 크기의 종이 위에 펜으로 대충 그린 듯한 그림이었다. 부드러운 미소를 가득 띤 아름다운 여성의 그림. 귀가 뾰족한 게 중급 정령인 것 같다.

애인의 모습을 그려서 가지고 있었던 걸까? 얼마나 만지작거렸는지 그림의 가장자리에 손때가 묻어 까맣다. 누구인지는 모르겠지만 그만큼 그리워했다는 의미이겠지. 그림 한쪽 구석에 말라버린 눈물 자국까지 어렴풋이 보이는 걸 보면 이 그림의 주인은 꽤나 감상적인 사람이었던 모양이다.

현 자 의 돌

　사람이란, 숭고한 가치관이나 이념보다는 게으른 속성이나 생활이라는 것에서 더 비슷한 존재인 모양이다. 다리므는 정령들의 이러한 우스운 점들을 발견하는 게 꽤나 즐거웠다. 정령들도 인간과 똑같이 생활이란 걸 가지고 살아왔다는 사실을 확실히 깨닫게 되니까.

　물론 지금까지 쭈욱 정령이란 존재를 보아온 다리므였다. 그러니 이렇게 새삼스레 그들이 살아 있다는 것을 느낄 이유는 사실상 없었다.

　하지만 다리므는 지금 이 순간 그 어느 때보다도 정령들이 살아 있다는 사실을 느끼고 있었다. 언제나 고고하게, 자신들이 완전한 선인 양 행동하던 정령들은 도무지 살아 있다는 실감이 나질 않았었다. 뭐랄까… 그래. 그럴 때의 그들은 그저 잘 만들어진 인형 같을 뿐이었다. 아름답고 깨끗하지만 생활이 없고, 또 생명이 없는 존재.

　생활이란 더없이 구차해 보이지만 사실은 생명력의 다른 표현이었던 모양이다. 도도한 정령보다는 게으름 피는 정령이 더 좋다. 빨래감을 서랍 속에 계속 쑤셔넣다가 마침내는 너무 많이 넣어버려 서랍을 못 열어 낑낑대는 정령의 모습이 더 재미있다. 그들의 이런 모습을 알고 나서야 비로소 웃고, 울고, 화내고 즐거워하는 존재라는 사실이 머리 속에 그려지는 것이다. 감정 하나 없이 그저 모든 일에 완벽한 사람은 어쩐지 무섭다. 그런 건 차라리 많은 결점을 가진 사람보다 못하다. 아무리 완벽해도 사람이 사람 같지 않으면 아무런 감동을 주지 못하는 것이다. 자기 자신의 일은 잘 해낼지 모르나 주변 사람들을 자발적으로 따라오게 하지는 못한다. 아무도 그렇게 차갑고 무서운 사람을 좋아하진 않으니까.

'그러고 보니 케리 아저씨도 그런 부류의 신봉자였지. 아니, 연금술사들이 다 그랬던가? 10. 완전함. 완전함을 만드는 현자의 돌. 감정에 휘둘리지 않는 감정이란 것을 극복하여 완전한 자신을 구축한 존재……'

다리므는 서랍을 뒤지다 말고 생각에 잠겼다. 연금술사들이 궁극적으로 꿈꾼다는 완전한 존재. 류카도 잠깐 그것에 대해 언급한 적이 있었다. 세계의 붕괴까지도 막을 수 있다는 대단한 존재. 어쩌면 연금술사들이 그런 존재를 꿈꾸는 것은 당연한 일인지도 모른다.

하지만 다리므는 그런 존재에 대한 심한 회의감을 버릴 수가 없었다. 감정을 뛰어넘어 결점이 없는 존재에겐 사람 냄새가 나지 않을 테니까. 감정에 휘둘리고, 그래서 좌절도 하지만 그것을 딛고 일어서는 사람에게나 마음이 끌리지, 애초에 좌절조차 없는 사람에겐 마음이 가지 않으니까.

연금술사들이 생각하는 완벽한 존재는 세계의 붕괴를 막고, 또 세계를 움직일 수 있을지도 모른다. 하지만 나 같은 생각을 가진 사람은 움직이지 못할 것이다. 그리고 대다수 사람들의 친근감도 얻지 못할 것이다. 저 멀리에 존재하는 동경의 대상은 되어도 도와주고 싶고, 걱정이 되는 그런 사람은 되지 못할 것이다. 우습게도 '결점이나 좌절이 없다는' 점 자체가 결점이 되는 셈이다. 완전한 존재는, 연금술사들이 생각하는 완전한 존재는 세상을 움직일 수 있을진 몰라도 사람의 마음을 움직이진 못할 것이다. 그걸 어떻게 완전하다고 할 수 있을까.

차라리 다리므는 그런 차가운 존재보단 생활을 가진 존재가 더 낫다고 생각했다. 사람이란 결점도 좀 가져야 걱정해 줄 거리도 생기는 법이다. 류카도 그렇게 말했다. 세계의 붕괴를 막는 존재는 언젠가 만들어질지도 모르지만, 파누엘 앞에서의 딘처럼 '살아 있는' 존재는 못 만들 거라고. 하나의 사람으로서 감정을 지니고, 그러기에 어디로 흘러갈지 알 수 없는 무한한 가능성을 지닌 존재. 감정에 휘둘려 때로는 작은 일에 눈물 흘리기도 하지만, 결국엔 그걸 딛고 올라가 삶을 만들어낼 존재. 그러한 존재가 연금술사들이 꿈꾸는 존재보다 더 낮지 않은가.

'나도 참 주책이군. 이상한 생각 속에 말려들다니.'

어느새 생각이 희한한 쪽으로 흘러가 버렸음을 깨달은 다리므는 멋쩍음을 느끼며 고개를 저었다. 내가 이런 생각해 봐야 아무 소용이 없는걸 잘 아니까.

'그럼 다른 방이나 구경해 볼까.'

길게 기지개를 켜며 가벼운 걸음으로 방을 나왔다. 두 번째 방은 처음 방보다 즐거운 구경거리가 있길 기대하면서 두 번째의 문고리를 잡았다. 그러나 그 순간 이상한 생각이 그의 머리 속을 스쳐 지나갔다.

'잠깐, 그런데 어째서 개인 사물들을 가져가지 않은 거지? 버리고 갔을 리는 없을 텐데.'

생각해 보니 이상했다. 첫 번째 방에 널려 있던 건 모두 다 개인 사물들. 토울이 죽은 뒤로 정령들이 이 건물에서 나갔다면 그 사물들은 전부 가져갔어야 했다. 그럼에도 불구하고 남아 있다는 건…….

그날 타피카에 관련된 정령들은 거의 죽었다.

정확한 해답처럼 다가오는 한마디의 말. 너무나 무서운 말이었기에 다리므는 자기도 모르게 손으로 입을 막았다. 그랬다. 타피카에 관련된 정령은 거의 죽었다고 했다.

그건 저 방에서 지냈다는 정령들이 이미 죽었다는 의미일까?

찰칵!

가슴이 답답해지는 것을 느끼며 무의식적으로 문고리를 돌렸다. 높은 금속음이 나며 문이 스르륵 밀려나갔다.

두번째 방도 침실이었다. 다리므는 침실 안에 남은 생명의 흔적을 들이마시기라도 하려는 듯이 천천히 방 안을 둘러보고 나왔다.

그러고 보니 어느새 소정령들도 다리므의 우울한 분위기에 물들어 버린 모양이다. 말을 하거나 표정으로 감정을 나타낼 수 없는 아이들이지만 왠지 모르게 우울한 분위기가 그들 사이에 퍼져 있었다. 그들에게 미묘한 동질감을 느낀 다리므는 희미한 미소를 지어주었다.

세 번째 문. 이번엔 침실이 아니었다. 한쪽 벽을 가득 채운 창문 앞에 개인용 책상과 의자가 하나 놓여 있고 나머지의 공간은 책장으로 채워진 방이었다. 아무래도 이곳은 토울의 집무실이었던 모양이다.

커다란 창문으로 밀려온 햇살이 주인없는 의자를 곱게 비추건만, 여기도 역시 치워지지 않은 그대로였다. 이 방의 주인은 앞으로도 영영 돌아오지 않을 테니까.

그때였다. 근처를 맴돌던 소정령들이 갑자기 한곳으로 흘러가더니 한쪽 벽면으로 모여들었다. 덕분에 왼쪽 벽면이 밝은 초록빛으로 가득 찼다.

'또 장난인가?'

다리므는 고개를 절레절레 저으며 소정령들이 잔뜩 모인 벽면으로 다가가 보았다. 이번엔 대체 무슨 장난을 치려는 건지, 벽면에 달라붙은 소정령들이 모두들 이쪽을 빤히 쳐다보고 있는 듯한 착각이 들었다. 괜히 머쓱해진 다리므는 고개를 돌리고 밖으로 나가려 했다.

그러나 그 바로 다음 순간, 눈앞에 벌어진 이상한 일에 다리므는 그쪽에서 시선을 뗄 수 없게 되고 말았다. 소정령 중 하나가 벽에 부딪히더니, 이내 벽 안으로 스르륵 스며들었던 것이다.

'뭐지? 설마?'

놀란 다리므는 거의 반사적으로 벽면에 손을 대어보았다. 딱딱하고 차가운 벽면. 하지만 보통 벽과는 다른 감각을 분명히 느낄 수 있었다. 이것의 실체는 벽이 아니다. 이건……

소정령들이 하나둘씩 벽면을 통과해 안으로 들어가기 시작했다. 아무래도 이건 따라오라는 의미인 것 같았다. 무언가 보여줄 거라도 있다는 걸까? 다리므는 침을 꿀꺽 삼키고는 벽면에 댄 팔을 앞으로 밀었다.

쑤욱—

역시 팔은 벽면을 통과해 안으로 쑥 들어가 버렸다. 벽을 통과한다는 게 기분이 묘했지만 그리 특별한 감각은 느껴지지 않았다.

천천히 앞으로 걸음을 내디뎠다. 원래는 이 부분에 걸린 결계를 깨서 이 벽을 없애고 들어가야 하겠지만, 굳이 결계를 깨지 않아도 통과는 할 수 있으니 그냥 통과해 버리려는 것이다.

벽면이 점점 눈앞에 가까워진다. 내가 벽을 통과하는 건지 벽면이 날 통과하는 건지 잘 분간이 가지 않는다. 그렇게 기묘한 감각이 흘러가고, 이윽고 벽 너머의 새로운 공간이 눈앞에 펼쳐지기 시작했다.

17

 역시 조용한 곳이다. 다리므는 기묘한 기분을 느끼며 천천히 주변을 둘러보았다. 어둑한 공간이었다. 소정령들과 함께 들어오지 않았다면 새까만 암흑밖에 보이지 않았겠다는 생각이 들 정도로 어두침침했다.

 창고 비슷한 용도로 쓰였던 곳일까? 사방에 책과 이상한 물건들이 쌓여 있는 게 보인다. 수많은 물건들이 먼지를 잔뜩 뒤집어쓴 채 아무렇게나 쌓여 있었다. 대부분이 오래된 물건인 데다가 정리가 전혀 안 되어 있어서 상당히 너저분했다. 아무래도 이곳에 물건을 쌓아둔 사람은 그냥 쌓아두기만 하고 전혀 관리를 하지 않은 모양이다.

 다리므는 무심코 책 한 권을 집어올렸다. 그러나 막 책을 펼쳐 보려던 찰나에 소정령들이 앞으로 흘러가 버렸다. 더 안쪽으로 들어오라는 의미인 것 같았다. 다리므는 책을 덮으며 소정령들을 따라 걷기 시작했다.

소정령들은 제일 안쪽까지 계속 들어갔다. 잡다한 물건이 아무렇게나 쌓인 바깥쪽과는 달리, 안으로 들어갈수록 물건들이 점점 정리되어 가는 느낌이 들었다. 안쪽부터 정리해 나가다가 지쳐서 중간에 그만두었다든가, 아니면 안쪽에 있는 물건이 가장 중요한 것이거나 둘 중 하나의 경우이리라.

안으로 깊숙이 들어가면 들어갈수록 다리므는 그 두 가지 경우 중 두 번째 경우에 다가가는 듯한 느낌을 받을 수 있었다. 어느새 사방에서 이어져 온 여러 가닥의 전선들이 점점 저 앞쪽으로 연결되어 가는 것이 눈에 보였기 때문이다.

얼마 지나지 않아 그는 그 전선이 모이는 곳이 저편에 보이기 시작했다. 전선들이 모인 곳엔 커다란 무언가가 세워져 있었다. 사방에 쌓인 수많은 물건 중에서도 도드라져 보일 정도로 큰 물체였다.

'저건 뭐지?'

의아함을 느낀 다리므는 걸음을 조금 빨리했다. 소정령들이 내게 보여주려는 게 저걸까? 거리가 먼 데다 빛이 부족한 탓에 아직은 그림자 같은 윤곽선만 보였다. 사람 크기보다 조금 큰 원기둥 모양인 것 같긴 한데……

"아?!"

이윽고 그 물체의 모습이 완전해졌을 때쯤, 다리므는 자신도 모르게 감탄사를 내뱉었다. 여러 개의 전선이 연결된 장소에 있는 것은 커다란 유리관이었다. 투명한 액체가 채워진 유리관.

두근…….

왠지 모를 안타까움이 가슴속을 울리는 것 같다. 다리므는 고개를 조금 들어 유리관 안쪽을 쳐다보았다.

커다랗고 투명한 유리관. 그 안에 한 명의 사람이 눈을 감은 채 잠들어 있었다. 뾰족한 귀를 가진 게 아무래도 중급 정령인 것 같다. 붉은빛이 엷게 흐르는 금발을 길게 늘어뜨리고, 고요히 감은 두 눈의 속눈썹이 길었다. 건강하고 매끄러운 갈색 피부다. 부드럽게 몸을 감싼 흰 원피스 위로 아름다운 몸의 곡선이 드러나 있었다.

움직임도 전혀 없고 숨을 쉬는 기미도 보이지 않긴 하지만, 이건 분명히 사람이다. 잘 만들어진 인형 따윈 절대 아니다.

두근거리는 마음을 가라앉히려 애쓰며 조심스레 유리관 표면에 손을 대어보았다. 유리의 차가운 감촉이 손바닥을 통해 그대로 전달되어 왔다. 하지만 유리관에 손을 댄 정도로는 유리관 안의 사람을 깨울 순 없었다. 눈앞을 가로막고 있는 유리관의 유리가 상당히 두껍고 차갑다는 것만 실감할 수 있을 따름이었다.

'어째서 사람이 이런 곳에? 대체 이건 뭐지?'

다리므는 머리 속이 순식간에 복잡해지는 것을 느꼈다. 의문투성이다. 이곳이 어딘지도 모르겠고, 이 사람이 누구인지도 모르겠고, 이 사람이 왜 여기 있는지도 모르겠다. 단서도 전혀 없으니 짐작조차 할 수 없었다.

그래도 혹시나 하는 생각에 조금 전 얼떨결에 들고 온 책을 펼쳐 보았다. 소정령의 빛이라 아른아른했지만 글자를 못 읽을 정도는 아니었다. 수많은 단어들이 책 속에서 다리므의 머리 속으로 뛰어들어왔다.

다리므가 이해하기엔 조금 어려운 책이었다. 하지만 대충 어떤 것에 관한 책인지는 알아낼 수 있었다. 책 중간중간에 쓰여 있는

'현자의 돌', '엘릭시르', '레비스' 등등의 용어들이 사용되는 분
야는 단 한 가지밖에 없으니까.

이건 연금술에 관한 책이었다. 생명의 가공법에 대한 설명. 그렇
다면 저 여성도 실험체인 걸까? 그래서 이런 곳에?

사박—

순간 뒤편에서 누군가의 발걸음 소리가 들려왔다. 다리므는 화
들짝 놀라 그쪽을 돌아보았다.

소정령들이 일제히 소리가 난 쪽으로 날아간다.

두근, 두근, 두근…….

심장이 빠른 속도로 뛰기 시작한다. 어떻게 된 상황인지는 잘 모
르지만, 아무튼 안 좋은 상황이란 생각만 가득히 든다. 저 뒤쪽에
있는 사람이 이쪽까지 들어온다면, 그래서 나와 마주친다면…….

심장이 거세게 뛰는 탓에 손끝이 가늘게 떨린다. 뒤에서 전해오
는 마력의 기운이 엄청나게 세다. 아무래도 엄청난 마법사인 듯
하다. 들릴 듯 말 듯한 작은 발소리를 내는 걸 보면 정령인 것 같
기도 한데…….

이윽고 나직한 목소리가 건조한 공기를 울렸다.

"이런, 봐버리고 만 건가요."

순간 다리므는 온몸을 뻣뻣하게 만들던 긴장이 순식간에 썰물
처럼 빠져 나가는 것을 느꼈다. 에레였다. 몇 초 지나지 않아 다리
므의 시야 안에 그의 모습이 흐릿하게 비춰지기 시작했다. 소정령
들에게 둘러싸인 채 조용히 이쪽으로 다가오는 에레의 모습이 저
편에 흐릿하게 보이기 시작했다.

에레의 주변을 빙글빙글 도는 아릿한 녹색 빛. 정령 특유의 아
득한 분위기를 살리기엔 이보다 더 좋은 배경이 없으리라.

"허락받지 않고 들어와서 미안해요. 소정령들에게 이끌려서 그
만⋯⋯."

다리므의 말에 에레는 주변에 떠 있는 소정령들을 둘러보았다.
다리므는 그런 그의 표정이 왠지 모르게 차갑게 느껴진다는 느낌
을 받았다. 화가 난 것일까? 평소의 차분하고 부드러운 분위기가
아니다. 강한 표정 변화나 움직임 같은 건 없었지만, 확실히 그는
평소보다 훨씬 차가운 분위기를 안고 있었다.

그는 한숨을 길게 내쉬더니 가벼운 걸음으로 다리므의 바로 옆
까지 다가왔다.

"골치 아픈 녀석들이군."

"예?"

"아니, 혼잣말입니다. 아무튼 토울이 아직도 이걸 남겨두었을
줄은 몰랐군요. 이미 오래 전에 폐기 처분해 버렸을 거라 생각했
었는데."

순간 다리므는 에레의 말이 가슴속을 짓눌러오는 듯한 착각을
느꼈다. 아직도 남겨두었을 줄은 몰랐다고? 폐기 처분해 버렸을
거라고 생각했다고? 그게 살아 있는 사람에게 할 수 있는 말이었
던가? 이런 말은 저 사람을 사람으로 보지 않아야 할 수 있는 말
이 아닌가?

"저건 살아 있는 사람이 아닌가요? 그런데 폐기 처분이라니."

약간의 가시가 돋쳐 있는 다리므의 질문을 에레는 씁쓸히 받았
다.

"살아 있긴 하지만 아무런 쓸모도 없는 존재죠. 살아봐야 괴로
울 뿐인⋯⋯. 아무튼 이만 나가죠. 이걸 본 건 비밀로 해주었으면
좋겠군요."

아무래도 에레는 이곳에 있는 게 싫은 모양이다. 하지만 다리므는 오히려 뒤로 두어 걸음 물러났다.

"그게 무슨 말이죠? 쓸모가 없다니요. 분명히 사람인데!"

"사람이긴 하죠. 하지만……."

에레는 곤란하다는 듯이 다리므의 말에 반박하려다 입을 다물었다. 아무래도 설명하기 힘든 무언가가 있는 모양이다. 다리므는 그런 그를 빤히 쳐다보며 다음 말이 나오길 기다렸지만 끊겨버린 말은 끝내 완성되어지지 않았다.

소정령들이 계속 에레의 주변을 맴돌고 있어 에레의 얼굴은 창백한 녹색 빛에 물들어 있었다. 원래 잘 웃지 않는 그이지만 이런 상황에서는 거짓 웃음이라도 지어주었으면 좋겠다고 다리므는 생각했다. 이런 상황에서의 무표정은 왠지 무서우니까.

한동안 침묵을 유지하던 그는 몇 분의 시간이 지나고 나서야 고개를 저으며 다시 입을 열었다.

"…복잡해지는군요. 지금은 이런 말을 해봐야 아무 소용이 없어요. 우선은 이곳에서 나가죠. 이곳은 별로 좋은 곳이 아니에요."

"물론 나도 이곳에 오래 있는 게 좋지 않다는 건 알아요. 하지만 저건 누구죠? 어떤 사람이길래 에레가 그런 말을 하는 거죠?"

"완전히 완성되지 않은 사람이에요. 이름조차 짓지 않았어요. 그러니 누구라 할 수도 없어요."

에레는 이해할 수 없는 말을 남기고는 몸을 휙 돌렸다. 따라오라는 의미인 것 같았다. 소정령들이 앞장서려는 듯 일제히 앞으로 날아가 버렸다. 덕분에 다리므의 주변은 삽시간에 어둠 속에 파묻혔다. 마치 어둠에 먹혀버리기라도 한 것처럼.

어둠. 오랜 기간 동안 이렇게 어둠 속에 파묻혀 있었을 사람.

그리고 앞으로도…….

다리므는 에레를 따라가려다 말고 고개를 돌려 그 사람을 다시 한 번 쳐다보았다. 쓸모가 없다고? 포근하게 두 눈을 감은 저 모습이 에레에겐 보이지 않는 건가? 저 유리관을 열기만 하면 두 눈을 살포시 뜨고 맑은 녹색 눈동자로 이쪽을 쳐다볼 것 같은 사람인데…….

잠깐, 녹색 눈동자? 어째서 녹색이, 그것도 진한 녹색이 연상되는 거지? 지금은 눈을 완전히 감고 있어서 눈동자 색을 알 수 없는데, 그런데 왜 진한 녹색 눈동자일 거란 확신이 드는 거지?

"그렇군요. 저 사람, 스시리아너와 닮았어요."

다리므의 혼잣말 같은 중얼거림이 고요한 어둠 속을 울렸다. 순간 앞서가던 에레의 발걸음이 뚝 멎었다.

"못 본 걸로 해요."

"그런 말로 내가 납득할 거라 생각하나요?"

다리므의 질문에 에레는 아무 말도 하지 않았다. 잠시 생각에 잠긴 모양이다.

"어떻게 하면 납득하겠다는 거죠?"

"저 사람이 어째서 쓸모없는지 가르쳐 줘요."

그리고 또 대화는 잠시 동안 끊겼다. 에레가 대답을 주저했기 때문이었다.

"저 사람은……."

에레는 한참이 지난 후에야 간신히 한마디를 내뱉었다. 하지만 그것마저도 원활히 이어지지 않았다. 말하기 어려울 정도로 무거운 이야기인 모양이다.

그런 에레의 태도에 다리므는 약간의 미안함을 느꼈다. 따지고

140

보면 이건 에레를 몰아넣고 있는 거나 다름없었다. 비밀을 지키게 하기 위해선 날 납득시켜야 할 텐데, 내가 저 사람이 누구냐는 질문을 던졌으니까. 에레로서는 싫어도 대답할 수밖에 없는 것이다.

하지만 그래도 듣고 싶다. 하나의 사람이 어째서 쓸모없는 존재 취급을 받는지 알고 싶으니까.

다리므는 한걸음 앞으로 내디뎌 에레의 앞에 마주섰다. 대답이 나올 때까지 끝까지 기다리겠다는 의미였다. 그런 다리므의 의도를 알아챈 에레는 쓸쓸한 표정을 지으며 눈을 내리깔았다.

"…내 아내였어요."

다리므는 놀란 나머지 눈을 크게 떴다.

"아니, 정확히 말하면 내 아내의 클론Clon이죠."

단어들은 점점 무서운 방향으로 흐르고 있었다. 에레는 흘러내린 머리칼을 아무렇게나 넘기며 쓸쓸히 말을 이었다.

"이건 한때 어리석은 생각에 빠졌던 결과물이에요. 그녀를 잃은 후, 난 연금술에 빠져들었어요. 그녀를 살려내기 위해서."

다리므는 자기도 모르게 침을 꿀꺽 삼켰다.

"그녀와 똑같은 유전자에 그녀의 기억을 삽입한다면, 그리하여 선천적 요건과 후천적 요건이 모두 같은 존재를 만든다면 정말 그녀가 되는 게 아닐까 하고 생각했어요. 그래서……."

"기억을 삽입하다니, 그런 것도 가능한가요?"

어디에서도 해답을 얻을 수 없는 의문이라 생각해 왔었다. 하지만 그 해답은 생각지 못한 곳에서 튀어나와 있었다. 똑같은 유전자, 기억의 삽입. 그런 게 정말로 가능하다면…….

다리므의 질문에 에레는 보일 듯 말 듯한 미소를 지었다. 쓸쓸한 미소였다. 이 질문의 의미를 알고 있는 것 같다는 착각을 일게 하는 표정이기도 했다.

"가능해요. 굉장히 어려워서 실패율이 높은 일이지만."

"어떻게 기억을 보존할 수 있다는 거죠? 기억은, 그 기억을 가진 자신에게도 붙잡을 수 없는 불확실한 것인데, 어떻게 그런 불확실한 것을 다른 존재에게 주입할 수 있다는 말인가요?"

"글쎄요. 나도 원리는 잘 모르지만, 에너지 스톤과 관련된 기술이라 들었어요. 마력에서 그 '힘'만을 빼내어 만드는 에너지 스톤처럼, 사람에게서 '기억'만을 빼내어 따로 저장하는 기억의 저장고를 만들 수 있다는 거지요."

"기억의 저장고라고요?"

기억의 저장고. 그 단어를 어디선가 들어본 적이 있는 것 같다는 느낌을 받으며 다리므는 그 말을 되풀이해 보았다. 기억의 저장고. 기억을 저장할 수 있는 무엇. 사람의 의식을 지배하는 것. 이 세계를 만들어낸 근원······.

"이 세계를 만들어낸 근원?"

멋대로 흐르던 생각의 끝에 이상한 단어가 떠올랐음을 느낀 다리므는 자신도 모르게 그 단어를 중얼거렸다. 순간 에레가 의외라는 표정을 지었다.

"이 세계를 만들어낸 근원이라니요?"

"아, 아니에요. 그냥 떠오른 생각이라."

"그냥 떠오른 생각이기에 가치가 있는 것이겠지요."

"예?"

의미심장한 에레의 말에 다리므는 자신도 모르게 고개를 들었다. 다리므의 그런 반응에 에레는 얕은 한숨을 내쉬었다.

"난 마력이 어떠한 힘인지 깨닫고 난 후부터 계속 생각해 왔어요. 마력이 이 세상을 구성하는 힘이라면, 마력은 대체 어디에서부터 온 힘일까. 그리고 이 세상은 대체 어떻게 만들어진 것일까."

무슨 대답을 해야 할지 알 수 없었기에 다리므는 말없이 그를 쳐다보기만 했다.

"어쩌면 이건 종교적으로 생각하는 게 가장 쉬운 의문인지도 모르지요. 태초에 위대한 신이 나타나 이 세상을 만들고 마력을 만들었다는… 하지만 이렇게 큰 의문이 존재함에도 불구하고 이 세계에는 뚜렷한 종교가 없어요. 분명, 고대의 문헌에는 종교가 굉장히 큰 힘을 가진 것이라고 쓰여 있는데도 말이에요."

"그건 고대의 신이 우리를 버렸기 때문에……."

"예? 뭐라고요?"

나지막이 흘러나온 다리므의 대답에 에레는 급히 그 말을 붙들었다. 하지만 다리므는 아무것도 모르는 사람처럼 눈을 깜박일 뿐이었다.

"예? 전 아무 말도 안 했는데."

"하지만 아까 분명히……."

에레는 이해할 수 없다는 눈으로 다리므를 쳐다보았다. 분명히 다리므는 에레의 말을 끊으며 혼잣말 같은 말을 했다. 주변이 조금 어둑하긴 하지만 착각이 아닌 분명한 사실이었다.

하지만 정작 그 말을 내뱉은 장본인은 무슨 일이 있었냐는 듯이 의아함을 담은 얼굴로 이쪽을 쳐다보고 있었다. 정말로 모른다는 듯이.

"아무튼 나가죠. 오랫동안 비워두었던 곳이라 공기도 별로 안 좋군요."

제대로 자각하지 못하고 있는 걸까. 에레는 복잡한 생각들을 우선 덮어두며 돌아서 걷기 시작했다. 다리므에 대해 조금씩 알게 되면서 한번쯤은 이런 대화를 나누어보고 싶다고 생각했던 에레였지만 장소가 맘에 들지 않았던 것이다.

소정령들이 신이 난 듯 앞으로 날아가고, 에레는 그 녹색의 빛 아래를 걷기 시작했다. 온갖 잡동사니가 쌓인 풍경이 양편으로 지나간다. 오랫동안 잊혀졌던 창고. 지나가 버린 과거의 기억 같은 이곳. 이 안에 있는 모든 사물들이 오래 전의 기억을 머금고 이쪽을 쳐다보고 있는 것만 같은 착각이 들 정도였다.

"쓸모가… 없다고 했죠?"

문득 뒤에서 다리므의 목소리가 들려왔다. 왠지 망설이는 듯한 어투의 말이었다. 에레는 조용히 고개를 끄덕였다.

"그래요. 쓸모가 없지요. 아무리 그녀와 똑같은 유전자에 똑같은 기억을 가지고 있다 해도 영혼까지 복사할 수는 없는 거니까요. 그런 방식으론 그녀를 되찾을 수 없어요. 오히려 내 기억 속의 그녀를 파괴할 뿐이지요."

"그렇다면 저 사람은 있어서는 안 될 존재란 말인가요?"

"글쎄요. 엘리히데가 될 순 없지만 다른 사람이 될 수는 있겠지요. 아직 이름을 짓지 않아 무어라 불러야 할지는 모르겠지만."

"그렇군요."

다리므의 대답엔 약간의 안도감이 섞여 있었다. 그 나직한 목소리에 에레는 지금까지 추측으로만 쌓아왔던 것들이 점점 확신으로 굳어지는 것을 느꼈다. 아직은 완전히 자각하지 못한 것 같지만, 무의식적으로는 알고 있는 것이다. 그렇지 않고서야 이렇게 안도할 리가 없겠지.

하지만……

"언젠가 새 이름을 지을 수 있는 날이 오겠지요?"

"예?"

딴 생각을 하고 있던 에레는 갑자기 흘러나온 다리므의 말을 제대로 알아듣지 못하고 반문했다. 다리므는 덤덤한 어투로 자신의 말을 자세히 풀어주었다.

"아직 이름 붙여주지 않았다고 했잖아요. 언젠가 좋은 때가 오면, 그래서 실험체도 당연히 이름을 가지고 살아갈 수 있는 날이 오면, 이름을 붙여주겠지요… 우왓!"

쿠당탕!

멍하니 다리므의 말을 듣고 있던 에레는 갑자기 몰려온 요란스런 소리에 급히 뒤를 돌아보았다. 그곳에는 회색 빛으로 날아다니는 엄청난 양의 먼지와 책에 깔려버린 다리므의 모습이 있었다. 실수로 책무더기를 건드렸다가 그게 와르르 무너져 버린 모양이다.

소정령들의 녹색 빛이 어둠 속에 얼룩을 만드는 듯이 어지러이 흔들린다. 녹색 얼룩 무늬 빛에 비춰진 얼굴로 다리므는 쑥스럽게 웃었다.

"아무래도 이곳, 한번 제대로 정리해야겠는데요."

녹색 빛에 비춰진 회색 빛 먼지는 정말 묘한 빛깔이었다. 에레는 그 회색 빛 먼지 너머로 보이는 다리므의 시선이 자신을 흔들고 있는 듯한 느낌을 받았다.

복잡해지려는 감정을 간신히 추스르며 손을 뻗어 다리므를 먼지 밖으로 끌어내주었다. 그러나 그 순간, 다리므가 제대로 중심을 잡지 못한 채 휘청했다. 덕분에 에레는 넘어지려는 그를 급히 부축해야만 했다.

"아, 미안해요. 갑자기 현기증이 나서."

기분 탓일까. 왠지 다리므의 목소리가 아까보다 더 낮아진 것 같다. 하지만 에레는 다리므가 무슨 표정을 하고 있는지 볼 수가 없었다. 다리므가 고개를 푹 숙이고 있는 탓이었다.

일그러진 표정을 보이기 싫다는 걸까?

녹색 빛으로 얼룩진 검은 머리카락. 다리므는 에레에게 기댄 채 들릴 듯 말 듯한 말을 다시 내뱉었다.

"잊지 말아요."

"무엇을 말인가요?"

"잊지 말고 이름 지어줘요. 좋은 날이 오면, 그래, 좋은 날이 오면 말이에요. 물론 그날이 영영 오지 않을 수도 있겠지만."

진심을…… 곧 폐기해 버려야겠다고 결심한 진심을 꺼내놓지 못하게 하는 말이었다. 에레는 한숨을 내쉬었다. 거짓을 말하는 것은 잘못이라고 사람들은 흔히 말하지만…….

"노력하지요. 잊지 않도록."

순간 다리므가 고개를 들었다. 에레가 상상했던 것처럼 쓸쓸함이 깔려 있는 얼굴은 아니었다. 그는 미소 짓고 있었다. 하지만 그 미소에는 웃음기가 하나도 없어서 오히려 더 쓸쓸해 보였다.

"고마워요, 에레."

1층의 홀로 나가 보니 모두가 다 있었다. 그들도 다리므를 찾고 있었는지 주변을 두리번거리고 있었다. 아무래도 엇갈렸던 모양이다. 성(城)도 아닌 이런 건물 안에서 이렇게 많은 사람이 엇갈릴 수 있다는 게 신기했지만, 사람들을 찾다 말고 이리저리 방 구경을 다닌 다리므로서는 달리 할말이 없었다.

현 자 의 돌

고요한 집 안. 여러 명의 사람이 서 있고, 또 각자의 말을 하고 있는데도 이 집 안은 여전히 고요하게 느껴졌다. 분명 이 안에 소리가 존재하는데도 고요하게 느껴지는 건, 이 건물이 가지고 있는 고유의 느낌 탓일까? 소리까지도 느낌 속에 포함될 수 있는 모양이다.

감각이 아닌 느낌으로써의 소리는 이 안에 없다. 귓가엔 여러 사람의 목소리가 맴돌고 있지만 이곳의 공기는 여전히 소리를 받아들이지 않은 그대로인 것만 같았다. 너무나 고요해서 시간이 멈춰버린 것만 같다. 언제까지나 모두들 이대로 서 있을 것만 같다.

'어쩌면 그것도 나쁘지 않겠지.'

고요하고 평화롭다. 모두들 부드러운 미소를 입가에 띠고 있었다. 이대로 시간이 멈춰버린다면 이 평화가 영원히 지속될 것만 같았다. 얼마 지나면 지루해질지도 모르지만, 그런 지루함은 달콤한 노곤함 같은 것이겠지.

하지만……

"아무튼 난 아직도 상황이 어떻게 된 건지 제대로 이해하지 못하겠어."

짧은 인사말과 잡담, 그리고 긴 설명이 흘러간 후 다리므는 고개를 저으며 새로운 화제를 끄집어냈다. 그런 그의 말에 미르가 질문을 던져 왔다.

"무엇을 모르겠다는 거예요?"

"처음부터 다."

"설명해 드렸잖아요? 왕녀님께서 왜 도망쳤는지."

"아니, 그거말고 나 말이야. 왜 멀쩡히 있는 사람을 끌고 온 거야?"

다리므의 질문에 미르는 이해할 수 없다는 표정을 지었다.

"모르는 척하는 거예요, 아니면 둔한 거예요?"

"뭐가? 갑자기 날아와서 같이 가자고 한 건 너였잖아."

"하아… 둔한 쪽이었군요."

전혀 모르겠다는 다리므의 반응에 미르는 고개를 저어버렸다. 대체 뭐냐고 다리므가 다시 질문을 꺼내려는 순간, 옆에서 들려온 사라의 질문이 그 흐름을 끊어놓았다.

"그런데 이제부터 어떻게 하실 건가요?"

미르를 향한 질문인지 다리므를 향한 질문인지, 방향도 내용도 불분명한 질문이었다. 어쩌면 사라는 이 한마디 질문으로 모든 것을 다 물은 것인지도 모르겠다는 생각을 하며 미르는 그녀의 말에 답했다.

"어떻게 한다기보다는 지금까지 해온 대로 해야지요. 딘을 찾고, 또……."

"딘은 지오르 백작 저택에 있을 텐데, 그쪽으로 갈 건가요?"

"지금 그… 예에? 뭐라고요?"

무심코 설명을 이어가던 미르는 사라의 말이 어떤 내용을 띠고 있는지 뒤늦게 깨닫고 반문했다.

황급히 반문하는 미르를 보며 사라는 살풋이 웃었다.

"가끔씩 딘이 강한 감정을 가지면 그 감정은 내게도 전해져요. 그걸로 딘의 위치를 알 수 있죠. 요즘 딘은 계속 그 근처에 있었어요. 어쩌면 그곳에 머무르는 걸지도."

사라의 말투는 더없이 일상적인 투였다. 그러나 그 안에 담긴 내용은 머리 속을 복잡하게 만들기에 너무도 충분한 것이었다. 덕분에 모두들 멍한 표정을 지으며 그녀를 쳐다볼 수밖에 없었다.

왠지 모를 무서움까지 느끼며 다리므는 사라를 빤히 쳐다보았다. 아름답고 부드러우면서도 쉽게 대하기 힘든 사람. 아무것도 모르는 듯이 있으면서도 사실은 모든 것을 아는 사람. 희한하게 뒤틀린 우연으로 가짜 왕녀 노릇을 해왔던 진짜 왕녀. 딘과 무척이나 닮아 있는 사람. 딘의 친언니. 닮은 듯하면서도 반대편에 서 있는 듯한 두 자매.

지금 사라의 얼굴에는 엷은 쓸쓸함이 희미하게 깔려 있었다. 무표정인 듯하면서도 무표정이 아닌 표정이었다. 그러한 희미한 표정이 하얀 햇살을 받아 조각상 같은 이미지를 더욱 강하게 해주고 있었다.

하지만 이 사람은 조각상이 아니다. 조각상처럼 가만히 서 있는 듯하지만, 사실은 많은 것을 움직이는 사람이다. 왕성 한구석에서 인형처럼 자리만 차지하고 있을 사람이 아니다. 이 사람은 동기만 주어진다면 세상을 움직일지도 모른다. 지금도 세상에 어느 정도의 영향을 미치고 있긴 하지만, 확실히 움직일 만한 동기가 생긴다면 그때는 정말로……

'잠깐, 세상을 움직인다고?'

다리므는 긴 생각의 흐름 속에 익숙한 문장 하나가 끼여 있는 것을 발견하고 생각의 방향을 바꾸었다. 세상을 움직인다. 세상의 붕괴를 막는다. 이건 케리가, 그리고 일반적인 연금술사들이 버릇처럼 중얼거리던 말이 아니었던가?

결과적으로 보면 사라도 실험체의 범주 안에 들어간다. 정령들이 의도했던 성질은 딘이 아니라 사라가 가지고 있고, 완전한 오프너는 자연적으로는 태어나지 않는 존재이니까.

연금술사들이 생각하는 완전함은 이런 걸까? 완전한 실험체. 무의식적인 진화가 아닌 인간 스스로 일으키는 진화. 완전함. 그리하여 그들은 사라 같은 존재가 세계를 지배해 주길 바라는 걸까?

아니, 그건 아닐 거다. 사라도 감정에 휘둘리긴 마찬가지이니까.

"감정을 느낀다… 드래곤과 나이트의 관계와도 비슷하군요."

문득 네이아가 깊은 생각에 잠긴 듯한 어투로 짧은 문장을 중얼거렸다. 일레이와 스시리아너는 이해할 수 없다는 표정을 지었지만 나머지 사람들은 수긍하는 모습으로 고개를 끄덕였다.

"드래곤과 나이트의 관계라니요? 그게 주종 관계 이상의 무엇이 있는 관계였던가요?"

주변 사람들의 반응을 이해하지 못한 스시리아너가 질문을 던졌다. 궁금하긴 하지만 질문을 던지지 못한 일레이도 스시리아너와 똑같은 표정을 지으며 사람들을 쳐다보았다.

그런 그들의 시선을 대한 네이아는 머리를 쓸어올리며 가벼운 미소를 지었다. 갑자기 지난 일이 생각나 버린 모양이었다. 오래전, 다친 사람들을 감싸안으며 미소 짓던 그 모습 그대로 그녀는 과거의 문장을 끄집어냈다.

"드래곤은 나이트에게 무조건 복종. 그게 나이트와 드래곤의 관계라 여겨져 왔지요. 하지만 그건 반쪽짜리 관계일 뿐이에요. 나는 드래곤 나이트가 되어본 적이 없어서 잘 모르겠지만, 언젠가 하딘이 이런 말을 했었어요. '드래곤이 슬프면 나이트도 슬퍼'라고."

"드래곤이 슬프면 나이트도 슬프다고요? 왠지 수긍이 안 가는 말인데."

"거짓은 아니에요. 드래곤을 얻은 후에야 알 수 있는 느낌인가 보지요. 아무튼 복잡하군요."

'복잡하다'. 다리므는 지나가듯 던져진 네이아의 마지막 말을 놓치지 않았다. 이거야말로 네이아의 심경을 단적으로 드러내주는 말일 테니까. 역시 네이아도 복잡한 생각에 잠겨든 모양이다.

하지만 네이아는 항상 그랬듯 '딘이 어떤 속성을 더 가지고 있는지, 어떤 능력이 있는지, 혹시 더없이 위험한 존재는 아닌지' 하는 식의 걱정을 내비치진 않았다. 대부분의 사람들이 제일 먼저 생각하는 사항을 제일 뒤로 미뤄놓고 있는 셈이었다.

누구에게나 생각이 있고 판단이 있으니 그걸 무시하면 안 된다고 항상 말해 오던 네이아였다. 사람은 어디까지나 사람이라는 말이다. 그 사람이 아무리 악하거나 위험하다 해도 그런 것들을 떠나 우선은 그 사람도 사람이라는 이상한 논리. 하지만 다리므는 괜히 그 이상한 논리에 빠져들고 싶어졌다. 악한 사람은 대가를 치뤄야 하고, 위험한 사람은 주변 사람과 멀어져야 할지라도 무시당하는 걸 좋아하는 사람은 없을 것이다. 비록 나쁜 일만 벌이는 사람이라 해도, 더없이 위험한 사람이라 해도 모두들 생각과 감정을 가지고 살아가는 하나의 사람이니까. 사람인 이상 모두들 타인이 자신을 사람으로 대해주길 바라는 것이다.

"아마도 딘은 지오르 백작 저택에 있을 거라고 했었지요? 우선은 그쪽으로 가보도록 하지요. 지금 이런 이야기를 하는 것보다는 직접 만난 후 생각하는 게 더 나을 테니까."

네이아의 간단 명료한 제안에 모두들 자신의 방향을 정하기 시작했다. 마족 측에 가기 곤란한 스시리아너와 에레는 이 저택에 남기로 했고, 알테이아에 연관되어 있는 사라와 네이아, 그리고 딘이 있을 만한 곳엔 무조건 가는 미르는 지오르 백작 저택에 가보기로 했다.

"그럼, 다리므님은 어떻게 하실 건가요? 우릴 따라오시겠어요?"

　미르의 질문에 다리므는 조금 난감한 표정을 지었다. 아직 결정을 내리지 않은 라드휜과 일레이가 이쪽을 말똥말똥 쳐다보고 있었다. 다리므가 가려는 대로 따라올 생각들인 모양이다.

　"글쎄, 난 알테이아에 다시 가봐야 할 것 같은데."

　"그건 또 무슨 소리예요? 기껏 도망쳐 왔잖아요!"

　바보스럽게 들리는 다리므의 대답에 미르가 소리를 빽 질렀다.

　"그것 때문이야. 그렇게 나와버렸으니까 다시 한 번 가봐야지. 사실, 모르는 사람이 봤으면 납치당했다고 생각할 만한 장면 아니었어?"

　"납치당했다고 생각할 사람도 아니지만, 그렇게 생각한다면 그렇게 놔둬요. 그런 사람, 어떻게 생각하든 상관없는 것 아니에요?"

　약간 화가 났는지 미르의 말은 그답지 않게 상당히 퉁명스러웠다. 그런 그의 반응에 다리므는 곤란하단 표정을 지었다.

　"그런 사람이라니. 아무튼 난 잠깐 다녀와야겠어. 해명은 해줘야지. 걱정하실 텐데."

　"걱정은 무슨 걱정을 해요? 아아, 걱정은 하겠군요. 잘 써먹던 물건이 없어지면 걱정이 되는 게 사람의 심리이니까."

　"무슨 말을 그렇게 해!"

　미르의 말이 점점 심하게 나가자 조심스럽던 다리므도 언성을 조금 높였다. 하지만 미르는 그런 다리므의 반응에 더 차갑게 대꾸할 뿐이었다.

　"사실을 말하는 거예요. 지금까진 가만히 있었지만, 나도 이젠 더 이상 두고볼 수 없겠어요. 당신은 대체 언제까지 이럴 셈이죠?"

　"이상한 쪽으로 왜곡하지 마. 난 그저 외삼촌이 걱정하는 게 싫을 뿐이야. 그리고 쓸모있는 물건이라니, 그런 멍청한 소리가 어디

있어? 차라리 쓸모있었으면 좋겠다. 항상 짐만 되는 것도 이젠 지
겨우니까."

"그저 짐일 뿐이라고요? 지금 다리므님이 그에게 얼마나 쓸모
있는지 몰라서 하는 말이에요? 흔치 않은 오프너 마법사인 당신
을 내세워 마법사 길드의 움직임을 견제하는가 하면, 여러 가지로
당신의 마법을 이용했잖아요. 조카에 대한 애정, 뭐, 그런 것들로
지금까지 당신을 데리고 있었다고 말하려는 거예요? 당신이 무리
하게 마법 수련을 할 때의 그는 당신을 말리기는커녕, 오히려 당
신을 부추기려 하는 것처럼 보였어요. 오프너에게 있어 무리한 마
법 사용은 생명을 갉아먹는 것이라는 사실을 알면서도 말이에요.
그에게 필요한 건 당신이 아니라 당신의 마법이기 때문이겠죠. 그
런데도 당신은 또 그에게 돌아가겠다는 거예요?"

"하지만 미르. 나는……."

다리므는 무어라고 반박하려 했으나 말이 안 나오는 모양이었
다. 말의 첫머리만 끄집어낸 채 그 이상 말을 잇지 못했다. 보다
못한 라드휜이 미르를 말렸으나, 미르는 계속 말을 쏟아부을 뿐이
었다.

"언제까지 이런 식으로 외면할 셈이죠? 사실은 다 알고 있잖아
요! 대체 왜 모른 척하려고 애쓰는 거예요. 언젠가 제르비드는 당
신을 팔아넘기겠죠. 지금은 쓸모가 있으니 잘 대해주고 있지만, 결
국 그에게 있어 당신은 도구일 뿐이에요. 그는 항상 그런 식이었
잖아요. 알테이아를 위해서라면 사람 목숨까지도 아무렇지 않게
버리는 사람. 잘 알고 있으면서 왜 그래요? 너무도 뻔하잖아요!
그런 사람에게 기꺼이 이용당하는 이유가 대체 뭐예요!"

"그만 해……."

"그만 하라고요? 난 사실을 말하고 있을 뿐이에요. 무책임하게 구는 것도 이제 그만 하란 말이에요. 이기적이라고요! 당신이 그런 식으로 행동할 때마다 걱정하고, 또 고생하는 사람들이 있다는 것까지 외면하나요? 똑바로 보란 말이에요! 도망치고 싶은 거예요? 도망친다고 해서 무엇이 해결되지요? 아무것도 나아지지 않아요. 당신이 그런 태도를 보여봤자 제르비드는 언제까지나 당신을 도구 취급할 거예요. 그는 당신을……."

"그만! 그만 해! 충분히 알아들었으니까 이젠 그만 하란 말이야!"

순간 다리므가 갑자기 소리를 질러 미르의 말을 끊어버렸다. 신경질적이라기보단 애원에 가까운 외침이었다. 덕분에 미르는 자신도 모르게 말을 멈추고 다리므를 빤히 쳐다보았다.

다리므는 미르를 밀어붙이기라도 하려는 듯한 기세로 이쪽을 쳐다보고 있다가 이내 흥분이 가라앉은 듯이 시선을 떨구었다.

"제발 그만 해……."

잠시 동안 침묵이 흘렀다. 모두들 뭐라고 해야 할지 할말을 떠올리지 못했기 때문이다. 그저 다리므를 빤히 쳐다보고 있을 따름이었다.

다리므는 시선을 떨군 채 손으로 이마를 짚고 있었다. 심하게 흔들리는 감정을 가라앉히기 힘든 모양이다. 긴 한숨이 여러 번 내뱉어졌다. 마음을 진정시키려 애쓰는 것 같았으나 아무래도 그는 전혀 평온해 보이지가 않았다.

"…미안. 소리 질러서."

그러나 한참의 침묵이 지난 뒤, 가장 먼저 말을 꺼낸 것은 다리므였다. 미르는 그런 그의 태도에 진한 씁쓸함을 느꼈다.

"사과는 필요없어요. 난 무엇보다도 당신이 제대로 화내는 걸 보고 싶었으니까."

"그건 변태적인 취미야. 알아?"

"다리므님! 난 진지하게 말하고 있다고요!"

이런 상황에서까지 농담을 던지는 다리므의 태도에 미르는 질렸다는 듯이 그를 쳐다보았다. 하지만 다리므는 어느새 쿡쿡 웃고 있었다.

"정색하기는. 너 정말 고룡 맞아?"

"그거랑 무슨 상관이에요?"

"오래 살면서 쌓아온 현명함으로 멋지게 농담을 받아쳐야지."

"오래 살았다고 해서 무조건 현명해지는 건 아니에요."

결국 미르는 한숨을 내쉬고 말았다. 아무리 잔인한 말을 하고 소리를 쳐도 다리므는 진지하게 받아들여 주지 않을 것이다. 언제까지나 사람을 바보 만드는 이런 농담으로 모든 것을 넘겨버리겠지. 원래 그런 사람이었으니까.

하지만 그런다고 당신의 마음까지 즐겁게 변하는 건 아니잖아. 즐겁게 웃어도 결국 당신 마음속에 남는 건 아무것도 없잖아. 어째서 아무렇지 않은 척해? 그런다고 해서 사실이 바뀌는 게 아니잖아. 억지로 웃어서 괜찮은 척해봐야 당신만 힘들 뿐이야. 이래서는……

'하지만 결국 내가 어떻게 할 수는 없는 일이지.'

미르는 자꾸만 쓸데없는 것에 마음을 주는 자신을 바로 세우려 애쓰며 다리므에게서 시선을 떼었다. 이런 생각, 아무런 소용이 없다. 그때도 그랬으니까.

"아무튼 어쩌실 거예요? 그냥 여기 남아계실 건가요?"

"아니, 갈 거야. 렌스도 거기 있고, 운 좋으면 딘도 만날 수 있겠지?"

"아, 그럼 나도 갈래."

다리므가 지오르 백작 저택 쪽으로 간다는 의사를 밝히자 갑자기 스시리아녀도 따라오겠다는 태도를 취했다. 그쪽은 마족 세력이기에 좀 껄끄럽지만, 괜히 다리므가 신경 쓰인 모양이었다.

"가실 건가요? 그쪽은 마족 파인데."

에레가 걱정스레 말을 꺼내었지만, 스시리아녀는 마음이 굳어진 듯했다.

"마족 파라도 찾아온 사람을 잡아먹지는 않을 거 아냐? 네이아 님도 가시는걸."

"그렇다면 저도 가지요."

"뭐야, 이거. 결국 전원 다 간다는 말이잖아."

이상하게 흘러가는 상황에 스시리아녀가 혼잣말을 중얼거리자 다리므가 킥킥 웃었다.

"내가 간다니까 다들 따라온다고 하네?"

"누가 너 때문에 간다고 하는 줄 아냐. 렌스가 있다니까 가는 거야."

"호오……."

"뭐야, 그 반응은!"

"아니, 그냥. 그럼 이만 갈까? 딘이 기다리겠다."

다리므는 장난스레 웃으며 현관 쪽으로 달려나갔다. 지오르 백작 저택까지 그대로 뛰어갈 기세였다. 덕분에 모두들 난데없는 달리기를 해야 했다.

"누가 기다려 준다고 그래! 있을지 없을지도 모르는데!"

현 자 의 돌

스시리아너의 외침에 다리므는 뒤도 안 돌아보고 대답했다.

"뭐, 아무래도 상관없잖아? 좋은 쪽으로 생각하자는 건데."

"그것도 정도 나름이지! 아무튼 멈춰! 이렇게 더운 날씨엔 뛰기 싫단 말이야!"

"뛰면 바람이 불잖아."

"공기 자체가 뜨거운데, 그런다고 시원해지냐?"

"괜찮아, 괜찮아. 가까우니까."

18

"…역시, 갈수록 상황은 나빠지고 있다는 건가."

하르드퀴논은 주변을 천천히 둘러보며 혼잣말 같은 문장을 중얼거렸다. 오랫동안 쓰지 않던 별궁 건물. 지저분하거나 허물어져 가는 정도는 아니었으나, 잘 쓰지 않는 건물이라 군데군데 먼지가 쌓여 있었다. 중요한 손님을 맞기엔 전혀 어울리지 않는 곳인 셈이었다.

나란히 걷던 슈마리엔이 조용한 어투로 하르드퀴논의 말에 답해 주었다.

"라피셀 여제(女帝)가 무슨 생각을 하고 있는지 짐작이 잘 안 가는군요. 난데없이 별궁에서 만나자는 제의를 해오다니. 오랫동안 안 쓰던 건물인데."

"함정이 있을 수도 있다는 건가?"

"그렇습니다."

"여제가 그렇게 어리석으리라곤 생각지 않아. 오랜 세월 그리테이트를 장악해 온 우리들을 교묘하게 따돌린 사람이 아닌가. 누구보다도 우리의 실력을 잘 알고 있을 거야. 함정 같은 방법으로는 우리를 화나게 할 뿐이라는 사실도 모를 리가 없겠지."

하르드퀴논의 목소리에는 약간의 씁쓸함이 담겨 있었지만 그건 함정에 대한 걱정 때문은 아니었다. 아까 말한 대로 여제가 함정을 설치해 두었을 가능성은 희박하고, 설령 함정이 있다 하더라도 하르드퀴논을 가둘 수 있을 만한 함정은 존재하지 않을 테니까.

4일 전, 그리테이트가 알테이아를 침공했다는 소식을 전해 들은 하르드퀴논은 여제에게 면담을 요청했었다. 어떻게 그런 큰 일을 상의도 없이 일으켰느냐고 따지려 했던 것이다. 하지만 어이없게도 여제는 그러한 하르드퀴논의 요청을 거부해 버렸다. 여러 가지 일이 겹쳐져 피곤하기 때문에 하르드퀴논을 만날 수 없다는 것이었다.

그 소식을 들은 휴식 계열 마족들은 분개했으나 여제의 태도는 단호했다. 마족들이 어떤 반응을 보여도 만나주지 않을 테니 다 때려부수려면 마음대로 하라는 식이었다. 알테이아와 전쟁 중에 마족과의 마찰이 생긴다면 분명 안 좋을 텐데도, 여제는 마족들을 달래놓으려는 생각조차 하지 않는 것만 같았다. 아니, 때로는 오히려 마족들의 분노를 부추기는 듯한 느낌을 풍기기까지 했다.

덕분에 하르드퀴논은 자기 편을 달래는 역할을 떠맡아야만 했다. 여제도 바보는 아니니 다른 속셈이 없고서야 그런 태도를 보일 리가 없을 테니까.

비록 그리테이트 내에서의 실권은 잃었다 해도 휴식 계열 마족 세력은 그리테이트가 쉽게 무시할 수 있을 만한 세력은 절대 아니다.

휴식 계열 마족은 오랜 기간의 전투로 다져진 종족이니까. 이런 세력을 적으로 삼아봤자 그리테이트에 좋을 게 없었다. 아무리 마족이 수적으로 딸린다 해도 인간과 마족과의 전투란 애초 상대가 안 되기 십상인 것이다.

'100년 만의 절대 군주 라피셀 사티로타. 대체 무슨 생각을 하고 있는 것일까? 무례한 발언으로 휴식 계열 마족을 도발하더니, 4일 만에 이런 별궁에서 만나자고 하다니.'

아무리 생각해도 해답이 잘 나와주질 않는 의문이었다. 이곳에 함정을 팠다 해도 하르드퀴논과 슈마리엔 두 사람을 가둘 수 있을 만한 함정일 리가 없고, 새삼스레 하르드퀴논을 만나고 싶어졌단 식으로 설명하기엔 여제의 성격과 맞질 않았다.

만날 수 없다고 했던 이유, 그리고 4일 후에 난데없이 별궁에서 만나자고 하는 이유. 지금의 하르드퀴논은 그 두 가지 미스터리에 대한 해답을 짐작조차 하지 못하고 있는 상태였다. 그저 아득한 불안감을 느끼며 의문을 가슴속에 품어두고 있을 따름이었다.

"하르드퀴논님께서는 라피셀 여제를 어떻게 생각하십니까?"

문득 슈마리엔이 새로운 화제를 끄집어내었다.

"위험한 존재이겠지. 우리에게 어떤 영향을 미칠지 모를……."

"우리의 시각에서 보는 평가가 아니라 객관적인 평가를 듣고 싶습니다만."

"객관적인 평가라… 어떤 걸 말하는지 모르겠군."

"지금까지 그리테이트의 실권을 쥐어왔던 사람들과는 다르지 않습니까? 과감할 정도의 변화를 꾀하는가 하면 지금처럼 우리들을 교묘하게 따돌리기도 하고. 과거의 전통에 얽매이지 않는 혁명적인 군주라는 칭호를 받고 있긴 합니다만, 과연 후세 사람들은 그녀를 어떻게 평가할까요?"

"역사적인 평가를 말하는 것인가? 글쎄, 지금 미래의 일을 말해 봐야 아무런 소용이 없어. 앞으로 무슨 일이 일어날지는 아무도 모르고, 후세 사람들은 우리와 다른 상황 속에 있을 테니까."

어느새 저편에는 커다란 문 하나가 희미하게 보이고 있었다. 긴 복도의 끝에 있는 연회실이었다. 라피셀 여제가 하르드퀴논을 만나겠다고 한 장소도 바로 저기였다.

하르드퀴논은 느릿한 동작으로 문을 밀었다. 꽤 오랫동안 방치되어 있었음에도 불구하고 문은 소리없이 밀렸다. 순간, 뒤에서 슈마리엔의 나직한 중얼거림이 귓가에 울려왔다.

"이노베이션보다는 레볼루션이라는 말을 들어보신 적이 있습니까?"

하르드퀴논은 무심코 뒤를 돌아보았다. 슈마리엔은 입가에 씁쓸한 미소를 띤 채 그를 쳐다보고 있었다.

"고대에 케리가 하던 말이군."

"모든 것을 한번 뒤집어보고 싶다는 생각을 해보신 적은 없습니까?"

어쩐지 슈마리엔답지 않은 질문이었다. 대체 무슨 의도를 띤 질문인지 의아해하며 하르드퀴논은 그녀의 말에 답했다.

"뒤집는다는 건 희망이 전혀 없을 때나 하는 행동이겠지. 장난감처럼 아무렇지도 않게 뒤집을 수 있는 건 아무것도 없어. 어디까지나 최후의 수단일 뿐이지."

"지금도 희망이 없는 건 마찬가지 아닙니까? 300년 동안 우리는 그저 싸움만 반복해 왔을 뿐입니다. 이대로 변화없이 계속 시간만 보내다간 앞으로 300년이 지난 후에도 우리는 싸움밖에 할 수 없을 것입니다. 이 어리석은 고리를 끊어버릴 생각은 없으십니까? 풀 수 없는 고리라면 끊어버리면 되지 않습니까?"

"하지만 그래서는 고리의 형체도 남지 않아. 그저 끊어져 버린 조각들만 남을 뿐이지."

하르드퀴논은 슈마리엔이 무슨 말을 하고 싶어하는지 알겠다는 듯이 짧게 대답하고는 문을 완전히 열었다. 넓은 연회장의 풍경이 시야에 들어오기 시작했다. 대리석이 깔린 회색 빛 바다. 그는 서두르지 않는 태도로 그 안에 한 발을 들여놓았다.

"끊어버린 후에 새로운 고리를 구축하면 되지 않겠습니까?"

"새로운 것을 이루기 위해 지나간 것을 거리낌없이 희생시키는 자에겐 미래를 만들어갈 자격이 없어."

어느새 하르드퀴논은 약간의 불쾌감을 느끼고 있었다. 이건 정령들의 사고다. 평화를 위한다는 명목으로 마족들을 거침없이 살해한 정령들의 사고다. 그들은 잔혹한 방법을 써서 마족들을 멸망시켜 버리려 했지만, 그러한 행동의 결과가 낳은 것은 한없는 전쟁뿐이었다. 그들은 잔혹하게 세상을 뒤집으려 했지만 수많은 희생만 남긴 채 목적을 이루지 못한 것이다.

풀지 못하는 고리는 끊어버리면 된다고? 그렇게 장애가 되는 것은 거침없이 없애버리면 남는 게 대체 뭐가 있나. 그리고 고리가 쉽게 끊어지지 않는 것이라면 어떻게 할 셈인가? 지금의 정령들처럼, 마족을 없애려다 전쟁만 만든 정령들처럼 고리에 손상만 입히고는 끊는 데 실패해 버리면, 그러면 손실만 얻지 않는가.

"타인을 거리낌없이 희생시킬 수 있을 만한 신념을 가지지 못하는 자에게는 아무것도 주어지지 않는다는 생각은 안 드십니까?"

하지만 슈마리엔은 계속 그런 말들을 멈추지 않고 있었다. 뒤에서 울려오는 슈마리엔의 목소리가 왠지 섬뜩하게 들린다. 하르드퀴논은 연회장 안쪽으로 들어가려다 말고 그녀를 다시 한 번 돌아보았다.

"당신은 겨우 그 정도의 그릇밖에 안 되는 사람이었단 말입니까?"

"슈마리엔?"

쿵!

순간 묵직한 소리를 내며 연회장 문이 닫혀버렸다. 슈마리엔이 밖에서 문을 닫아버린 듯했다. 하르드퀴논은 침착하게 닫힌 문을 밀어보았지만 문은 꿈쩍도 하지 않았다. 아무래도 무슨 수를 쓴 것만 같았다.

"이게 무슨 짓인가, 슈마리엔!"

문이 두텁긴 해도 말소리는 밖에까지 들릴 텐데, 수십 초의 시간이 지나도록 슈마리엔의 대답은 들려오지 않았다. 다만 가없는 침묵만이 문을 타고 흘러 들어올 뿐이었다.

'설마, 슈마리엔이?'

꺼내고 싶지 않은 단어가 머리 속을 파고들어 온다. 설마, 그럴 리가, 하는 어리석은 혼잣말을 중얼거리며 하르드퀴논은 입술을 깨물었다.

"슈마리엔!"

이미 거의 확실해진 상황이건만, 하르드퀴논은 이 상황을 인정하지 못한 채 한번 더 그녀의 이름을 소리쳐 불렀다. 고대에서부터 300년을 넘는 세월을 함께 싸워온 그녀였다. 그런데 이렇게 갑작스럽게 태도를 바꾸다니. 쉽게 인정할 수 있을 리가 없었다. 언제나 어두운 곳에 밀려 있던 마족들에게는 배신의 기회가 다른 종족보다도 훨씬 많았고, 하르드퀴논도 언제든 배신자가 나올 수 있다는 사실을 알고 있긴 했지만… 이건 아니었다. 300년이 넘도록 함께 싸워온 슈마리엔이, 다른 누구도 아닌 그녀가 이렇게 갑작스레 등을 돌리다니. 쉽사리 믿을 수 있을 리가 없었고, 또 믿고 싶지도 않았다.

하지만 지금 이 상황은 너무도 확실하다. 의심할 여지조차 없이 확실한 것이다.

"슈마리엔……."

하르드퀴논은 마지막으로 그녀의 이름을 한번 더 불렀다. 이번에는 아주 가까운 곳에서도 들리지 않을 만큼 작은 목소리였다. 아주 오래 전부터 불러왔던 이름, 어쩌면 이제 다시는 부르지 못할 이름이 묘한 감각으로 혀끝을 맴돈다.

그리고 그렇게 마음을 정리한 하르드퀴논은 싸늘한 한마디를 내뱉었다.

"기척을 숨기는 게 서투르군. 숨어 있지 말고 빨리 나오시지."

갑자기 던져진 말에 상대는 당황했는지 뒤에서 부스럭 하는 작은 소리가 났다. 저 정도의 움직임이라면 상급 기사 정도의 실력이겠군. 숫자는… 하나, 둘, 셋, 넷…… 열 다섯 명쯤 되는 것 같다.

'어리석군. 겨우 이 정도 숫자로 날 어떻게 해보려 하다니.'

하르드퀴논은 더 이상 생각할 것도 없이 바로 한쪽으로 몸을 날렸다. 다리의 근력을 이용한 엄청난 속도의 이동이었다. 쉬익 하는 바람 소리가 들린다는 느낌이 든 순간, 그는 어느새 한 청년의 목을 움켜쥐고 있었다.

"끄으으……!"

제대로 방어를 할 여유도 없이 하르드퀴논에게 붙잡혀 버린 그 청년은 기묘한 신음 소리를 냈다. 목을 붙들린 나머지 숨을 쉬기가 곤란한 모양이었다.

하르드퀴논은 차가운 눈으로 그를 빤히 쳐다보았다. 청년이 입고 있는 옷은 은색과 검정이 섞인 제복으로 그리테이트의 기사 복장이었다. 앳된 느낌이 남아 있는 얼굴이었지만 어깨의 계급장을 보니 역시 상급 기사였다. 실력 좋은 상급 기사 여러 명을 동원해 하르드퀴논을 상대할 생각이었던 모양이다.

'이건 슈마리엔의 머리에서 나온 작전은 아닌 것 같군.'

커튼 뒤나 벽 한쪽에 숨어 기척을 숨기고 있던 기사들이 슬금슬금 밖으로 나오기 시작했다. 하르드퀴논은 그들이 발산해 내는 살기를 등뒤로 느끼며 붙잡고 있던 청년을 가볍게 뒤로 던져 버렸다. 털썩! 하는 소리와 함께 기사들의 웅성거림이 들려오기 시작했다. 건장한 청년을 너무도 가볍게 던져 버린 하르드퀴논의 힘에 두려움을 느낀 것이리라.

상급 기사라 해도 어디까지나 인간이다. 그런 그들이 하르드퀴논의 상대가 될 리 없었다. 누가 뭐래도 하르드퀴논은 300년이 넘는 세월 동안 수없는 싸움을 거쳐 온 존재이니까.

"이야야압—!"

기사들 중 한 명이 혼신의 힘을 실어 이쪽으로 달려 들어왔다. 뽑아 든 검이 섬뜩한 기운을 발산하며 번뜩였지만 하르드퀴논은 전혀 흔들림 없이 몸을 조금 돌려 그 검을 피했다. 그리고 가볍게 상대의 손목을 비틀어 검을 빼앗았다.

"흐아아악!"

손목을 비틀린 기사가 날카로운 비명을 질렀다. 하르드퀴논은 가볍게 그를 발로 차 저편으로 날려버렸다.

우당탕탕!

그의 몸이 바닥에 세차게 부딪히며 요란한 소리를 냈다.

그리고 달려 들어오는 또 한 사람. 손으로 어깨를 내리찍어 쓰러뜨렸다. 그 다음 사람. 발로 정강이를 차서 넘어뜨렸다. 그 다음 사람. 배를 발로 찼더니 커억! 하는 소리를 내며 꼬꾸라졌다. 그 다음 사람······.

기사들은 한꺼번에 달려든다고 한 것 같았으나 하르드퀴논은 태연히 한 사람씩 쓰러뜨려 버렸다. 한꺼번에 달려들었다 해도 그 동작 자체가 하르드퀴논에 비해 너무도 느렸기 때문에 그들의 공격이 먹히기도 전에 모두가 쓰러졌던 것이다. 애초에 시간의 흐름부터가 다른 상대였다. 기사들에겐 찰나의 순간으로 여겨지는 시간이 하르드퀴논에겐 열 명이 넘는 기사를 쓰러뜨릴 수 있는 시간이었으니 제대로 된 전투가 될 리 없었다.

"크어억!"

또 한 사람이 비명을 지르며 쓰러졌다. 이제 두 사람밖에 남지 않았다. 하르드퀴논은 그들까지 단숨에 쓰러뜨리고 이 방을 나가기 위해 그들에게 손을 뻗었다.

순간, 이변이 일어났다. 기사 중 한 명이 아슬아슬하게 하르드퀴논의 공격을 막아낸 것이다. 양팔을 눈앞에 교차시켜 하르드퀴논의 주먹을 막아낸 그는 재빠른 동작으로 검을 내리그었다.

쉬이잉—

검날이 대기를 찢으며 떨어져 내려온다. 엄청나게 빠르다! 하르드퀴논은 급히 옆으로 비껴났다. 다행히 아슬아슬하게 검의 사정권 밖으로 벗어날 수가 있었다. 옷자락 끝에 검날이 스치는 느낌이 희미하게 들렸을 정도의 타이밍이었다. 아주 조금만 늦었어도 검을 정통으로 맞을 뻔한 셈이었다.

'꽤 실력있는 자가 끼여 있었군.'

하르드퀴논은 아무렇게나 들고 있던 검을 고쳐 쥐며 그 기사를 쳐다보았다. 차가운 인상을 하고 있는 사람이다. 검은 머리에 회색빛 눈동자가 그의 피부까지도 무채색으로 보이게 하는 듯한 착각을 일게 했다. 서늘한 느낌. 그의 몸에서 풍겨나오는 이 느낌은 강한 살기다. 보통 사람이라면 중압감을 느꼈을 정도의 강한 기운으로 그는 이 전투에 임하고 있었다.

'마법도 쓰는 자인가? 골치 아프게 되었군.'

하르드퀴논은 그에게서 흐릿한 마력의 냄새를 맡고 미간을 좁혔다. 처음엔 잘 몰랐는데 자세히 보니 약한 불의 마력이 그에게서 흘러나오고 있었다. 지금은 그 기운을 억제하고 있어서 흐릿하고 약하게 느껴질 뿐이지만, 어쩌면 강한 마법사일지도 모른다. 하르드퀴논을 상대하게 할 만한 실력자라면 그 정도는 되어야 할 테니까.

츠캇!

다시 한 번 날아온 상대의 검을 하르드퀴논도 검으로 막았다.

속도, 힘. 모두가 상당한 수준이다. 하르드퀴논은 검을 약간 기울여 상대의 검을 미끄러뜨렸다. 그리고는 그가 허점을 내보이는 순간을 노려 그에게 뛰어들었다.

사악—!

하르드퀴논의 재빠른 공격에 상대의 옷자락이 베어져 나갔다. 하르드퀴논은 한 발 더 앞으로 내디디며 다시 한 번 검을 휘둘렀다. 상대는 아직 제대로 된 방어 자세를 갖추지 못한 상태였다. 검끝으로 베어지는 느낌이 전해지며 뜨끈한 피가 몇 방울 하르드퀴논의 얼굴에 튀었다.

콰아앙!

그러나 그 다음에 뒤로 나가떨어진 것은 상대가 아니라 하르드퀴논이었다. 가슴을 강타하는 묵직한 기운을 느끼며 하르드퀴논은 바닥에 세차게 부딪혔다. 흉곽(胸廓)을 이루는 뼈에 상당한 충격이 간 것 같다. 가슴이 답답하고 숨쉬기가 조금 곤란하다. 갑자기 날아온 마법에 정통으로 가격당한 것이다.

하지만…….

하르드퀴논은 재빨리 몸을 일으켰다. 조금 전의 마법은 불의 마법이 아닌 바람의 마법이다. 지금 눈앞에 있는 기사가 아닌, 다른 누군가가 바람의 마법으로 날 공격했던 것이다. 그것도 상당한 실력을 가진 누군가가.

검을 고쳐 쥐며 눈앞에 서 있는 두 사람을 똑바로 쳐다보았다. 두 사람. 그래, 두 사람이다. 남은 두 명의 기사. 그중 뒤쪽에 서 있는 사람에게서 바람의 느낌이 흘러나오고 있었다. 아무래도 방금 하르드퀴논에게 마법을 사용한 자는 그인 듯했다.

하지만 하르드퀴논은 그들을 자세히 볼 만한 여유를 가지지 못했다. 앞에 서 있는 기사가 다시 그에게 검을 내리쳐 왔기 때문이었다.

검이 대기를 찢는 소리가 길게 울려퍼진다. 하르드퀴논은 바닥을 박차고 뛰어올랐다. 허를 찔린 그 기사가 잠시 멈칫하는 순간, 하르드퀴논은 그의 머리 위로 검을 내리그었다.

쳉!

상대는 재빨리 검을 들어 막았다. 하지만 간신히 막아낸 것이란 사실을 느낌으로 알 수 있었다. 하르드퀴논은 곧바로 몸을 틀어 그 다음에 날아온 바람의 마법까지도 피했다. 그리고 다시 그 회전력을 이용해 검을 옆으로 찔러넣었다.

"웃!"

상대는 급히 몸을 굽혔으나 조금 늦었다. 간발의 차이로 그는 옆구리에 얕은 상처를 입으며 뒤로 물러섰다. 그러나 하르드퀴논은 그 시점에서 공격을 멈출 사람이 아니었다. 지원하듯 날아오는 바람의 마법들을 교묘하게 피해내며 다시 검을 길게 내리그었다.

순간, 상대도 거의 동시에 검을 올려쳤다. 무모한 반응이었다. 올려치는 것보단 내려치는 방향이 훨씬 유리하니까 압도적인 힘의 우세를 점령하지 않는 한은 좋은 결과를 내기 어려울 터였다.

챙!

엄청난 속도로 휘둘러진 두 검이 맞부딪치자 날카로운 금속음이 사방에 울려퍼졌다. 역시 힘에서는 하르드퀴논이 우위였다. 하르드퀴논의 검에 밀린 그의 검이 뒤로 밀려나면서 그의 가슴 부분이 완전히 무방비 상태로 드러나 버렸다.

하르드퀴논은 검의 방향을 미묘하게 바꾸어 곧바로 그의 가슴을 겨냥했다. 그러나 그 순간, 그는 검이 밀려나는 힘을 이용해 빙그르르 돌면서 하르드퀴논의 다리를 공격해 왔다.

싸악—!

전혀 예상치도 못했던 패턴의 공격에 하르드퀴논은 다리에 얕은 상처를 입고 말았다. 그래봐야 가느다란 붉은 줄이 그어진 정도였지만, 문제는 그 다음에 날아오는 바람의 마법이었다. 급히 마법에 대한 방어 태세를 갖추었으나, 강하게 밀려 들어오는 바람을 완전히 막아낼 수는 없었다. 서늘한 느낌과 함께 발이 공중에 뜬다고 생각한 순간, 하르드퀴논은 한참을 날아가 바닥에 세차게 부딪혔다.

대리석이 깔린 바닥은 차디찼지만 하르드퀴논에겐 뜨겁게 느껴졌다. 어깨를 잘못 부딪혔는지 약간 욱신거리는 느낌이 있지만, 실질적인 충격은 그리 크지 않은 것 같았다. 몇 군데 멍은 들었겠지만 바닥이 매끈한 덕에 심하게 긁힌 상처는 없었다.

'의외의 공격을 해오는군. 기사 복장을 하고 있지만 사실은 용병인 걸까?'

상대의 움직임을 되새겨보며 하르드퀴논은 천천히 몸을 일으켰다. 바람에 상당히 밀려난 덕에 상대와는 어느 정도 거리를 두고 떨어져 있었다. 그 두 사람은 섣불리 가까이 가는 건 안 좋다고 판단했는지, 아까 서 있던 자리 그대로 서서 하르드퀴논을 쳐다보고 있었다.

'검이 휘둘러지는 힘에 몸이 따라가려면 체중이 상당히 가벼워야 할 텐데, 겉으로 봐선 그렇게 보이지 않는군. 설마, 정령인가? 두 사람 모두 꽤 강한 마법사인 듯하지만, 일반적인 정령의 기운과는 미묘하게 다른데.'

하르드퀴논은 두 명의 상대에 대해 곰곰이 생각하며 천천히 발을 앞으로 내디뎠다. 느릿한 동작으로 그들에게 다가가려는 것이었다.

생각해 보니 뮤트도 전에 이런 수법을 몇 번 쓴 적이 있었다. 검을 휘두르는 힘을 이용해 그대로 몸을 튼다던가, 검이 튕겨나오는 반동을 이용해 회전하며 공격을 한다던가 하는 그런 방식들.

'생각해 보니 정말 비슷하군.'

무심코 뮤트의 검술을 떠올린 하르드퀴논은 저 기사의 검술과 뮤트의 검술이 굉장히 많이 비슷하다는 사실을 깨달았다. 검을 휘두르는 동작이나 공격 방식 등이 한 유파(流波)에서 갈라져 나온 검술처럼 닮아 있었다.

하지만 뮤트, 아니, 딘의 검술은…….

두 명의 기사는 천천히 다가오는 하르드퀴논을 그저 기다리고만 있었다. 하르드퀴논은 경계를 늦추지 않은 채 그들을 빤히 쳐다보았다. 세세한 느낌이나 낌새도 놓치지 않으려 애쓰며 그들의 모습에 정신을 집중했다.

'그렇군. 저 모습은 역시 환각이었어.'

몇 초 지나지 않아 하르드퀴논은 그들의 주변에 떠도는 마력의 성질을 느끼고 모든 것을 깨달을 수가 있었다. 지금 이게 어떻게 된 상황인지, 그리고 저들이 누구인지도.

"언제부터 케리의 개가 되었지, 로다 리트미스?"

하르드퀴논의 침착한 질문에 앞에 서 있던 기사가 움찔했다. 역시 정답이었다.

"처음부터 좋지 않았지만, 재회가 이런 식으로 이루어지리라곤 생각지 않았는데."

"어차피 생각하는 근본부터 다르니까."

회색 눈동자의 기사, 로다가 냉정히 대꾸해 왔다. 하르드퀴논은 감정을 배제한 새파란 눈동자로 그를 빤히 쳐다보았다.

"그래, 난 너희들의 논리를 이해할 수 없다. 어떠한 숭고한 이상을 내세워도 학살이 정의라 믿는 미친 짓에 동참할 순 없으니까."

"미친 짓이라고? 우습지도 않은 말을 하는군. 어차피 우리가 처음 생각했던 이노베이션 자체도 미친 짓이었어."

"확 뒤엎어 다른 이들을 밟아버리는 레볼루션이 나왔다고 말하고 싶은 건가? 마족을 그렇게 학살고도 모자라단 느낌이 드는 모양이지? 그래서 지금은 날 없애고 모든 것을 뒤엎어 버리고 싶다는 건가?"

"어느 쪽이든 다 미친 짓이지."

로다의 중얼거림에는 약간의 비아냥거림이 섞여 있었다. 하르드퀴논은 검을 고쳐 쥐었다. 그리고 더없이 침착한 어투로 짧은 문장을 내뱉었다.

"그래서 그런 정신으로 휴페른을 죽였던 모양이군."

로다는 고개를 들어 하르드퀴논을 노려보았다. 환각에 의해 회색 빛으로 보였던 눈동자가 어느새 타오르는 듯한 붉은색으로 돌아와 있었다.

분노. 아마도 이 감정은 분노이겠지.

"뭐라고 했지?"

로다의 차가운 질문에 하르드퀴논은 피식 웃어버렸다.

"이노베이션이든 레볼루션이든, 우리 스스로가 불완전한 존재인 한은 아무것도 제대로 만들 수 없다고 했다. 왜, 동감하기 싫은가?"

"어리석은 패배주의자."

로다의 눈에 경멸의 기색이 잠시 스쳤다고 생각된 순간, 그는 엄청난 속도로 하르드퀴논에게 달려 들어왔다.

챙!

하지만 하르드퀴논은 그의 검을 여유있게 막아냈다. 아무리 로다라 해도 300년이 넘는 세월 동안 싸움 속에서만 살아왔던 하르드퀴논을 이길 수는 없었다. 몇 번 검을 더 맞부딪치자 로다는 숨을 몰아쉬기 시작했다.

키릭—!

로다가 검을 비껴내자 하르드퀴논은 그대로 검을 찔러넣었다. 로다는 간신히 허리를 굽혀 피했지만 역시 간발의 차이였다. 로다의 숨이 점점 거칠어지는 게 이대로 몰아가면 금방 제압할 수 있을 거라고 하르드퀴논은 생각했다.

로다도 아마 그런 생각을 했을 것이다. 자신의 실력을 판단하지 못하고 날뛸 만큼 바보는 아닐 테니까. 하지만 로다는 쉽게 물러날 생각을 가지고 있지 않은 듯했다. 숨을 몰아쉬면서도 하르드퀴논을 향해 검을 길게 찔러 넣어왔다.

'허점투성이의 공격이군. 이대로 몰아간다면……'

찌르기 공격은 사정 거리는 길지만 적용되는 범위가 좁기 때문에 이런 상황에는 별로 좋지 않은 공격 방식이다. 하르드퀴논은 여유있게 옆으로 몸을 돌려 피하려 했다.

그 순간, 아찔한 감각이 그의 의식을 뒤엎듯이 밀려 들어왔다.

심한 현기증에 하르드퀴논은 하마터면 정신을 잃을 뻔했다. 온갖 기억들이 마구 뒤섞여 토할 것만 같은 감각을 느끼며 그는 간신히 정신을 추스렸다. 우위를 점령한 전투 중에 갑자기 쓰러지는 추태는 면한 셈이었다. 하지만 상황이 너무 안 좋았다. 차라리 쓰러져 버렸으면 더 나았을 상황이 그 다음에 곧바로 이어졌다.

푸우욱!

섬뜩한 소리가 귓가에 울린다는 기분이 든 순간, 온몸을 찢는 듯한 고통이 신경망을 통해 퍼져 나갔다. 하르드퀴논은 자기도 모르게 비명을 질렀다. 아니, 자신이 비명을 질렀다는 사실조차 인식하지 못했다.

뜨거운 무언가가 몸에서 뿜어져 나가는 듯하다. 언제 바닥이 위

173

로 올라왔던가. 뺨에 닿은 대리석 바닥의 느낌이 소름 끼칠 만큼
차다. 자꾸만 의식이 부서져 버릴 것만 같다.

고통스럽다.

하지만 하르드퀴논은 끔찍스런 고통 속에서도 이를 악물며 몸
을 일으켰다. 어느새 바닥은 그가 흘린 피로 흥건히 젖어 있었다.
바로 눈앞에 서 있는 로다가 잘 보이질 않았다. 시야가 부옇다. 세
상 모든 것이 흐릿하게 번져 가는 것만 같다. 그리고 그 안에서
아름다운 은백색으로 떨어져 내리는 섬광.

온몸의 힘을 다 끌어들여 몸을 옆으로 날렸다. 덕분에 로다가
휘두른 검은 허공만 가르고 바닥에 부딪혔다. 로다가 무어라고 말
하는 것 같은데 잘 들리지 않는다. 듣고 싶지도 않다. 이대로 부서
져 나갈 것만 같은 내 몸을 추스리기도 벅차니까.

목에서 비릿한 게 올라오려는 것을 느끼며 그대로 달렸다. 한
발 한 발 땅을 디딜 때마다 온몸을 난도질당하는 듯한 통증이 의
식을 들쑤셨으나 그래도 달렸다.

쾅! 쾅!

있는 힘 없는 힘 다 끌어다 문을 막고 있는 결계에 부딪혔다.
다행히 그리 강한 결계는 아니었는지 하르드퀴논이 몇 번 몸으로
부딪히자 문은 벌컥 열렸다.

하지만 문이 너무 갑작스레 열렸기에 하르드퀴논은 문이 열림
과 동시에 바닥에 뒹굴었다. 통증이 의식 전체를 울리고 있어 어
딜 다친 건지도 잘 모르겠지만, 아무튼 상처를 건드린 모양이다.
숨쉬기조차 곤란한 감각이 심장의 박동에 맞춰 쿵쿵 울려온다. 입
안이 비릿한 액체로 가득차 버렸다.

호흡기가 막혔는지 괴로운 기침이 밀려오기 시작했다. 심한 기

침에 몸을 가누지 못하는 하르드퀴논의 앞으로 누군가가 다가왔다. 자꾸만 멀어지려는 의식 속에서도 하르드퀴논은 그 기척을 어렴풋이 느낄 수가 있었다. 로다일까? 별로 우호적인 기운은 아니다. 하지만 피할 수가 없다!

"컥!"

무방비 상태에서 세게 걷어차인 하르드퀴논은 단말마의 비명을 지르며 바닥에 뒹굴었다. 정신을 차릴 수가 없다. 끔찍한 고통이 사고 능력을 앗아가 버린 것만 같다. 그저 이 상태에서 벗어나고픈 생각뿐이다. 그는 본능적으로 몸을 움츠렸다. 고통스럽다. 차라리 빨리 편안해져 버리고 싶다.

하지만······.

머리 속에 스쳐 지나가는 짧은 주문을 하르드퀴논은 정신없이 주워섬겼다. 뭘 어떻게 했는지, 어떻게 정신을 집중했는지 하나도 모르겠다. 아무튼 몇 번이고 주문을 외웠다. 기침을 섞어가며, 신음을 섞어가며 자꾸만 틀리면서도 한없이 그 주문을 되풀이했다.

파아앗―!

이윽고 밝은 자주색의 빛이 사방에 퍼져 나가기 시작했다.

19

쨍그랑!

바닥에 부딪힌 유리컵이 날카로운 소리만 남기고는 산산이 부서졌다.

"에이린?"

미르는 자신도 모르게 갑자기 떠오른 이름을 중얼거렸다. 이상한 느낌이다. 두렵기도 하고 무섭기도 한 감각이 가슴을 두근거리게 만들고 있었다.

대체 이건… 뭐지?

"왜 그래?"

옆에 있던 라드흰이 그를 빤히 쳐다보았다. 미르는 한숨을 내쉬며 고개를 저었다.

"갑자기 이상한 느낌이… 아니, 모르겠어요. 갑자기 그냥……."

"횡설수설하지 말고 간략히 말해."

"아니, 아무것도 아니에요. 그냥 이상한 느낌이 들었을 뿐이에요."

"이상한 느낌이 든다고 컵을 깨냐? 그리고 에이린은 또 왜 불러?"

대답할 말이 잘 떠오르지 않는 듯, 미르는 다시 한숨을 쉬며 머리를 쓸어올렸다.

"뭐라고 해야 할지 모르겠군요. 아무튼 그냥 이상한 느낌이 들었어요. 갑자기 머리를 스쳐 가는 예감 같은 것."

"예감?"

"하지만 난 예언가가 아니니 아무 쓸데 없는 느낌이란 말이죠."

"그럼, 대체 에이린의 이름은 왜 중얼거린 거야?"

미르는 대답을 바로 꺼내진 않고 라드휜을 잠시 쳐다보았다. 그리고 조금 더 범위를 넓혀 주변에 있는 사람들을 돌아보았다.

햇빛이 비끼는 넓은 방. 그 안에 여러 명의 사람들이 제각각의 모습으로 앉아 있었다. 커다란 탁자 주변에 아무렇게나 둘러앉은 채 대화를 나누고 있었다.

페리어드에 도착한 일행들이 지오르 백작 저택으로 옮겨온 건 어제의 일이었다. 사실 처음 이곳에 왔을 때는 딘에 대한 몇 마디만 묻고 에레의 구역으로 돌아갈 생각이었는데, 상황이 이상하게 흘러버린 탓에 당분간 이곳에 눌러 있게 된 것이다.

모두들 특별히 말을 꺼낼 생각을 하고 있지 않아서 방 안은 더없이 고요했다. 햇볕을 타고 날아오는 먼지마저도 흔들림 없이 고요히 가라앉을 것만 같은 분위기. 하지만 이러한 평화로움도 사실은 더없이 아슬아슬하게 유지되고 있을 뿐이지. 미르는 괜히 우울한 생각을 되새기며 한참 만에 입을 열었다.

"자주 있는 일은 아니지만, 가끔 에이린의 이름이 머리 속에 확실히 떠오를 때가 있어요. 이번에도 그런 경우인가 보지요."

라드휜은 이상한 눈으로 미르를 빤히 쳐다보았다. 그리고 그런 눈으로 미르를 쳐다본 사람은 라드휜 혼자가 아니었다. 꾸벅꾸벅 졸고 있는 다리므와 의미 심장한 미소를 짓고 있는 네이아를 제외한 전원이 이상하단 눈으로 미르를 빤히 쳐다보기 시작했다. 덕분에 미르는 영문을 모르겠다는 표정을 지으며 주변 사람들을 둘러봐야만 했다.

"갑자기 다들 왜 쳐다봐요?"

"그렇게 다른 사람의 이름이 가끔씩 이유없이 머리 속에 떠오르는 경우는 두 가지밖에 없어."

스시리아녀가 흥미롭다는 듯이 대답해 주었다.

"첫 번째는 철천지 원수일 때. 기분 나쁜 일만 있으면 그 사람 이름이 마구마구 생각나지. 그리고 두 번째는 그와 정반대되는 경우로……"

"나참, 그런 생각을 한 거였어요?"

순간 미르가 겁도 없이 스시리아녀의 말을 끊었다. 스시리아녀는 미르를 쩨려볼까말까 하는 표정을 지었지만, 미르는 어이가 없는 나머지 그런 그녀의 표정을 보지 못했다.

"간단히 대답할까요? 첫 번째에 가까워요. 아무래도 다들 두 번째 경우를 생각하시나 본데, 그건 말도 안 되는 소리예요. 내가 왜 그런 마녀를……"

"마녀어?"

그리 좋게 들리는 말은 아닌 듯, 라드휜이 눈살을 찌푸렸다. 하지만 미르는 그런 그의 반응엔 별로 신경 쓰지 않은 채 그 말을 받았다.

"그래요, 마녀. 항상 주변 사람들 피곤하게 만들고, 까딱하면 신경질 내고, 과격하긴 이루 말할 수 없고, 또……"

하지만 미르가 늘어놓는 말들은 어쩐지 한차례 싸운 연인에 대해 유치한 험담을 늘어놓는 것에 더 가깝게 들리는 것 같아 스시리아너는 쿡쿡 웃었다. 별거 아닌 일로 싸운 뒤, 저렇게 유치한 말을 늘어놓다가 또 얼마 못 가 화해하는 그런 장면들이 확실히 상상되어 버렸던 것이다. 물론 그건 미르에게는 전혀 안 어울리는 장면들이지만, 그래서 더 재미있다고 스시리아너는 생각했다.

"아무튼 그건 내 질문에 대한 근본적인 답이 못 돼! 왜 에이린의 이름을 중얼거렸냐는 질문에 대한 제대로 된 답은 아직 안 나왔어."

라드휜은 미르의 말이 듣기 싫었던 듯이 그의 말을 끊어버리며 화제를 원점으로 되돌렸다. 미르는 표정 하나 바꾸지 않은 채 태연히 그의 말에 답했다.

"에이린이 갑자기 생각나서라고 했잖아요."

"그럼, 왜 생각이 났냐는 말이야!"

"그건 나도 모르지요. 가끔 이유없이 떠오른다고 했잖아요."

"이유없는 일은 세상에 없어!"

왠지 모르게 라드휜은 약간 신경질적이 되어 있었다. 미르의 이런 반응을 대하고 있기가 싫은 모양이다. 스시리아너는 그가 왜 이러는지 알겠다는 표정을 지으며 킥킥거렸다. 라드휜은 킥킥거리는 소리가 불쾌하단 표정을 지었지만, 째려본다고 해서 웃음을 멈출 스시리아너가 아니기에 그냥 내버려두는 듯했다.

"이유없는 건 없다고요? 그렇다면 이유가 있겠군요. 하지만 이유가 있다고 해서 대답할 수 있는 건 아니에요."

179

"어째서?"

"나도 모르는 이유이니까요."

미르의 대답은 태연했다. 너무도 태연하고 침착했다. 사방에 퍼져 있는 햇볕 아래 반짝이는 검은 머리칼, 그리고 침착한 느낌을 그대로 느끼게 해주는 고요한 눈동자. 미르는 그런 모습을 한 채 라드흰을 쳐다보고 있었다. 고요한 분위기. 고대의 그녀와 닮은……. 라드흰은 갑자기 욕을 퍼붓고 싶어졌다.

"말장난하지 마! 나는……."

"아, 그리고 말해 두겠는데요, 라드흰. 날 보면서 에이린을 연상하는 건 그만둬 줄래요?"

그 말이 결정타였다. 스시리아너의 웃음 소리가 괴기스러우리만치 커다랗게 울리는 걸 배경으로 하여 라드흰의 얼굴에서 핏기가 싹 가셨다.

"너, 그걸 어떻게?"

"인정하긴 싫지만, 스스로 생각해도 닮은 건 닮은 거니까 뻔한 사실이죠."

결국 라드흰은 입을 완전히 다물며 축 늘어져 버리고 말았다. 할말도, 할 수 있는 말도 없어져 버린 모양이다. 다른 이들과 시선이 마주치지 않도록 고개를 거의 탁자에 처박다시피 한 채 끙끙대었다.

한참 만에야 그는 고개를 숙인 그대로 투덜거리는 투의 말을 내뱉었다.

"그래, 다 알고 있었으면서 모른 척했다, 이거지. 내내 사람을 바보 만들고 있었다, 이거지!"

"미안하게 됐군요. 하지만 남매가 전혀 닮지 않았다면, 그게 더 이상한 거예요."

"이상하든 말든 나하곤… 뭐?"

중간에 끼여든 미르의 말에 라드휜은 무심코 대답하다가 급히 반문하며 고개를 들어올렸다. 정신없이 웃던 스시리아너도 갑자기 웃음을 뚝 그쳤다.

그리고 말을 꺼낸 미르까지도 의외라는 표정을 지으며 사람들을 쳐다보았다.

"뭐예요. 모르고 있었단 말이에요? 왜 그런 이상한 말들을 하나 했더니만……."

"그, 그러니까, 에, 에이린은 네……."

라드휜은 이제 말까지 더듬기 시작했다. 그 모습을 보다 못한 미르가 그의 말이 끝나기 전에 짤막한 대답을 던져 주었다.

"동생이에요. 이젠 됐어요?"

그 한마디로 주변에 이상한 분위기가 퍼져 나갔다. 탁자 주변에 앉아 있던 거의 모든 사람들이 믿을 수 없다는 표정을 짓기 시작했던 것이다. 네이아는 이미 알고 있었던 듯 그저 미소 지을 뿐이었지만, 다른 사람들에게는 놀라운 사실일 수밖에 없었다. 별로 실감이 나진 않지만, 따지고 보면 미르도 역사의 페이지를 꽤나 차지하는 존재였으니까.

그러니 거창하게 말하면, 역사적 인물의 감추어진 친족 관계가 우연히 드러난 순간인 셈이랄까? 물론, 대부분의 사람들은 그런 거창한 이유 때문이 아니라 두 사람의 엄청난 이미지 차이 때문에 괴로워하고 있던 중이었지만.

"말도 안 돼. 어떻게 마룡 에이린과 네가?"

역시 이런 상황에서 제일 솔직한 반응을 제일 먼저 보여주는 것은 스시리아녀였다. 미르는 이상한 표정을 짓고 있는 주변 사람들을 한번 둘러보고는 한숨을 내쉬었다.

"정말 모르고 있었단 말이에요?"

"당연하잖아. 어떻게 연결이 돼? 하딘의 드래곤이었던 수룡 미르가드와 하르드퀴논의 드래곤인 마룡 에이린. 침착하고 현명하단 평을 듣는… 으음, 이건 별로 동의하고 싶단 생각이 안 드는 사항이지만, 아무튼 그렇다 치고… 화이트 드래곤White Dragon 미르가드와 날카롭고 용맹, 잔혹하단 평을 듣는 퍼플 드래곤Purple Dragon 에이린. 어라? 이렇게 비교하니까 별로 실감이 안 나잖아. 아무튼 이미지가 너무 달라. 아, 물론 외모는 닮은 것 같긴 한데, 성격이나 분위기는 정말 극과 극이란 말이야."

"정확한 판단, 고맙군요. 사실은 나도 동감이에요."

미르는 이제 거의 자포자기한 듯한 어투가 되어버렸다.

"그리고 무엇보다도 네가 오빠라는 사실이 안 믿겨져. 에이린이 누나라면 그래도 좀 낫겠는데."

이번엔 라드휜이 킥킥거리며 웃기 시작했다.

"아무튼 사실은 사실이에요. 이제 이런 얘긴 그만 해요."

"그만 하자고? 그럼 뭐 해? 심심한 와중에 오랜만에 나온 재미있는 화제잖아?"

스시리아녀는 미르를 물고 늘어지듯 말했지만 그 내용 자체는 사실이었다. 모두들 아침부터 지금까지 내내 노곤하고 지루한 시간을 보내왔으니까. 사라는 꽤나 바빠서 이리저리 뛰어다니는 듯했으나, 다른 사람들은 딱히 할 일이 없어 이곳에 멍하니 앉아 있을 수밖에 없었다.

어제, 사라의 느낌에 따라 모두들 이곳으로 옮겨왔지만, 딘의 모습은 볼 수가 없었다. 그나마 미약하게 가졌던 단서도 사라져 버린 셈이었다. 물론 사라가 더 이상 딘의 행방을 쫓을 수 없는 건 아니었지만, 그러려면 딘의 감정이 움직이는 순간을 포착해야만 했다. 사라가 딘을 느낄 수 있는 순간은 딘이 비교적 강한 감정을 가질 때 뿐으로, 지금은 전혀 느껴지지 않는다고 했다. 지금의 딘은 더없이 평온한 상태이기에 위치를 잡을 수가 없다는 것이다.

덕분에 모두들 졸지에 할 일을 잃어버리고 기다리는 처지가 되고 말았다. 딘의 감정이 움직여 사라가 그 위치를 잡아낼 수 있는 순간까지 대기 상태에 있게 된 것이다.

"그런데 정말 다리므 잘도 자네. 이렇게도 시끄러운데."

엄청난 웃음 소리로 그 시끄러움의 근원이 되고 있는 스시리아너가 다리므를 힐끔 쳐다보았다. 그는 탁자 위에 양팔을 올린 채, 그 위에 얼굴을 묻어 웅크린 듯한 자세로 잠들어 있었다. 머리카락 사이로 눈 감은 그의 얼굴이 반쯤 드러나 있다. 상당히 시끄러운 데다 불편한 자세에서도 그는 곤히 잠들어 있었다. 옆에서 보는 사람이 졸리웁단 생각이 들 정도로.

"야, 다리므. 진짜 자냐?"

불가사의하다는 표정을 지으며 스시리아너는 그를 툭툭 건드렸다. 그러자 그 옆에 있던 렌스가 고개를 저으며 그녀의 손을 붙잡았다.

"깨우지 마. 모처럼 잠들었으니까."

"모처럼?"

"별로 안 좋은 일이 있었던 것 같아."

순간 스시리아너는 찔끔했다. 뭐가 어떻게 된 건지는 잘 모르겠지만 렌스가 말하는 안 좋은 일이란 걸 어렴풋이 짐작했던 탓이다. 렌스는 나지막한 어조로 말을 계속 이었다.

"어제부터 굉장히 예민해져 있던데, 무엇 때문일까?"

렌스의 말은 혼잣말 같은 어투였지만 그것이 간접적인 질문이라는 사실을 눈치 채지 못할 정도로 언어적 센스가 없는 스시리아녀는 아니었다. 괜한 곤란함을 느끼며 그녀는 다리므를 다시 한번 돌아보았다.

잠들기 전, 끝까지 시덥잖은 농담을 던지다 스시리아녀에게 계속 구박을 받았던 다리므였다. 그러다 잠든 게 예민해져 있는 거라고? 다리므와 미르의 말싸움을 전혀 듣지 못한 렌스가 이런 말을 꺼낸다는 건 그의 눈에 다리므의 감정 변화가 확실히 보였다는 의미인데, 스시리아녀는 아무래도 알 수 없다는 생각만이 들 따름이었다.

아무리 봐도 다리므는 그저 무심해 보일 뿐인걸…….

"저랑 말싸움을 좀 했어요. 아마 그것 때문일 거예요."

스시리아녀가 긴 침묵으로 대답을 유보하자, 미르가 침착히 렌스의 의문에 답해 주었다. 렌스는 그런 미르를 빤히 쳐다보았다.

"하지만 그 정도로는……."

"글쎄요. 좀 심한 말을 해버린 걸까요."

"제르비드 재상에 대한 말을 한 모양이군요."

렌스는 생각해 볼 것도 없다는 듯이 대뜸 정답을 짚어냈다. 미르는 약간의 놀라움을 느끼며 그를 돌아보았다. 청색에 가까운 보라색 눈동자가 걱정스러운 빛을 띤 채 이쪽을 쳐다보고 있는 것이 보인다. 조금은 바보스러운 상황이다.

말을 이어가던 미르와 렌스가 동시에 생각 속에 잠겨든 탓에 잠시 동안 침묵이 흐르기 시작했다. 평범하고도 평화로운, 그저 말

이 끊어진 탓에 생긴 침묵이었다. 전혀 기분 나쁘거나 무거울 것
도 없는.

하지만 스시리아너는 이 침묵을 견디기가 힘들었다. 전혀 무섭
거나 어색하지 않은 침묵인데도 복잡한 생각을 하게 만드는 고요
함 속에 파묻히는 게 싫었다.

"그런데 렌스, 너희들 싸웠다고 하지 않았었어?"

별로 시기에 어울리지 않은 질문이었지만 달리 꺼낼 말이 없었
다. 렌스는 다리므를 쳐다보던 시선을 스시리아너 쪽으로 돌렸다.

"한두 번 있었던 일도 아닌데, 새삼스레 대단할 것도 없지."

"그것보단 싸움이라는 게 성립된다는 자체가 신기해. 화내다 말
고 미안하다고 사과하는 다리므와는 싸울 맛도 안 나는걸."

"그래서 화내는 건 항상 내 몫이지."

"그래봤자 금방 풀렸잖아."

"풀렸다고 할 수도 없어. 해결된 건 아직 아무것도 없으니까."

렌스는 덤덤히 중얼거리며 아직도 그의 주변을 맴돌고 있는 티
그람에게 시선을 던졌다. 아직 이 저택 안에 있을 수밖에 없고, 티
그람이 계속 따라다니는 한은 아무것도 해결되지 않은 거라고 말
하고 싶은 모양이다.

반면에 스시리아너는 상당히 어이없다는 표정을 지었다. 어제,
막 이 저택에 돌아왔을 때 렌스가 다리므를 어떻게 맞이했는지에
대한 기억이 생생한 탓이었다. 싸웠었다는 사실이 실감이 나지 않
을 정도로 따뜻한 말을 하던 렌스였는데, 아직 화가 안 풀렸다고?
대체 화난 것의 기준을 뭘로 잡고 있기에 이런 대답이 나오는 거
지?

"나참, 화났다는 것의 기준이 대체 뭐니? 한바탕 싸우고 나서

갑자기 훌쩍 사라졌다가 다시 돌아온 사람에게 '돌아왔구나. 피곤해 보이는데 괜찮아?' 라는 말을 따스하게 던지는 것도 화난 상태라고 할 수 있냐? 그런 기준이라면 난 항상 화나 있는 셈이게?"

렌스는 곧바로 대답하지 않았다. 잠시 다른 생각에 잠긴 듯이 잠든 다리므의 모습을 빤히 쳐다보고 있다가 한참 만에야 느릿한 어조의 말을 끄집어내었다.

"…사실은 좀 퉁명스레 맞을 생각이었지. 내게 말도 하지 않은 채 갑자기 알테이아에 가버린 것도 따질 겸. 하지만 곧 쓰러질 것 같이 하얗게 질린 얼굴로 날 쳐다보는 사람에게 싸늘하게 대할 순 없었어."

"다리므가? 내내 멀쩡히 웃고 다녔는데?"

"글쎄, 그냥 내가 보기에 그랬다는 말이야. 내 착각일 수도 있겠지."

렌스는 정확한 대답을 회피했다. 하지만 스시리아너는 렌스의 말이 사실이라는 걸 어렴풋이 느낄 수가 있었다. 스시리아너가 보기에 다리므는 그저 즐거워 보일 뿐이었지만, 지금은 그렇게 즐거워할 수 있는 상황이 아니라는 생각이 자꾸 드니까. 즐겁지 않은 상황에서 즐거워하는 건 진심이 아니라는 의미일 테니까.

우리들은 잘 눈치 채지 못하는 다리므의 감정들을 렌스는 간단히 읽어내고 있는 걸까?

"너희 둘, 드래곤하고 나이트 같아."

"무슨 소리야?"

난데없는 스시리아너의 중얼거림에 렌스는 멍하니 그녀를 쳐다보았다. 스시리아너는 나름대로의 설명으로 드래곤과 나이트에 대한 설명을 그에게 해주었다. 스스로도 잘 이해하지 못하고 있는 상태인데다가 제대로 알지도 못했지만, 중간중간 네이아의 말이 끼워넣어져 대충 그럴듯한 설명을 할 수 있었다.

스시리아녀의 말이 그렇게 연결되는 동안, 미르는 네이아를 조심스레 쳐다보았다. 중간중간 설명을 덧붙여주는 네이아의 말 중엔, 드래곤인 미르조차 모르는 문장들도 간혹 섞여 있었다.

처음에 네이아가 드래곤에 대한 말을 꺼냈을 땐, '나도 잘은 모르지만…'이란 식의 투였다. 하지만 지금 봐서는 도저히 잘 모르는 사람의 태도로 보이지가 않았다. 잘 모르겠던 처음의 말투는 거짓이 아니었을까 하는 생각이 들 정도였다.

"의외로군. 그냥 일방적인 관계일 거라고 생각했는데."

렌스는 혼잣말 같은 문장을 중얼거리며 고개를 돌려 티그람을 돌아보았다. 티그람은 말없이 고개를 끄덕였다. 스시리아녀와 네이아의 설명이 틀리지 않다는 의미이리라. 사이키의 나이트인 그이기에 잘 수긍이 가지 않는 이 설명도 충분히 이해하는 모양이었다.

잘 이해가 가진 않지만, 얼토당토않은 꾸민 말은 아니겠지. 렌스는 흘러내린 머리를 아무렇게나 넘기며 대화를 원점으로 되돌렸다.

"그런데 왜 나와 다리므가 드래곤과 나이트 같다는 거지?"

"네가 다리므의 감정을 잘 읽어내는 것 같아서."

"그렇지 않아. 잘 읽어내기는커녕 항상 뒷북인걸. 그리고 이 녀석, 정말 어지간히도 내 말 안 들어."

"하지만 네가 정말 진지하고 확실하게 말한다면 들을걸?"

스시리아녀는 어느새 이틀 전의 일을 되새겨보고 있었다. 그때의 다리므는 제르비드의 말 한마디에 좌우되는 사람처럼 보였었다. 아무도 스시리아녀에게 제대로 된 설명을 해주지 않았기에 정확히 알 수는 없지만, 아무튼 다리므는 안 좋다는 사실을 알면서도 그리했겠지. 아주 어릴 때부터 지금까지 함께해 온 외삼촌의 말이었으니까.

"그거야 누구나 그렇겠지."

렌스는 심드렁한 어투로 답했다.

"왜?"

"왜라니? 당연한 거잖아? 뭐, 그리 친하지 않은 사이라면 아무리 진지하게 부탁해 와도 귀찮으면 안 해주겠지만, 가까운 사람이 정말 진지하게 부탁한다면 약간 무리를 해서라도 그 부탁을 들어주는 게 보통 아닌가?"

"드래곤이 나이트가 아닌 사람의 부탁에는 강제성을 부여받지 않는 것처럼?"

"그거랑은 다르지. 그건 드래곤이란 종족의 특성이고……."

"드래곤도 진심이 아닌 말은 듣지 않아."

"그렇게 대비해 보니 정말 비슷해 보이는군요."

문득 미르가 생각에 잠긴 표정으로 짧은 문장을 중얼거렸다. 억지로 짜맞춘다는 느낌이 전혀 없는 것은 아니었으나, 의외로 공통점이 많다는 생각이 들었던 것이다.

반면에 렌스는 여전히 연관 짓기 힘들다는 듯이 고개를 저었다.

"하지만 그런 정도는 아니야. 물론 비유라는 게 어떻게 갖다 붙이냐 나름이긴 한데, 그렇게 서로의 마음을 잘 읽어낼 수 있다면 오해하거나 그런 일은 전혀 없을걸? 하지만 언제나 오해투성이지. 서로의 마음을 잘 모르니까 항상 불안하고."

"나이트는 어떤지 모르겠지만, 드래곤은 항상 불안해요. 나이트가 무슨 생각을 하는지 전혀 알지 못하기 때문에."

미르의 나직한 말은 대화를 점점 의미 심장하고 혼란스럽게 만들기에 충분한 내용이었다. 이쯤되자 먼저 말을 꺼낸 스시리아너마저도 고개를 절레절레 젓기 시작했다.

"뭐야뭐야. 정말 대화가 이상해지고 있잖아. 미르, 너 그런 표정으로 말하지 마. 네가 끼여드니까 괜히 이상한 기분이 들잖아. 그냥 단순한 비유였을 뿐인데."

그때 갑자기 네이아가 말을 꺼냈다.

"비유… 그렇군요. 꽤 재미있는 비유예요. 스시리아너님, 한 가지만 질문해도 될까요?"

"아, 예, 하세요."

스시리아너는 네이아가 왜 이런 말을 꺼내는지 몰라 눈을 깜박거리면서도 순순히 대답했다. 네이아는 그런 스시리아너를 보며 부드러운 미소를 지었다.

"사람은 왜 속박인 줄 알면서도 가까운 사람을 만들까요?"

"예? 무슨 뜻인지?"

"드래곤이 나이트 없이 살아갈 수 없는 걸 용족이 가진 불합리함이라고 말하지요. 나이트라는 속박이 드래곤의 자유를 빼앗아버리니까. 하지만 돌아보면 다른 종족들도 비슷한 경우를 가지고 있어요. 아까 스시리아너님이 말한 대로 어느 정도 친해진 사람들은 드래곤과 나이트의 관계를 보는 듯한 느낌을 가지게 할 정도죠. 물론 드래곤과 나이트처럼 강제력이 강한 건 아니지만, 상당히 커다란 속박이에요. 그런데도 어째서 사람은 스스로 속박되려 하는 것일까요?"

어느새 주변에 있던 사람들 모두가 네이아를 쳐다보고 있었다.

모두들 네이아의 의도가 뭔지 모르겠다는 얼굴들이었다. 덕분에 질문의 대상이 된 스시리아너는 상당한 난감함을 느꼈다.

"그야, 혼자서는 외로우니까……."

"그렇군요. 외로우니까. 드래곤도 외로워서 나이트를 만드는 것일까요?"

"그건 아니에요. 나이트가 없다 해도 다른 사람들을 사귈 수 있으니까."

이번의 대답은 스시리아너가 아닌 미르가 했다. 라드휜도 동감이라는 듯이 한마디를 덧붙였다.

"단지 외로움을 이기기 위해서라기엔 빼앗기는 자유가 너무 큽니다."

"하지만 나이트가 있을 때는 다른 종족들보다 훨씬 외로움을 덜 느끼겠죠. 다른 종족들은 가까운 사람이 곁에 있어도, 아무리 많은 사람들이 우글거려도 외로움을 느껴요. 그리고 항상 불안하지요. 단지 타인의 생각이 어떤지 몰라서가 아닌, 언제 이 나약한 관계가 끊어져 버릴지 모르기 때문에. 드래곤이 가지는 불안은 나이트가 앞으로 어떤 길을 나아갈지 모른다는 데서 생기는 거예요. 그건 차라리 미래에 대한 불안에 더 가까워요. 근본적으로 외로움과 관련된, 외로워지기 싫다는 식의 불안과는 다르지요. 드래곤에게는 나이트가 있기 때문에."

네이아는 오랜만에 긴 말을 쏟아낸 탓인지 씁쓸하단 미소를 짓고 있었다. 드래곤들은 그녀의 말에 별로 호응이 안 간다는 표정을 짓고 있었지만, 감히 그 말에 반박하지는 못했다. 내용은 믿기 힘들다 쳐도 그녀의 말투는 왠지 모를 힘을 가지고 있었으므로.

"연금술사들은 완벽한 존재에 대한 이상을 가지고 있어요. 감정에 휘둘리지 않고, 혼자서 주체적으로 모든 것을 움직일 수 있는 존재를 완전한 존재라 믿고, 그런 존재를 만들어내고 싶어하지요. 사실, 그건 굳이 만들어내지 않아도 보통 사람이 마음만 굳건하게 가지면 다가갈 수 있는 경지이기도 하죠. 하지만 대부분의 사람은 그런 주체적인 모습보단 주변 사람들에게 적당히 휘둘리며, 적당히 자유를 구속받으며 자신의 가능성을 죽이는 길을 택하지요. 왜일까요. 혼자서는 외롭기 때문에?"

"서로 기대고 싶으니까……."

스시리아너가 자신없는 어투로 짧은 문장을 중얼거렸다. 네이아는 입가에 미소를 머금었다.

"그런가요."

"그런데 왜 갑자기 이런 말씀을 하시는 건가요, 네이아님?"

문득 미르가 네이아의 의도를 알고 싶다는 듯이 질문을 던졌다.

"그냥 궁금했을 뿐이야. 역시 세대가 바뀌었다는 느낌이 들어서."

"그건 대체……."

"새삼스럽게 받아들일 것도 없지 않니. 아무튼 빨리 딘이 있는 곳을 알게 되었으면 좋겠구나. 그 동안 어떻게 변했는지, 아니, 얼마나 자랐는지 보고 싶은데."

네이아는 그저 미소 지으며 평범한 말을 중얼거릴 뿐이었다. 복잡한 생각에 잠겨들기 시작한 다른 사람들의 의문을 풀어주지 않은 채로.

"하아……."

하르드퀴논은 가쁜 숨을 추스리며 벽에 기대앉아 있었다. 시간이 얼마나 지났을까. 불안한 고요함만이 사방에 짙게 깔려 있었다.

이곳은 그리테이트 별궁의 복도였다. 로다를 피해 순간 이동을 했지만 몸 상태가 상태인지라 그리 멀지 가지 못하고 이 건물 안에 머무르게 된 것이다. 다행히 이 별궁은 꽤 넓은 편이어서 복도 벽에 기대어 있다 해도 쉽게 찾을 수는 없을 터였다. 게다가 이곳은 교묘하게 가려진 통로였다. 로다가 이 건물의 구조를 꿰뚫고 있지 않는 한 붙잡힐 염려는 없다고 보아도 좋았다.

어지럽다.

하르드퀴논은 멍하니 반대편 벽을 응시했다. 의식이 제대로 흘러가고 있는지조차 의심스럽다. 이대로 잠이 들었다간 영영 깨어나지 못할 것만 같다.

'독약이라도 발라져 있었던 걸까.'

천천히 몇 시간 전의 일들을 회상해 본다. 로다의 검에 찔리기 전, 그 심한 현기증은 무엇 때문이었을까. 그리고 지금 이렇게 어지러운 것은 대체 무엇 때문일까. 상처의 통증이 정신을 흐리게 하는 건 당연한 거지만, 이건 분명히 다른 감각이다. 옛날에 어디선가 들어본 적이 있는 타오 로이튼이란 독초의 작용과도 비슷한 것 같다. 자세히 기억나진 않지만 신경계의 독이라고 했던 것 같은데… 정신을 흐리게 하고 현기증을 일으키는 종류의.

심한 상처를 입기 전, 로다의 검에 살짝 베인 적이 있었는데 그때 독에 중독된 걸까? 로다가 검에 그 독을 발라두었다면 가능한 경우일지도 모르겠다. 하르드퀴논은 느릿한 동작으로 몸을 움직여 다리의 상처를 쳐다보았다. 시야가 흐릿한 탓인지, 아니면 상처가 워낙 가늘어서인지 보일 듯 말 듯한 붉은 선이 왼쪽 다리에 그어져 있었다.

상처라고 하기에도 우스운 자국이다. 약초에 대해서는 잘 모르기에 얼마나 강한 독이었을지 상상도 잘 안 되지만, 왠지 이건 아닐 것 같다는 생각이 들 정도다. 상처가 너무 얕고 작아서 설사 로다의 검에 독이 칠해져 있었다 하더라도 온몸에 퍼질 수는 없었을 것 같았다. 물론 이런 생각, 착오일 수도 있지만……

'상황이 나빠서일까? 불쾌한 생각뿐이군.'

하르드퀴논은 다시 벽에 완전히 기대며 호흡을 가다듬었다. 아직도 숨이 차서 호흡하기 괴롭다. 마족의 뛰어난 회복력으로도 아직 평온해지지 않은 걸 보면 상처가 생각보다 깊었던 모양이다. 어쩌면, 이렇게 의식을 흐리게 만드는 정체 모를 독이 회복을 방해하고 있는 건지도 모르겠다는 생각이 든다.

'역시, 슈마리엔의 소행일까?'

결국 하르드퀴논은 형상화시키기 싫었던 문장을 속으로 중얼거리고 말았다. 로다를 좋은 사람으로 보지는 않지만 적어도 그의 성격상 검에 독을 칠했을 것 같지는 않았다. 이렇게 치밀함을 도모하는 사람은, 그리고 이렇게 할 수 있는 사람은 슈마리엔뿐이다.

그녀라면 언제든지 내 음식 속에 독을 넣을 수가 있었을 테지. 하인들에게조차 들키지 않고 얼마든지 가능했을 테지. 손님 대접에 대해서는 거의 모든 것을 직접 하는 슈마리엔이니까.

하지만……

"빌어먹을……"

모든 것이 점점 확실해지기 시작하자 하르드퀴논은 자기도 모르게 혼잣말을 내뱉고 말았다. 몰랐었다. 정말로 몰랐었다. 생각조차 해본 적이 없었다. 슈마리엔이 휴식 계열 마족에게, 아니, 내게 등을 돌린다는 건 꿈에서조차 상상해 보지 못한 일이었다.

300년, 그 긴 시간 동안 얼마나 많은 생사의 고비를 함께 넘겼던가. 얼마나 어렵고 힘들었던 일들을 함께 넘어왔던가. 언제나 사람을 믿어서는 안 된다고 생각은 해왔지만 슈마리엔에 대해서는 한 치의 의심조차 할 수가 없었는데… 그랬는데…….

엷은 상아색의 통로를 붉게 물들인 혈흔은 참으로 기묘한 문양이다. 하르드퀴논은 문득 마음 속을 채워오는 안타까운 감정이 의식을 흔드는 것을 느꼈다. 이질적이고도 색다른 느낌의 감정이지만 이제는 익숙해지기도 한 감정들. 내가 아닌 다른 이의 감정들.

오랜 기간 동안 내 의식의 일부를 차지해 온 에이린의 감정.

'걱정하고 있는 걸까. 이렇게 어리석은 나이트를.'

하르드퀴논은 씁쓸한 미소를 입가에 머금었다. 나이트는 항상 드래곤을 느끼지만 드래곤이 나이트를 느낄 수 있는 경우는 '단 한 가지뿐이다. 나이트가 위험할 때.

이 정도론 에이린에게 전해지지 않을 거라 생각했는데, 상처가 생각보다 깊은 모양이다. 마음속을 가득 채워오는 불길한 예감에 발을 동동 구르고 있을 에이린의 모습이 눈앞에 그려지는 듯하다. 아니, 에이린의 성격이라면 급히 이곳으로 달려오고 있을지도 모른다. 어쩌면 이미 내 위치를 파악해 아주 가까운 곳에 와 있을지도.

점점 가빠오는 호흡을 간신히 조절하며 지난 일들을 돌이켜본다. 처음엔 에이린도 그런 성격은 아니었다. 정령들과 싸우고 돌아와서 이런 거 싫다고 눈물을 뚝뚝 흘렸던 그녀였는데, 지금은 그 모습이 완전히 사라져 버린 것만 같다. 지금 존재하는 건 무모할 정도로 적극적이고 잔인한 에이린뿐이다.

그녀를 그렇게 만든 건 나다. 하르드퀴논은 잔기침을 하며 자책감 섞인 기억을 되새겨보았다. 사람을 변화시키는 건 환경. 에이린을 변화시킨 환경을 만든 것은, 에이린이 그 환경 속에 몸담을 수밖에 없게 만든 것은 나다. 휴식 계열 마족의 수장인 하르드퀴논의 드래곤이었기에 그녀는 그렇게 변해버린 것이다.

'그런데 이런 빌어먹을 나이트를 왜 걱정하는 거냐, 에이린. 왜 그렇게도 간절히 걱정을 하는 거냐'

마음 한구석에서 자꾸만 꿈틀대는 감정에 기분이 별로 좋지 않다. 생각해 보면 300년이 넘는 그 긴 기간 동안 에이린에게 해준 게 하나도 없다. 무수한 전투에 끌고 다니고, 그렇게 무수히 눈물을 흘리게 했으면서도 웃게 만들었던 기억은 없다. 언제나 안타까운 마음을 가진 채 바라보기만 했을 뿐, 해준 건 아무것도 없다. 내가 했던 일은… 혹시 나까지 그녀에게 난폭하게 굴게 될까 두려워 그녀를 피하는 일뿐이었다. 그리고 에이린은 나의 그런 태도에 더 상처를 받았겠지.

잔기침이 점점 심해진다. 가슴이 아프다. 나는 정말 빌어먹을 나이트였다. 해준 것도 하나도 없이 부려먹기만 하면서도 끝까지 그녀를 붙들었다. 눈물을 흘리던 에이린을 보면서도, 이대로 내가 계속 데리고 있어서는 안 된다는 사실을 알면서도 나는 끝내 그녀를 놓지 않았다. 아니, 놓지 못했다. 에이린 없이 그 힘든 시간을 지낼 일이 두려워서 놓을 수가 없었다. 어리석은 이기심으로 나 혼자 짊어질 짐을 그녀에게 떠넘겼다. 정말 빌어먹을 나이트다. 지금도 그녀를 놓아줄 자신이 없으니까.

어쩌면 내게 있어 뮤트는 그런 나와 에이린을 연결해 주는 하나의 연결 고리였을지도 모르겠다. 둘만이 싸늘한 대화를 주고받던 사이에 뮤트를 끼워넣음으로써 좀더 에이린에게 다가가 있고 싶었던 건지도 모른다. 서먹하던 부부가 어린 딸을 함께 돌보면서 그 서먹함을 삭히듯이 말이다.

우스운 비유이지만 에이린은 뮤트를 정말 그렇게 보살폈던 것 같다. 지금까지 그렇게 증오해 왔던 정령인 뮤트에게 에이린은 상당한 관심과 사랑을 쏟아주었다. 성격 탓인지 약간 윽박지르는 듯한 느낌도 없지 않았지만, 대체적으로 정말 많은 신경을 쓰던 에이린의 태도가 지금도 생생히 떠오를 정도이니까.

정말 우스운 생각이지만, 우리는, 아니, 나는…… 에이린과 뮤트와 그렇게 하나의 가족을 이루고 싶었던 건지도 모르겠다. 처음 에이린을 만났을 때부터 나의 가장 커다란 소망은 그녀와 함께 조용하고 평온하게 살아가는 것이었으니까. 처음부터 불가능한 소망이란 사실을 알고 있었지만, 그래도 너무나 소중해서 버릴 수가 없었다. 왜 싸워야 하는 거냐고 울면서 품에 안겨오던 에이린을 사랑했으니까.

비록 그 소망은 이제 피에 얼룩지고 그 형체를 알아볼 수 없을 만큼 망가져 버리고 말았지만, 아직도 그 소망을 간직하고 있다. 불가능한 소망이라는 사실을 알고, 또 가당치 않은 소망이란 사실을 알고 있지만 한시도 그 소망을 잊어본 적이 없다. 이미 내 손은 수많은 이의 피로 더럽혀졌고, 에이린도 너무도 많이 변해버리고 말았지만…….

300년 전이나 지금이나 여전히 그녀를 사랑하니까…….

"쿨럭! 쿨럭!"

서글프게 전개되어 가던 하르드퀴논의 생각은 갑자기 터져 나온 심한 기침에 끊겨버리고 말았다. 온몸이 흔들리고 속이 다 뒤집히는 것만 같다. 한번 기침을 할 때마다 상처가 칼로 도려내듯 아파왔다.

"하아… 하아……"

기침은 한참이 지나서야 멎었다. 덕분에 하르드퀴논은 완전히 지쳐 버리고 말았다. 몸을 가눌 힘조차 없다. 벽에 기대앉아 있는 것조차 힘이 든다. 역시 그 독 때문에 회복이 훨씬 더뎌진 것일까. 아직도 그리 많이 회복된 것 같지가 않다. 자꾸만 의식이 끊어져 버릴 것만 같은데……

탁탁탁!

막 눈을 감으려던 하르드퀴논은 저편 멀리에서 들려온 소리에 정신을 번쩍 차렸다. 방금 터져 나왔던 기침 소리에 로다가 눈치를 챈 걸까? 이 소린 분명한 발소리다. 그것도 점점 다가오는 소리.

'빌어먹을!'

수만 가지 욕설이 머리 속에 떠오르는 것을 느끼며 하르드퀴논은 바닥에 손을 짚어 일어났다. 제대로 일어날 힘이 없어 한참을 휘청거렸지만, 그래도 그럭저럭 벽을 짚은 채 걸어갈 수는 있었다.

손으로 벽을 짚어 몸을 지탱하며, 최대한 빨리 앞으로 걷기 시작했다. 여기서 조금만 이동하면 또 다른 은신처가 있다. 오래 전에 이 별궁을 사용했던 하르드퀴논이었기에 그보다 그곳의 지리를 잘 아는 사람은 없었다. 지도에도 나오지 않는 곳에 숨어 있으면 아무리 로다라도 찾아내지 못할 터였다.

단지 걷는 것뿐인데도 숨이 턱까지 차올랐다. 최대한 빠르게 걷는다 해도 객관적으로는 느릿느릿한 걸음 수준이었는데, 그마저도 자꾸 쉬어야만 했다. 얼굴을 흠뻑 적신 땀방울이 통로 바닥에 뚝뚝 떨어져 내린다. 조금만 더 가면 마저 쉴 수 있는데, 몇 시간 정도만 더 쉬면 제대로 움직일 수 있을 정도로 회복이 될 텐데, 설사 그렇게 되지 않더라도 조금만 버티면 에이린이 와줄 텐데……

"쿨럭! 쿨럭! 쿨럭!"

결국 하르드퀴논은 심한 기침에 완전히 멈추어설 수밖에 없었다. 벽에 기대어 섰지만 몸을 제대로 가누지 못해 주르륵 미끄러져 내렸다.

계속해서 터져 나오는 기침에 숨을 쉴 수가 없다. 상처가 참을 수 없이 욱신거린다. 심한 통증에 눈앞에 가물가물하다. 이러다간 이대로 정신을 놓쳐 버릴 것만 같다.

에이린이 이곳으로 달려오는 게 어렴풋이 느껴지는데… 조금만 버티면 되는데……

순간 하르드퀴논의 머리 속에 새로운 생각이 스쳐 지나갔다. 이렇듯 이곳엔 치밀한 함정이 짜여져 있었다. 나도 이렇게 될 수밖에 없을 정도의 함정이. 그렇다면, 그렇다면 내가 위험해졌을 때 에이린이 달려올 것이라는 사실까지 예상하지는 않았을까? 에이린까지 함께 몰아넣는 장치를 만들어두었다면? 그래서 에이린이 이곳에 오는 게 위험에 뛰어드는 일이 된다면?

"쿨럭! 쿨럭!"

기침이 쉬이 멎어주질 않는다. 어느새 바닥이 흥건히 젖어 들어가고 있었다. 심한 기침 탓에 상처가 다시 터진 모양이다. 시야가 점점 뿌옇게 변하며 의식도 점점 뿌옇게 흐려진다. 멀리서 들려오는 발소리까지도 아득하게 꿈속에 울려퍼지는 것만 같다.

'오면 안 돼. 에이린……'

무언가 소중한 것이 허물어져 내리는 것만 같은 감각이다. 핏물이 언제 이렇게까지 차올랐나. 바닥에 떨어져 내리던 피가 이제 뺨에 와닿는다. 먼 곳에서 들려오는 발소리를 꿈결처럼 느끼며 하르드퀴논은 짧은 한 문장을 한없이 중얼거렸다.

    '제발 오지 마, 에이린… 제발…….'

20

하얀 하늘.

그리테이트의 하늘은 하얗다. 온통 하얀 구름이 낀 데다 서늘한 추위가 겹쳐진 하늘이 얼어붙을 듯한 하얀색으로 모든 사물을 굽어보고 있었다.

바람. 하얀 바람.

날씨가 추워서인지 바람마저도 하얗게 느껴진다. 흐릿한 햇살 아래 모든 사물들이 하얗게 얼어 있는 것만 같다. 하얀 햇살 아래 반짝이는 페리어드와는 사뭇 다른 느낌의 흰색이다. 차갑게 얼어붙어 살얼음이 군데군데 보이는 흙길, 어두운 녹색을 띤 침엽수들, 모든 것을 흔들며 서늘한 기운만 남기고 가버리는 하얀 바람.

그리고 하얀 건물.

딘은 주변을 둘러보던 일을 멈추고, 마침내 눈앞에 선 커다란 건물을 쳐다보았다. 이 하얀 땅에 하얗게 세워진 아름다운 건물.

알테이아 본성이다. 아직도 기억 한구석에 흐릿하게 남아 있는 장소. 그리고 앞으로 많은 추억을 남기게 될 장소.

바그락!

추위에 언 흙길은 딘의 발에 밟혀 기묘한 소리를 내었다. 얼었던 흙이 부서지는 바각바각 소리를 들으며 느릿한 발걸음으로 그 건물 앞으로 다가갔다. 그리 먼 거리를 두고 쳐다보았던 건 아니었기에 단 몇 걸음 만에 성문 바로 앞까지 다가갈 수가 있었다.

두근두근…….

심장 뛰는 소리가 귓속에서 계속 울려오는 것만 같다. 드디어 여기까지 온 것이다. 처음으로 제대로 정착할 수 있을 이 건물 앞까지.

알테이아 본성의 성문은 현기증이 날 정도로 커다랬다. 아주 어렸을 때 보았던 것보다야 상대적으로 작아진 것 같지만 여전히 커다란 성문이다. 크고도 육중해 보이는 은빛 문이라 웬만한 공격에는 꿈쩍도 하지 않을 것 같아 든든했다.

'앞으로는 이 문이 우리를 보호해 주겠지.'

조심스레 손을 뻗어 문을 밀어보았다. 문은 조금 밀리는 듯하더니 이내 하늘색 스파크를 일으키며 딘의 손을 튕겨내었다. 마치 이 문 자체가 들어오려는 사람을 거부하기라도 하는 듯한 느낌이다. 딘은 눈을 깜박이며 육중한 문을 전체적으로 둘러보았다. 역시 강한 마력이 그 위에 얇게 입혀져 있는 것이 느껴졌다.

'이건, 바람의 마력? 설마 결계가 벌써 복구되어 있는 건가?'

이렇게 들어오려는 사람을 밀어내다니, 로다의 결계와도 비슷한 느낌이다. 물론 로다의 속성은 불이고 방금 느꼈던 속성은 바람이라는 점에서 다르긴 하지만…….

바람… 휴페른?

딘은 문득 지나간 이야기를 떠올리고는 고개를 갸웃했다. 네이아가 지나가듯 중얼거렸던 말이 떠오른 것이었다. 고대의 몇몇 동료들은 마법을 사용하는 방식조차도 비슷했었다는 이야기. 고대는 마법이 처음 발견된 시기였기에 다양한 방법이 개발되지 않아 동료들끼리는 마법을 사용하는 방식이 다 비슷했었다는 이야기…….

로다의 동료라 부를 수 있는 사람은 뻔하다. 모두들 너무나도 유명한 사람들이니까. 그중에 바람 계열이라면 또 생각할 거리는 더 좁혀진다. 고대에 생존했으며, 로다와 가까웠으며, 바람 계열의 마법사라면 한 사람밖에 없는 것이다.

휴페른 리트미스.

물론 이 결계를 처음 만든 사람이 누구인지까지 일일이 따질 필요는 없다. 그런 거 따져 봤자 아무 소용도 없는 것이니까. 하지만 딘은 그 휴페른이란 인물에 기묘한 흥미를 느끼고 있었다. 한때 마족들을 몰아내는 데 앞장서다가 갑자기 태도를 전환하여 마족들을 보호하는 데 목숨 걸었던 사람. 그 급격한 전환이 이상한 흥미를 갖도록 만드는 것이었다.

'결계가 복구되어 있는 걸 보면, 노아가 이미 이 건물을 차지했다는 의미일까? 그리테이트가 알테이아를 침공하면서 국경 봉쇄가 풀려 평소보다 국경을 넘기 쉬워진 건 사실이지만, 벌써? 그 많은 실험체들을 데리고 벌써 정착해서 결계 복구까지 끝마쳤단 말인가?'

매번 대단한 솜씨로 딘을 놀라게 만들곤 하던 노아였다. 그러니 이미 이 건물을 차지했을 수도 있을 터였다. 예상보다 훨씬 빠르기에 정말 노아가 결계를 복구해 둔 것일까 하는 의구심이 생기기는 하지만…….

'어떻게 되었든 들어가 봐야 확인할 수가 있겠는데, 어떻게 들어가지?'

딘은 잠시 동안 문을 물끄러미 쳐다보다가 이내 눈을 감고 정신을 집중하기 시작했다. 이 결계의 구조를 분석해 보기 위해서였다.

그러나 딘은 눈 감은지 몇 초도 채 지나지 않아 화들짝 놀라 눈을 떴다. 무언가 차갑고도 부드러운 것이 코끝에 내려앉은 탓이었다. 내려앉자마자 사르르 녹아 사라지는 이것은…….

"눈?"

거의 반사적으로 고개를 들어 하늘을 올려다보았다. 하얀 하늘. 그 하얀 하늘에서 어느새 하얀 솜털이 하나둘 떨어지고 있었다. 보송보송하니 새하얀 그리테이트의 봄 눈.

하나둘 떨어지던 눈은 점점 많아지더니 얼마 지나지 않아 펑펑 쏟아지기 시작했다. 하얀 성벽 위에도, 회색 빛 흙길 위에도, 칙칙한 침엽수 가지 위에도, 딘의 어깨 위에도 하얀 눈송이가 소복이 내려앉았다.

아까와는 다른 세계가 펼쳐지는 것만 같은 기분이다. 하얗게 불어대던 바람마저도 어느새 잔잔해져 있었다. 소복하고 푹신한 눈이 더없는 평온함과 고요함을 만들어내고 있는 것 같다. 차갑고 서늘하게 얼어붙었던 사물들이 하이얀 솜옷을 입기 시작했다. 보송보송하니 새하얀 솜옷을.

끼이이—

문득 앞에서 문이 열리는 소리가 들렸다. 하얀 눈을 감상하고 있던 딘은 천천히 그쪽으로 고개를 돌렸다. 평상시라면 급히 경계 태세를 갖추며 돌아보았을 테지만, 왠지 모르게 마음이 평온히 가라앉아 있었다. 이 하얀 눈발 아래에선 어떤 무서운 일도 하얗게 덮여버릴 것만 같은 느낌이었다.

"역시, 빨리 왔구나."

열린 문으로 걸어나온 사람이 귀에 익은 목소리로 말을 걸어왔다. 딘은 그 사람을 보며, 하얀 눈발을 보며 입가에 미소를 머금었다.

"노아, 너야말로."

"생각보다 일이 잘 풀렸어. 네 쪽도 그랬나 보지?"

눈발이 내려앉기 시작한 노아의 금발이 부드러운 곡선을 그리며 흔들린다. 뽀얀 흰빛으로 물들어가기 시작한 세상 속에 선 노아의 모습은 꿈결같이 느껴졌다. 눈빛을 반사하는 찬란한 금발, 맑은 청색 눈동자, 입가에 머금은 부드러운 미소. 그리고…….

"어서 와."

노아는 팔을 뻗어 딘을 안쪽으로 끌어당겼다. 이보다 더한 환영은 없으리라. 딘은 순순히 그녀의 손에 이끌려 안으로 발을 내디뎠다. 어느새 쌓이기 시작한 눈이 발 밑에서 뽀드득 소리를 내었다.

얼어붙어 있던 땅이라 눈은 내려앉는 족족 쌓여갔다. 눈이 내린 지 몇 분 지나지 않았는데도 성벽 안의 정원은 온통 하얀 땅이 되어 있었다. 하얀 대지 위에 선 하얀 건물이 묘한 느낌을 준다. 지금까지 느껴왔던 차가운 흰색이 아니다. 솜처럼, 눈처럼, 모든 것을 포근히 감싸줄 것만 같다.

"다른 아이들은?"

"모두 중앙 건물 안에 있어. 아마 지금쯤 네가 지낼 방을 정리하고 있을걸."

"내 방을?"

현 자 의 틈

"다들 네가 오는 걸 기다렸어. 사람이 많을수록 즐거우니까. 모두들 빨리 사람이 늘었으면 좋겠다고 생각하고 있어."

"그렇구나."

딘은 조심스런 대답을 중얼거리며 눈앞의 건물을 올려다보았다. 노아의 말이 이어질수록, 점점 저 건물에 가까워질수록 벅찬 감정이 가슴속에 차오르는 것 같았다. 드디어 우리에게도 머물 곳이 생겼다. 긴 여행을 떠나도 돌아올 곳이 생긴 것이다. 드디어…….

"춥지? 역시 그리테이트라 기온이 훨씬 낮아. 빨리 들어가자."

"으응."

딘은 얼굴 가득 미소를 채우며 노아의 말에 답했다. 미소 짓지 않을 수가 없었다. 벅차고도 행복한 감정이 시야를 흐려놓으며 입가에 미소를 채워넣고 있었다. 이곳이 우리가 돌아갈 집인 것이다. 이제 앞으로 더 이상의 방황은 하지 않아도 된다. 돌아갈 집이 생겼으니까, 함께할 가족이 생겼으니까.

이런 감정, 뭐라고 표현해야 좋을까. 좋다는 것 외에는 딱히 다른 말이 떠오르지 않는다. 그냥 단순히 좋은 것보다 훨씬 더 좋은 기분임이 분명한데도 뭐라고 해야 할지 생각나지 않는다. 너무 좋아서 두려워질 정도다. 잃어버리게 될까 봐 두려움이 한쪽에서 꿈틀댈 정도다.

앞으로 점점 더 많은 사람들이 모여 우리만의 세계를 이루며 살아가겠지. 그렇게 많은 사람들이 행복해지겠지.

딘은 문득 고개를 들어 하늘을 올려다보았다. 하얀 하늘을 배경으로 내려오는 눈송이는 하늘의 작은 조각들 같다. 저 높은 곳에 있는 하늘이 잘게 부수어져 지상에까지 내려오는 것만 같은 광경이다.

어느새 대지도 하얗게 물들어 하늘과 똑같은 색이 되어 있었다. 하늘도, 땅도, 높은 곳도, 낮은 곳도 없는 꿈결 같은 세상을 거니는 기분이다. 지금까지는 존재하지 않던 다른 세상으로 발을 들여놓고 있는 것만 같은 기분이다.

조각난 달을 지나
참방대며 은하수를 건너면
하이얀 안개에 싸인 영원의 나라.

아가야, 눈을 감고 꿈을 꾸렴.
이곳엔 없는 세상으로 날아가 보렴…….

오래된 노래가 입 속에 맴돈다. 그래, 이 하얀 눈은 안개 같다. 하얀 안개를 헤치고 지금까진 없던 세상으로 날아가는 것이다. 아무도 아프지 않은 곳으로, 아무도 괴물 취급 받지 않는 곳으로.
어느새 딘의 어깨에도 눈이 소복이 내려앉고 있었다.
행복한 느낌이다.

                    *   *   *

"아……?"
사라의 눈에서 한 줄기 눈물이 떨어져 내렸다.
뚝!
작은 소리를 내며 탁자 위에 부딪힌 눈물 방울은 맑은 빛으로 산산이 부서져 나갔다.

206

"왜 그러시죠?"

갑작스런 사라의 변화에 의아함을 느낀 미르가 질문을 던졌다. 사라는 한 손으로 조심스레 눈물을 닦아내며 짧게 답했다.

"…딘이에요."

"예? 딘이?"

"그리테이트 군요. 이 정도 거리면 알테이아 본성 부근일까?"

"대체 무슨 일이길래……."

미르의 중얼거림에는 딘의 위치를 잡아냈다는 즐거움보단 걱정스러움이 더 많이 섞여 있었다. 갑작스런 눈물이라니, 나쁜 일이 일어난 건 아닐까 하는 걱정을 하고 있는 것이다. 하지만 사라의 입가에 걸려 있는 건 걱정스럽거나 괴로운 감각이 아닌, 더없이 부드럽고 따스한 미소였다.

"딘이 걱정되나요?"

"아니, 그렇다기보다는……."

미르는 머쓱한 듯이 말을 돌렸다. 300년을 넘게 살아온 고룡답지 않은 단순한 딴청 피우기였다. 역시 그런 걸까. 사라는 픽, 웃으며 미르의 걱정을 풀어주었다.

"좋은 쪽이에요. 따뜻하고 포근한 느낌이군요. 눈이 내려오는 것만 같은."

"눈이라고요?"

"페리어드는 덥지만, 이맘 때의 그리테이트에서는 눈이 오기도 하겠지요."

"확실한 느낌인 모양이군요. 그렇다면……."

미르는 말끝을 흐리며 긴장감 섞인 눈으로 사라를 빤히 쳐다보았다. 좀더 자세한 설명을 요구함과 동시에 사라의 의향을 묻는 것이었다.

지오르 백작 저택에 도착한 뒤로 내내 바쁘게 뛰어다녔던 사라
였다. 지금은 잠시 짬을 내어 일행들에게 상황이 어떻게 돌아가는
지 설명해 주고 있는 참이었다. 그러니 아직은 사라에게 많은 일
이 남아 있는 것이다. 지금의 사라가 이곳을 쉽게 떠날 수 있을
리가 없었다. 하지만 그렇다고 해서 사라를 이곳에 남겨둔 채 그
리테이트로 무작정 떠날 수도 없고, 다음 기회를 노리기에는 그게
언제가 될지도 모르고 해서 사라의 의향을 묻고 있는 것이다.

"그렇다면 지금 빨리 움직여야 한다는 거지요?"

하지만 미르의 생각과는 달리, 사라는 너무 간단히 자리에서 일
어났다. 덕분에 미르 자신은 일어날 생각을 미처 하지 못한 채 멍
하니 사라를 올려다봐야만 했다.

"일어나요. 지금 바로 찾아가야지요, 또 놓치기 전에."

오히려 사라가 더 적극적이었다. 미르는 마지못해 일어나는 사
람 같은 동작을 취하며 의구심에 찬 질문을 꺼냈다.

"하지만 왕녀님께는 아직 페리어드의 일이 있지 않나요?"

"순간 이동으로 가면 순식간이에요. 그렇게 주저할 건 못 되지
요."

"가는 게 문제가 아니에요. 딘 쪽이 지금 어떤 상황인지도 모르
고, 또……."

"그렇군요. 시간이 많이 걸릴 수도 있겠지요. 그래서 페리어드
의 일에 지장을 미칠지도. 하지만……."

사라의 입가에 걸린 미소는 너무나 여유로운 것이어서 미르를
혼란스럽게 했다. 그녀는 그렇게 너무도 태연하고 여유로운 모습
으로 커다란 의미를 띤 문장을 끄집어내었다.

"수단을 위해 목적을 희생할 이유는 없다고 봐요."

사라가 내뱉은 문단에 마지막 마침표가 찍힌 순간, 미르는 뒤통수를 얻어맞은 듯한 감각을 느꼈다. 수단을 위해 목적을 희생할 이유는 없다. 그건 딘에 대한 일이 잘 풀린다면 페리어드나 알테이아는 어떻게 돼도 좋다는 의미와도 상통하는 말이었다.

조국이라고요? 과연 조국이라는 게 내게 무슨 의미를 가지는 것일까요. 알테이아는 내게 아무것도 해준 게 없고, 다만 수많은 괴로움과 속박을 주었을 뿐인데. 딘에 대해 그만큼 알고 있다면 내 말뜻을 이해할 테지요. 그런 조국을 위해 내가 희생해야 할 이유가 대체 뭐지요? 난 알테이아의 왕녀이기 이전에 딘의 언니예요. 내가 원하는 건 알테이아의 발전이나 유지가 아니라 딘과 평온하게 살 수 있는 환경이에요. 그걸 위해 지금까지 살아왔고, 앞으로도 바뀌진 않을 거예요. 알테이아에 대한 책임은 어찌할 거냐고 묻는다면, 그건 내게 맹목적인 희생을 강요하는 거나 다름없다고 봐요. 더 이상 내게 무슨 짐을 지울 생각인가요?

라드훤의 등 위에서 들었던 사라의 말들이 머리 속을 스쳐 지나간다. 맞는 말이다. 사라에게, 그리고 딘에게 알테이아란 이름의 조국은 수많은 괴로움만을 던져 주었을 뿐이다. 그런 그녀들에게 알테이아의 왕녀라는 직위를 지키라는 말은 엉토당토않은 말일 터였다. 하지만······.

이 정도는 위험하다. 너무도 간단히 자신의 의무를, 수많은 사람들의 운명을 결정할 의무를 던져 버리는 것은 두렵다. 이 정도의 결의는 그때의 그 사람을 생각나게 하니까······.

똑똑—

렌스가 다리므를 흔들어 깨우기 시작했을 무렵, 갑자기 들려온 노크 소리가 주변의 공기를 긴장시켰다. 사라도 이곳에 있고, 하녀가 올 일도 없어 이 방에 노크할 사람은 없을 텐데, 무슨 일이라도 생긴 걸까?

"들어가도 되겠습니까?"

"예, 들어오십시오."

묘하게 귀에 익은 목소리라는 느낌을 가지며 렌스가 무난한 대답을 던졌다.

문은 소리없이 열렸다. 느릿하고 절제된 동작으로 사분원의 궤적을 그린 문은 목소리만큼이나 낯설지 않은 사람의 모습을 안으로 들여놓았다.

"사이키?"

한쪽 구석에 앉아 조용히 눈을 감고 있던 티그람이 갑자기 몸을 일으켰다. 문 저편에 있던 사람은 사이키와 엘크였다. 무엇 때문에 왔는지는 모르겠지만, 렌스는 사이키의 얼굴 위에 엷게 깔린 근심을 어렵지 않게 읽어낼 수 있었다.

아마도 티그람은 그러한 근심을 더 확실히 느꼈기에 저렇게 자리에서 일어난 것이겠지.

"소식이 있어서 왔어. 별로 안 좋은 거."

사이키는 모두의 시선이 자신 쪽으로 집중되는 것이 꺼림칙한 듯, 미간을 좁히며 작은 목소리의 말을 꺼내었다. 심상치 않은 느낌이 들었는지 티그람은 자리를 벗어나 사이키에게 다가갔다.

사이키는 자신이 있는 쪽으로 다가오는 티그람을 빤히 쳐다보며 말의 끝을 맺어주었다.

"그리테이트 군이 밀려 들어오기 시작했대. 페리어드의 외곽 지역까지."

"뭐라고?"

티그람은 자기도 모르게 큰 소리로 반문했다. 주변에 있던 다른 사람들도 상당히 놀란 표정이 되었다. 심지어는 막 깨어나 멍한 표정을 짓고 있던 다리므까지도 그 놀라움에 동참했을 정도였다.

"확실한 사실이야. 헛소문 아냐. 확인까지 해봤어. 공중에서. 나와 엘크가 높이 날아올라서. 몬스터가 드글드글해. 여기까지 오는 것도 시간 문제래."

"그럼, 왜 네가 이런 말을 전하는 거지?"

티그람의 질문에는 여러 가지 복합적인 의문이 뒤섞여 있었다. 무엇 때문인지 사이키는 약간 불만스런 표정을 지었다.

"놀고 있는 건 나밖에 없어서. 다들 바빠."

"그럼 놀고 있지 말고 뭐라도 해야지!"

"하고 있어. 말 전하는 일."

왠지 다섯 살 먹은 어린아이 같은 언어 생활을 하는 듯한 사이키였다. 티그람이 정말 어이없다는 표정을 짓고 있는 동안, 그녀는 자신이 전할 진짜 본론을 꺼내어놓았다.

"백작이 오랬어. 이 방에 있는 사람 전부 다. 할말이 있대."

"백작님께서? 무슨 일로?"

"그건 몰라. 아무튼 백작이 빨리 이 사람들 데려오랬어."

"백작님."

놀라움에 차 있으면서도 한편으론 눈살을 찌푸리며 그녀의 말을 듣던 티그람은 결국 그녀의 잘못된 단어를 지적했다. 지오르 백작에 대한 충성심으로 똘똘 뭉친 그로서는 사이키의 그런 말투를 듣고 싶지 않았던 모양이다. 그런 그의 뜻을 이해했는지 사이키는 마지못한 표정을 지으며 문장을 고쳤다.

"알았어. 고치면 되잖아. 백작님께서 빨리 오라는 말을 전해달랬어. 여기 있는 사람 모두 다 오라던걸. 급한 일인 모양이야. 빨리 움직여."

하지만 놀랍게도 고쳐진 문장은 지금까지 내뱉어진 희한한 문장과는 달리 지극히 정상적인 것이었다. 정상적으로 말할 수 없어서 희한한 문장의 말을 했던 게 아니라 일부러 희한한 문장을 사용했던 게 아닌가 하는 생각이 들 정도였다.

"급한 일이라니 한번 가보죠."

사라가 짧은 문장으로 모두의 행동을 결정지었다. 그때까지 멍하니 사이키와 티그람을 쳐다보고만 있던 다른 사람들은 그제야 정신을 차리고 자리에서 일어났다.

"그런데 엘크라면……."

방문을 통해 복도로 나가며 다리므가 갑자기 생각난 듯 혼잣말을 중얼거렸다. 사이키의 말 중에 엘크의 이름이 잠깐 언급되었다는 걸 이제야 깨달은 것이다.

그런 그의 중얼거림을 들었는지 앞서 걷던 엘크가 고개를 돌리며 미소 지었다.

"이런 모습으로는 처음 뵙는군요, 다리므님."

"예에?"

전혀 예상하지 못한 말이었기에 다리므는 멍하니 엘크를 쳐다볼 수밖에 없었다. 그러나 그런 멍한 시간은 그리 길지 않았다. 몇 초 지나지 않아 그는 엘크의 말에 담긴 의미를 깨닫고 조심스런 질문을 던졌다.

"혹시… 엘크님?"

"맞아요. 그날 꽤 많이 다쳤었다고 들었는데, 건강해 보이니 다행이군요."

"살아 있었군요."

다리므의 목소리는 약간 떨리고 있었다. 그 떨림이 아직 완전히 사라지지 않은 졸음의 산물은 아님을 엘크도 어렵지 않게 느낄 수 있었다.

"드래곤의 생명력은 인간보다 훨씬 강하니까요."

"그런가요? 아무튼 그날은 미안했어요."

다리므는 엘크의 모습을 유심히 살피며 조심스런 문장을 그녀에게 전했다. 그날, 타피카가 공격당하던 날, 바닥에 쓰러진 채 슬픈 눈으로 세상을 쳐다보던 엘크의 모습은 정말 가슴이 아팠다. 죽지 말라고, 제발 살아남으라고 말하고 싶었는데 이렇게 건강히 살아 있었다니. 새삼스런 행운을 발견한 기분이었다.

엘크는 잠시 생각에 잠긴 듯한 표정을 짓더니, 이내 씁쓸한 미소를 지었다.

"디아나님과 똑같은 말을 하시는군요."

"뭐라고요?"

엘크의 말에 갑자기 반문한 건 다리므가 아니었다. 어느새 이쪽까지 다가온 미르가 엘크를 빤히 쳐다보고 있었다.

너무 갑작스러운 반응이었기에 엘크는 바로 대답하지 못하고 눈만 깜박였다. 그제야 미르는 자신이 실수를 했다는 사실을 깨달았다.

"아, 갑자기 끼여들어서 미안해요. 내 이름은 미르. 수룡이지요. 딘… 아니, 디아나님의 드래곤이에요."

"미르님이라고요? 혹시……."

"그런데 디아나님과 똑같은 말이라니요? 언제 디아나님을 만난 적이 있단 말인가요?"

미르는 엘크의 의문이 어디로 흐를지 예상했기에 얼른 그 말을 끊어 자신의 질문을 던졌다. 미르가드라는 이름을 밝혀 어느 정도 놀라고, 또 약간의 어색함을 느끼고… 그런 절차를 밟고 싶지 않았기 때문이었다. 드래곤이 자신의 나이트가 어디 있는지 묻는 듯한 질문을 한다는 것 자체가 이상하게 여겨지긴 하겠지만.

엘크는 그런 미르의 태도에 고개를 갸웃했으나 그래도 부드러운 어조로 친절히 대답해 주었다.

"좀더 정확한 표현을 하는 게 낫겠지요. 미르님의 나이트는 동시에 제 나이트이기도 합니다. 앞으로 더 자세한 관계를 구축해 나가게 되겠지요."

"으아악! 또야?"

순간 라드휜이 소리를 질렀다. 라드휜의 그런 반응을 이해하지 못한 엘크는 주변 사람들을 돌아보았으나 다른 사람들도 라드휜과 크게 다를 것 없는 상태였다. 사람을 모두가 고개를 절레절레 젓거나 복잡하다는 표정으로 라드휜과 비슷한 감정들을 표현하고 있었다.

"하여간에 딘은 대단하군요. 어디서… 어떻게 이리도 많은 드래곤들을 끌어모으는지."

미르의 씁쓸한 중얼거림에 라드휜은 질렸다는 듯이 답했다.

"이젠 나이트의 드래곤이 다 합쳐서 몇 명인지 세기도 두려워."

"대체 몇 명인데 그러는 겁니까?"

"내가 아는 것만 다섯 명."

"어라? 몇 명인지 세기 두렵다고 하더니 잘 세는군요."

엉뚱하게 들려오는 말에 라드휜은 그 말의 근원지를 노려보았다. 그 근원지는 뭐가 그리도 재미있는지 쿡쿡 웃고 있었다. 라드휜은 한번 소리를 질러버릴까 하다가 한숨을 내쉬며 그만두었다.

"젠장, 너 같은 놈을 상대했다가는 나만 바보되지."

윽박지르지 않은 진짜 이유는 다른 데 있었지만 라드휜은 일부러 다른 이유를 끄집어내었다. 입 밖에 꺼내고 싶지 않은 이유였으니까.

"아무튼 정말 대단하군요, 딘은. 드래곤이 여섯이라면, 세계 정복을 꿈꾸어도 될 것 같은데."

다리므는 장난기가 섞인 말을 중얼거리며 다른 사람들의 동의를 구하는 듯이 주변을 둘러보았다. 나름대로 맞는 말이긴 하지만 그래도 결과적으로는 엉뚱한 말이었기에 누군가 한 사람 정도는 반항할 거라고 생각했는데 의외로 모두가 순순히 고개를 끄덕여주었다. 약간의 씁쓸함을 얼굴에 옅게 깐 채 모두가 조용히 다리므의 농담을 받아들이고 있는 것이다.

덕분에 다리므는 상당한 위화감을 느껴버리고 말았다. 이 반응은 대체 뭐지? 어째서 다들 저런 씁쓸함으로 내 말에 반응하는 걸까. 어째서 농담을 농담으로 받아들이지 않고 순순히 고개를 끄덕여주는 걸까. 어째서……

'뭐, 아무래도 상관없잖아.'

기분 나쁜 생각이 고개를 쳐들기 시작하자 다리므는 애써 아무렇지도 않은 듯이 생각의 줄기를 끊어버렸다. 그리고 다른 생각으로 의식을 기울이기 시작했다. 다른 생각에 휘둘리지 않을 정도로 간절한 생각 속으로.

'이제 딘을 곧 볼 수 있게 될까?'

참으로 이상했다. 딘을 만날 자신도 없고, 또 만나 봤자 딱히 할 말도 없는데 그냥 맹목적으로 보고 싶었다. 아니, 보고 싶다는 마음이 시간이 지날수록 눈덩이처럼 불어나고 있었다. 그녀를 눈앞에 볼 수 있다면, 지금까지 다리므의 마음속을 괴롭혀 왔던 모든 감정들이 그대로 완전히 사라져 버릴 것만 같았다. 그녀를 만난다 해도 그녀에게 아무것도 해줄 수 없음에도 불구하고.

딘을 만나지 못한 지도 이제 거의 6개월에 가까워오고 있었다. 그 동안 참 많은 일이 있었다. 지겨운 악몽에 시달리며 무심히 보낸 시간들과 타피카가 무너지던 날과 짧은 여행과 딘의 지난 시절을 들었던 순간과 페리어드의 내전과 마침내 무서운 악몽에서 벗어나 딘에게 다가가려 하는 지금, 그 많은 기억들이 하나로 뭉쳐 딘을 이루고 있는 것만 같았다. 덕분에 다리므는 오랜 기간 딘을 만나지 못했음에도 불구하고 오히려 딘과 더 가까워진 느낌을 가지고 있었다.

수많은 일들이 있었다. 악몽은 나를 괴롭히다 사라져 갔다. 딘에 대한 의심도 한때 피어났다가 이젠 이해하자는 방향으로 흘러가고 있다. 나를 이렇게 변화시킨 건… 딘이다.

나에겐 딘을 변화시킬 만한 능력이 없다. 내가 딘을 만난다 해도 해줄 수 있는 건 없다. 다만 딘을 찾는 사람들을 따라다니며 언젠가 만날 날을 꿈꿀 뿐이다.

하지만 해줄 수 있는 건 없어도 나쁜 영향을 미치지 않을 수는 있기에 더 이상 딘을 만나는 걸 주저하지 않으리라. 사람끼리의 가까운 관계는 드래곤과 나이트의 관계처럼 서로를 속박한다지만, 그리 하지도 않으리라. 그리 하지 않도록 애쓸 테니까. 그녀의 일부분, 혹은 한 면이 아닌 총체적인 하나의 사람으로 딘을 보려 애

쓸 테니까.

'잠깐, 한 사람이라면? 일부분이 아닌 하나의 사람이라면?'

부분이 아닌 총체적인 존재로서의 한 사람.

문득 다리므는 이거야말로 완전한 존재가 아닐까 하는 생각이 들었다. 스스로 판단하고, 스스로를 움직이고, 스스로 생각하기에 모든 가능성을 다 지니고 있는 존재. 물론 그렇게 따지면 세상 사람 모두가 전부 완전한 존재이겠지만.

모두가 완전하다는 것도 나쁘지 않지.

사람에겐 스스로 판단하고 스스로의 앞날을 만들 능력이 있다. 어쩌면 그 자체로 완벽한 존재인지도 모른다. 무한한 가능성이 있으니까. 뭐든지 될 수 있으니까.

하지만 스스로 판단하고 책임지는 건 힘든 일이기에 사람들은 타인에게 기대려 한다. 그 타인이란 존재는 드래곤과 나이트처럼 서로를 구속하는 존재다. 그래서 케리 같은 연금술사들은 타인과 거의 격리되어 있는 사람을 완전한 존재라 생각하는 건지도 모른다.

하지만 구속하지 않고 관계를 구축할 수 있지는 않을까? 상대도 생각과 감정을 가진 하나의 완전한 사람임을 인정하고 서로를 대한다면, 그래서 타인의 가능성을 막지 않고 완전히 인정한다면, 그렇다면 훨씬 덜 구속된 관계를 구축할 수 있지 않을까?

사람은 자신을 사람으로 대하는 존재 앞에서만 사람인 거예요.

문득 얼마 전에 들었던 류카의 말이 떠올랐다. 그렇다. 딘은 자신을 다른 무엇이 아닌, 무한한 가능성을 가진 사람으로 보아주는 파누엘 앞에서 진짜 웃음을 보여주었다고 했다. 딘이 가진 몇 가지 면으로 딘을 판단하는 게 아닌, 딘의 모든 것을 보고 그녀를 하나의 사람으로 대해주던 파누엘에게.

타인을 하나의 완전한 사람으로 보기는 의외로 어려운 일인지도 모른다. '나'와 완전히 다른 가치관을 가진 사람에게도 나름대로의 생각이 있다는 사실을 인정한다는 건 역시 쉬운 일이 아닐 거다. 매번 얼빠진 짓만 하는 사람에게도 나름대로의 판단력이 있다고 생각하는 건, 정말로 그렇게 믿는 건 쉬운 일일 턱이 없다.

사람들은 그렇게 타인도 생각이 있음을 인정하는 걸 타인을 믿어주는 것이라고 말한다. 믿음. 단순히 몇 마디 말을 믿는 게 아니라 그 사람 전체에 대한 총체적인 믿음을 가지는 것. 누구나 자신의 판단을 인정해 주고 자신의 생각을 들어주는 사람 앞에서 더 분발하고 더 나아지려 하지 않는가. 그런 모습이 완전함에 더 가깝게 다가려는 모습이 아닐까.

얼토당토않은 생각이겠지만 내가 생각하기엔…….

'현자의 돌은 사람을 사람으로 대하는 태도가 아닐까? 그게 완전함의 바탕이 되어주는 게 아닐까?'

다리므는 긴 숨을 내쉬며 눈앞에까지 내려온 머리카락을 쓸어 올렸다. 이제 곧 딘을 볼 수 있을 것 같다. 그리테이트가 페리어드에까지 손을 뻗쳤다는 게 조금은 불안하지만…….

멀리서 아득한 소리들이 들려오고 있었다.

*　　　　　*　　　　　*

"슈… 마리엔?"

현 자 의 돌

침대 위에 힘없이 누워 있던 에이린은 이마에 닿는 부드러운 손길을 느끼고 눈을 떴다. 점점 넓어져 가는 시야 안으로 고요한 방 안의 풍경과 침대 맡에 앉아 있는 한 사람의 모습이 들어왔다. 약간 걱정스러운 빛을 얼굴에 띠며 에이린을 내려다보고 있는 사람은… 슈마리엔이었다.

"괜찮으십니까?"

슈마리엔은 나지막한 어조로 안부를 물었으나 에이린은 그 말에 대답하지 않았다. 그것보다는 슈마리엔이 지금 이곳에 있다는 사실 자체에 더 정신이 쏠렸기 때문이다. 간신히 몸을 조금 일으키며 그녀를 빤히 쳐다보았다.

"왜 네가 여기에? 그리테이트에 있어야 하잖아?"

"곧 돌아갈 겁니다. 잠시 알릴 일이 있어서 왔습니다. 이미 아시는 것 같지만……."

슈마리엔은 대답을 꺼내다 말고 말끝을 흐렸다. 그녀가 전달하려 하는 사항을 에이린도 이미 알고 있기에 굳이 말로 확실히 하고 싶지 않다는 의미였다. 그러나 그런 그녀의 태도가 에이린의 마음속을 더 흐리게 했다. 그녀는 땀에 젖은 창백한 얼굴로 슈마리엔을 쏘아보며 차가운 한마디를 던졌다.

"돌아가. 당장!"

"어떻게 된 건지, 듣지 않으실 겁니까?"

"돌아가란 말야!"

에이린은 갑자기 소리를 버럭 지르다가 힘이 빠진 듯 그대로 앞으로 꼬꾸라졌다. 슈마리엔이 급히 그녀를 부축했으나 에이린은 쉽사리 몸을 일으키지 못했다. 거친 호흡을 추스리느라 헝클어진 검은 머리칼이 불규칙하게 흔들린다. 에이린은 그렇게 한참 동안이나 고개를 무릎 위에 파묻은 채 어깨를 들썩거렸다. 거친 숨소리가 슈마리엔의 귓가에도 확실히 들릴 정도였다.

호흡이 어느 정도 가라앉자, 에이린은 고개 숙인 그대로 거친 말을 내뱉었다.

"빌어먹을 자식······."

"에이린님?"

"오지 말라고 했어!! 마지막 순간까지. 그래, 마지막 순간까지 난 모든 걸 생생히 느끼고 있었는데, 그랬는데 오지 말라고 했어! 미친 놈. 진심이었다고! 마지막까지 의식을 완전히 잃을 때까지 날 꼼짝 못 하게 했어! 그 빌어먹을 자식이··· 그렇게··· 그··· 렇······."

있는 힘을 다해 소리를 지르던 에이린은 결국 감정을 이기지 못하고 흐느꼈다. 헝클어진 긴 머리카락이 그녀의 얼굴을 완전히 가리고 있어 에이린의 표정은 보이지 않았지만 무릎 위에 덮인 얇은 시트에 눈물이 번지는 것만은 확실히 볼 수가 있었다. 가쁜 호흡 속에 흐느낌이 섞여들어 안타까운 느낌을 준다. 저러다 정말 숨이 넘어가 버리는 건 아닌가 하는 바보스런 생각마저 들 정도다.

고대 이후, 언제나 강하고 분명했던 에이린이었다. 무모할 정도로 저돌적이면서도 굽히지 않는 데가 있어 마녀라고 불리울 정도였다. 젊은 마족들은 걸핏하면 윽박지르는 그녀를 상당히 어려워했지만, 급박하고 절박한 상황에서 모두가 의지하는 사람은 에이린이었다. 언제나 무서울 정도로 침착한 수장과는 반대로, 언제나 무모할 정도로 꺾이지 않는 에이린이었기에 어려운 상황일수록 그녀의 강함은 진가를 발휘했던 것이었다. 그래서 드래곤임에도 불구하고 휴식 계열 마족의 공식적인 2인자로 인정되어 왔던 것인데…….

"진정하세요."

슈마리엔은 갑자기 말문이 막혀버리는 것을 느꼈다. 에이린의 흐느낌 소리가 방 안의 대기를 서글프게 가라앉히고 있었다. 언제나 강했던 에이린이었기에 짜증을 내고 소리를 지르는 방식으로 무거운 감정을 쏟아부을 거라고 생각했었는데, 그 예상이 완전히 빗나가 버린 셈이다. 어떤 상황에서도 오기를 부렸던 그녀는 지금 어깨를 떨면서 흐느끼고 있었다. 에이린은, 언제나 앞장서 나아갔던 에이린은 이제 무너져 버렸다. 다른 사람들은 다 실의에 빠져도 에이린만은 복수를 생각하며 꿋꿋이 일어날 거라고 생각했었는데…….

'난, 대체 무엇을 한 걸까. 정말, 잘못했던 걸까?'

약한 생각이 고개를 쳐드는 게 느껴진다. 어릴 때의 에이린은 여린 성격이었다는 말은 들었지만, 슈마리엔은 에이린의 이런 모습을 보는 게 처음이었다. 에이린이 눈물을 전혀 보이지 않았던 것은 아니지만, 그 눈물은 언제나 오기에 찬 눈물이었을 뿐, 이렇게 무너져 내리는 울음은 아니었다. 어떤 일이 있어도, 가장 가까운 동료가 죽어도 복수를 결의하지, 이렇게 약하게 웅크리지는 않았던 에이린이었는데, 하르드퀴논이란 존재가 그리도 에이린에겐 커다란 존재였던 걸까? 물론 드래곤에게 있어 나이트는 커다란 존재일 수밖에 없지만, 그래도 이렇게까지는…….

이렇게까지는…….

슈마리엔은 양손을 모아 떨리는 손끝을 감추며 주문을 외웠다. 완전히 지쳐 버린 에이린을 잠재우기 위해서였다.

평소의 에이린이었다면 아무리 지쳐 있다 해도 전혀 듣지 않았을 테지만, 역시 상황이 상황인지라 그리 강하지 않은 잠의 마법에도 깊은 잠 속에 빠져들었다. 슈마리엔은 조심스레 팔을 뻗어무릎 위에 얼굴을 파묻은 그대로 축 늘어져 버린 에이린을 바로눕혔다. 힘없이 눈감은 눈가에 눈물 자국이 붉게 번져 있다. 창백한 얼굴. 땀과 눈물에 젖은 그 얼굴을 슈마리엔은 씁쓸한 표정으로 한참 동안 쳐다보았다.

괴로운 감정이 의식 속에 스며 들어온다. 이런 감정을 전혀 느끼지 않을 거라 생각하며 한 일은 아니었지만… 그래도…….

얇은 이불을 에이린의 어깨 위로 잘 덮어주고는 그 방을 나섰다. 방 밖으로 길게 연결되어 있는 복도, 마르티누스 성의 회색 빛복도가 시야에 들어오기 시작했다. 투쟁의 역사를 온몸으로 나타내듯 싸늘하고 장식없는 성의 내부 모습. 남긴 것 없이 수많은 살해의 기억만 사람들의 머리 속에 새겨놓은 그 어리석은 역사처럼미의식이라고는 전혀 없이 오로지 전쟁만을 위해 만들어진 성(城), 마르티누스. 있어서는 안 되었을 건물, 긴 전쟁의 산물 같은회색 빛 건물.

슈마리엔은 그 회색 빛 돌들을 물끄러미 쳐다보며 생각에 잠겼다.

에이린이 그런 반응을 보일 줄은 정말 예상하지 못했다. 활기계열 마족들을 몰아붙이겠다고, 다 죽여버릴 거라고 오기를 부리는 반응이 나올 걸로 생각했었지, 그렇게 힘없이 흐느낄 거라곤전혀 생각하지 못했었다.

하지만 이제 와서 후회는 하지 않는다. 후회하기엔 이미 늦은데다 아직은 이 길이 옳다고 믿고 있으니까. 뒤틀어진 방식이었지만, 그래서 앞으로도 많은 사람을 절망에 빠뜨리겠지만, 그래도 한없는 전쟁을 되풀이하며 무서운 허무감만을 남기는 것보다는 훨씬 나으니까.

'이런 일들을 꾸민 게 나라는 사실을 알면 모두가 날 죽이려 들 겠지.'

슈마리엔은 씁쓸한 미소를 입가에 머금으며 긴 복도를 걷기 시작했다. 차가운 복도. 오직 전투만을 위해 만들어진 차가운 회색빛 돌마저도 이쪽을 쏘아보며 '배신자!'라고 자꾸만 외치는 것 같다는 느낌이 든다.

부정하진 않는다. 내가 마족을 배신한 건 도저히 부정할 수도 없는 사실이니까. 하지만 후회는 하지 않는다. 역사란 언제나 악이라는 것을 품고 발전해 나가는 게 아닌가. 하르드퀴논이 살아 있는 동안은 마족과 정령은 영영 싸움만 할 수밖에 없었을 거다. 그래서는 안 된다. 더 이상 이따위 전쟁을 계속 이어가서는 안 된다. 설령 마족이 정령 세력에게 밀려 노예가 될지라도 이런 평형 상태는 지속되어선 안 된다.

차라리 어느 한 종족이 노예가 된다면 쓸데없는 전쟁은 일어나지 않는다. 그리고 그 '노예'에 대한 억압이 지나치게 강해지면 그들은 짓눌림에서 벗어나기 위해 세상을 또 한 번 뒤집어놓겠지. 지나치게 짓눌린 실험체들이 이제 세상을 움직이기 시작한 것처럼.

이제 세상은 다시 움직인다. 지리한 평형 상태를 벗어나 어느쪽으로든 움직일 것이다. 움직여야만 발전할 수 있을 테니. 하르드퀴논님이 누군가 자신을 무너뜨려주길 원했던 것도 결과적으로는 이런 부류의 바램이었겠지.

슈마리엔은 긴 한숨을 내쉬며 머리를 쓸어올렸다. 슬픈 소식을 전해 들은 성안은 더없이 고요했다. 고요할 수밖에 없었다. 하지만 이런 고요함에 한없이 묻혀 있다간 금세 정령 세력에게 잠식당해

버리고 말 터였다. 잔인한 현실이겠지만 이들도 움직이지 않을 수가 없을 것이다. 그래서 정말로 강한 쪽이 세상을 지배해 나가겠지. 역사가 언제나 그렇게 이루어져 왔듯이.

군데군데 뚫린 작은 창문으로 햇살이 들이치고 있었다. 창문의 모양대로 길게 비낀 햇살은 슈마리엔의 몸 위로 쏟아지며 뒤이은 짙은 그림자를 만들어내고 있었다. 마치 무거운 그림자를 이끌고 나아가는 사람처럼, 슈마리엔은 그림자를 매단 채 앞으로 걷고 있었다. 빛이 있다면 항상 그림자가 존재하고, 빛이 강하면 강할수록 그림자도 짙어진다는 단순한 사실을 재확인시켜 주기라도 하는 듯이, 회색 빛 복도에 햇볕이 그림자를 드리우고 있었다.

Part 7:Rebis

[헤르메스 사상과 연금술에서]
철학자의 돌. 결합의 성취. 모든 대립물의 화해.
완전성. 영적 광명. 중심의 회복.
태양과 달, 황과 수은 등의 대립물은
용해와 흑화라는 죽음의 단계(Nigredo)를 거쳐
완전체(Rebis)로서 재생한다.

사실상
인간, 그 자체는
끊임없이 계속되는 인간의 노력 가운데
가장 중요한 창조이며, 또한 그 완성체인데,
우리는 바로 그러한 노력의 기록을 역사라고 부른다.

1

요란한 소리가 창을 통해 아득히 들려오고 있었다. 유스파드는 의자에 기댄 채 쓸쓸히 바깥을 쳐다보았다. 달려나가는 병사들, 움직이는 사람들. 모두 딴 세상의 이야기인 것만 같다. 모든 게 다 아득히 멀어져 버린 것만 같다.

고요한 그림자만이 가득한 방 안은 완전한 적막에 감싸여 있었다. 하인들도 이젠 이 방에 들어오지 않으려는 모양이다. 그날 이후 며칠이나 지난 걸까. 날짜 감각마저도 흐리멍덩하다. 유스파드는 긴 한숨을 내쉬며 헝클어진 머리카락을 아무렇게나 넘겼다. 미쳐 버릴 것만 같다.

'어째서 이렇게 돼버린 걸까.'

이젠 버릇이 된 것 같은 한숨을 내쉬며 버릇 같은 생각을 되풀이한다. 일어날 리 없다고 생각했던 일이 일어나 버렸기에 정말 이제 어떻게 해야 할지 모르겠다. 눈에 닿는 것들을 다 던져 버리고 싶다는 충동만이 자꾸만 일어난다. 완전히 지쳐 버린 탓에 더이상 무언가를 던질 힘이 남아 있지 않을 뿐이다.

'어째서 이렇게……'

3일 전, 슈마리엔이 침통한 표정으로 전해온 소식을 다시 떠올려본다. '하르드퀴논님은…' 이란 단어로 시작했었지. 그녀는 그 무서운 문장을 무섭도록 차분히 전달해 왔었어. 그래, 그랬었지. 난이렇게 미쳐 버릴 것만 같은데, 그녀는 조용한 눈으로 이쪽을 쳐다보고 있었다. 슬픈 일이지만 하르드퀴논이 없는 세상도 얼마든지 살아갈 수 있다는 듯이.

하지만 나도 그렇게 살아갈 수 있을까? 하르드퀴논님없이 대체뭘 어떻게 해야 하는 거지?

저편에 서 있는 문을 무심히 쳐다본다. 지금이라도 저 닫힌 문을 열고 하르드퀴논이 걸어 들어올 것만 같다. 나쁜 꿈이라도 꾸었었냐는 질문을 던져 올 것만 같다. 정말 그렇게 된다면, 난 웃으면서 끔찍스런 꿈이었다는 대답을 할 텐데…….

찰칵!

순간 갑자기 문고리가 돌아가는 소리가 났다. 완전히 지쳐 늘어져 있던 유스파드는 급히 벌떡 일어났다.

'설마, 저 문 저편엔?'

그러나 유스파드의 기대는 애초에 이루어질 수 없는 것이었기에 이루어지지도 않았다. 문 저편에서 노크도 없이 문을 열고 들어온 사람은, 유스파드가 기대했던 사람과는 너무도 다른 사람이었다.

"안녕하세요."

그 사람은 쓸쓸함을 담은 붉은 눈으로 유스파드를 쳐다보며 짧

은 인사말을 건네왔다. 괜한 기대가 허물어져 힘이 쭉 빠진 유스
파드는 그대로 의자 위에 털썩 주저앉아 버렸다.

어리석은… 생각들.

"무슨 일이냐, 뮤트."

유스파드는 의자 등받이에 몸을 완전히 기대며 쉰 목소리의 질
문을 던졌다. 귀찮으니 용건만 남기고 빨리 사라지라는 투였다. 그
런 그의 뜻을 이해했는지, 뮤트는 더욱더 쓸쓸한 표정을 입가에
머금었다.

"페리어드를 포기할 건가요?"

쓸쓸하지만 차갑게 들려오는 목소리. 유스파드는 눈을 감으려다
말고 그녀를 쳐다보았다. 의자 등받이에 기댄 채 고개를 뒤로 넘
겨 더없이 불성실한 자세로 그녀를 싸늘하게 쳐다보았다.

"그따위 말이나 하러 온 건가?"

"지금이 아니면 할 수 없으니까요."

그녀는 그저 쓸쓸한 표정으로 자신의 용건을 계속 이어갈 뿐이
었다. 유스파드의 태도에는 전혀 신경 쓰지 않는 모습이었다. 유스
파드는 그녀의 붉은 눈동자에 가득 담겨져 있는 쓸쓸함을 볼 수
있었다. 그 자신도 그녀만큼이나 쓸쓸한 보라색 눈동자로 그녀를
쳐다보고 있었으니까.

이런 대면(對面), 우습다. 지쳐 버린 감정으로 서로를 쳐다보고
있다는 게 너무나 우습다. 하지만 이상하게도 화는 나지 않았다.
그 소식을 전해 들은 뒤로 지금까지 계속 난폭하게 굴었기에 하
인들마저도 이 방에 들어오지 않게 돼버렸지만, 이상하게도 지금
이 순간만은 뮤트에게 무언가를 던져 버리고 싶다는 생각이 들지
않았다. 다른 누구보다도 뮤트를 보면 터져 나오는 울분을 참지

못할 거라고 생각했는데, 막상 그녀를 눈앞에 대하고 보니 갑자기 마음속이 무섭도록 가라앉는 것이었다. 혼자 조용히 있었을 때보다도 지금이 더 침착할 정도였다.

뮤트는 이런 상황 속에서도 저렇게 차가운 말만 하고 있는데, 대체 왜 이렇게 마음속이 가라앉는 것일까. 너무나 화가 난 나머지 차분해진 걸까. 하지만 왜 더 이상 화를 내는 것 자체가 무의미하다는 생각이 드는 것일까.

"듣고 싶지 않다. 나가라."

유스파드는 스스로도 놀랄 정도로 차분한 대답을 하며 눈을 감았다.

"언제까지 이러고 있을 건가요. 벌써 삼 일째 이 방에 처박혀 있었다면서요."

"네가 상관할 바가 아냐."

"별로 좋지 않아요."

"뭐가 좋지 않다는 거지? 참견하지 마라. 인형 주제에."

"당신에게 좋지 않아요."

의미를 잘 알 수 없는 뮤트의 대답에 유스파드는 다시 눈을 떴다. 그리고 고개를 돌려 그녀를 빤히 쳐다보았다. 진홍빛 눈동자. 보석같이 선명한 눈동자가 이쪽을 쳐다보고 있었다. 한없이 깊어 모든 것을 빨아들일 것만 같은 뮤트의 눈동자가 쓸쓸함을 가득 담은 채 이쪽을 쳐다보고 있다.

단지 쓸쓸함뿐이다.

"네겐 하르드퀴논님이 대체 뭐였지?"

유스파드는 어느새 자신도 모르는 질문을 던지고 있었다. 뮤트는 유스파드가 이런 질문을 던지는 이유를 잘 알지 못하는 것 같았으나 그래도 바로 대답해 주었다.

"좋은… 사람이었지요."

"하! 그것밖에 안 되었단 말이냐? 위험을 무릅쓰고 널 보호했던 하르드퀴논님이 네겐 그 정도밖에는 안 되었단 말이냐? 그래서 너는 이런 와중에도 내게 페리어드를 포기할 거냐는 질문을 던지는 거냐? 그런 거란 말이냐?"

유스파드는 뮤트를 노려보며 무섭게 말을 쏟아부었다. 하르드퀴논에 대한 뮤트의 감정이 겨우 이 정도밖에 되지 않는다는 것이 서글펐던 것이다. 모두의 반대를 무릅쓰고 뮤트를 맡았던 하르드퀴논이었는데, 그 행동의 보답이 기껏 이런 것이라니!

하지만 이런 유스파드의 반응에도 뮤트는 그저 쓸쓸한 대답만 할 뿐이었다.

"그럼 어쩌란 말인가요. 따라 죽기라도 할까요?"

"그래, 차라리 그렇게 해버리던가! 아무렇지도 않은 얼굴로 찾아와서, 페리어드를 포기할 거냐고 물어? 누구보다도 하르드퀴논님의 관심을 받았던 네가 그따위 말을 해? 그렇게도 태연히?"

"살아 있는 사람은 살아갈 수밖에 없으니까요."

순간 유스파드는 격렬하게 흐르려던 감정이 다시 가라앉는 것을 느꼈다.

살아 있는 사람은 살아갈 수밖에 없으니까요.

유스파드는 쏟아부으려던 말을 삼키며 입술을 깨물었다. 그저 쓸쓸하기만 한 것 같던 뮤트의 대답에 담긴 서글픔을 그제야 눈치 챈 탓이었다. 전에도 창문 앞에 서서 쓸쓸한 말을 내뱉던 뮤트가 아닌가. 지금의 실험체들은 죽는 것조차 자유롭게 선택할 수 없는 존재이니까.

하지만 아무리 그렇다고 해도…….

"빌어먹을, 그래서 지금 나보고 페리어드의 일에 대해 신경 쓰라는 거냐?"

"당신이 젊어지고 있는 건 당신 혼자가 아니니까요. 죽는 건 혼자서도 할 수 있지만, 사는 건 혼자서 할 수 없어요."

"협박이군. 휴식 계열 마족들을 책임져야 하니 가만히 있으면 안 된다고?"

"그래요. 협박인지도 모르지요."

뮤트는 씁쓸히 미소 지었다. 미소라는 생각조차 들지 않는 쓰디쓴 표정이었다.

"미안해요. 하지만 더 이상 가만히 있을 수는 없어요. 알테이아는 거의 점령당하다시피 한 상태고, 페리어드도 간신히 그리테이트 군을 막아내고 있는 상태예요. 이런 상황에서 침울함에만 빠져 있다가는 지금 가지고 있는 것까지도 잃을 뿐이에요. 현실은… 잔인하니까요. 슬픔에 빠져 있는 사람이라고 해서 봐주진 않지요. 살기 위해선 더 이상 슬픔에 묻혀 있을 여유가 없어요."

"지금 난 저 창문으로 널 밀어버리고 싶다."

유스파드는 갈라진 목소리로 중얼거리며 턱으로 저편 창문을 가리켰다. 협박하듯 중얼거린 문장이었지만 진심은 아니었다. 다만 무서울 정도로 침착해져 버린 자신이 우스워서 오기로 이런 말을 끄집어내고 있을 따름이었다.

"마음대로 하세요. 정말로 원한다면. 하지만……."

그때였다. 갑자기 방문이 거칠게 벌컥 열렸다. 아무런 예고도 없이 갑작스레 일어난 일이었다. 침착한 말을 이어가던 뮤트가 화들짝 놀라 말을 끊으며 문이 있는 쪽을 돌아보았을 정도였다.

"에이린님?"

유스파드도 놀란 목소리로 그녀의 이름을 부르며 반사적으로 몸을 일으켰다. 갑작스레 문을 열어제낀 것은 다름 아닌 에이린이었다. 그녀는 무표정한 하얀 얼굴로 성큼성큼 걸어오더니 멍하니 서 있는 뮤트의 팔을 확 낚아채었다.

"헛소리 지껄이지 말고 당장 꺼져!"

아무래도 에이린은 뮤트가 이 방에 있다는 사실을 알고 들어온 것 같았다. 복도에 있던 다른 마족들에게 들었으리라. 뮤트는 쓸쓸한 눈으로 에이린을 쳐다보았다. 역시 충격이 컸던 걸까. 그날로부터 나흘이나 지났는데도 에이린의 얼굴엔 아직 핏기가 없었다. 뮤트의 팔을 붙잡은 손의 힘은 예상외로 세었지만 상태가 그리 좋아 보이진 않았다.

슬퍼하기보다는 오기를 부리는 쪽을 택해온 에이린도 결국은 드래곤이라는 걸까. 뮤트는 뜻 모를 안타까움을 느끼며 최대한 차분함을 가장한 말을 꺼내었다.

"이러지 마십시오. 전 그저 지금 상황이 그리 좋지 않다는 사실을 알려드리러 온 것뿐입니다."

"네가 신경 쓸 바가 아냐. 우리는 우리가 알아서 할 테니까."

"그건 믿습니다만, 지금 당장 움직여야 합니다. 그러지 않으면 늦습니다. 이대로 가다간……."

"네가 무슨 권리로 그런 말을 확신하는 거지? 더 이상은 참견하지 마라, 뮤트 엘하우드, 아니, 디아나 라이드!"

예상치도 못했던 말. 뒤이을 말을 잃게 하는 말이었다. 뮤트는 자신도 모르게 두려움이 담긴 눈으로 에이린을 바라보았다. 에이린은 경멸이 담긴 하얀 얼굴로 이쪽을 쳐다보고 있었다.

"눈감아주는 것도 이제 끝이야. 죽고 싶지 않으면 빨리 꺼져. 그리고 더 이상 주제넘게 참견하지 마. 우리 일은 우리가 알아서 결정한다. 마족의 일이 어째서 너와 상관이 있단 말이지? 가서 네일이나 챙기란 말이야. 못 알아듣겠어?"

"하지만……."

"꺼지라고 했지!"

짝!

에이린의 손이 빠른 속도로 움직여 뮤트의 뺨에 부딪혔다. 고요하던 방 안에 큰 소리가 퍼졌다. 예상치 못했던 충격에 뮤트의 고개가 오른쪽으로 꺾였다.

"왜 이러시는 겁니까! 그만두십시오! 진정하란 말입니다!"

유스파드가 놀라서 에이린을 붙들었다. 정말 그답지 않은 말이긴 했지만 그가 생각해도 지금의 에이린은 지나쳤다. 뮤트의 말은 객관적으로도 옳은 것이었으니까. 하지만 에이린은 유스파드를 노려볼 뿐이었다.

"언제부터 그렇게 이성적이 된 거지, 유스파드?"

"그런 게 아니잖습니까! 제가 하는 말은……."

"당신의 운명은 혼자 움직이는 게 아니라는 사실을 왜 인정하려 하지 않는 겁니까?"

유스파드가 어떻게든 에이린을 진정시켜 보려는 말을 꺼내려는 순간, 뮤트가 그의 말허리를 끊으며 다시 대화에 끼여 들어왔다. 유스파드는 자기도 모르게 흠칫하며 뮤트가 있는 쪽을 돌아보았다.

뮤트는 아직도 한치의 표정 변화도 없는 상태로 에이린을 쳐다 보고 있었다. 에이린은 기가 차다는 표정으로 그녀를 노려보았다.

"독하군. 얼마나 맞아야 물러서겠어? 아예 오늘 끝장을 내줄 까?"

"정 화풀이 대상이 필요하다면 날 죽여요. 그래서 모든 게 해결 된다면 얼마든지. 하지만 그런 걸로는 결국 아무것도 해결되지 않 을 겁니다."

어느새 뮤트의 뺨은 발갛게 부어오르고 있었다. 아무리 지친 상 태라 해도 에이린의 힘은 상당한 것이기에 꽤나 욱신거릴 터였다. 그럼에도 불구하고 뮤트는 침착한 어투의 말을 이어가고 있었다. 무서운 내용을 담은 말을 입 밖으로 내보내면서도 한치의 표정 변화조차 보이지 않을 정도였다.

"그딴 가벼운 목숨 따윈 필요없어. 지금 당장 내 눈앞에서 사라 져. 그리고 다시는 마족의 일에 관여하지 마. 더 이상 마족의 일에 끼여드는 건 내가 용납하지 않겠어. 당장 돌아가 네 자신이나 추 스리지 그래. 그게 훨씬 가치 있는 일일걸."

변화없는 뮤트의 태도에 에이린마저도 질려버렸는지, 에이린은 더 이상 뮤트를 노려보는 것을 포기하고 고개를 돌려버렸다. 뮤트 는 그런 에이린과 유스파드를 천천히 쳐다보다가, 이내 짧은 목례 를 남기고 그 자리에서 돌아섰다.

유스파드는 그런 뮤트를 붙잡기 위해 손을 뻗었다. 에이린이 화 를 내겠지만 그래도 이대로 보낼 수는 없었다. 이대로 보낼 수 는…….

그러나 막 뮤트의 어깨를 붙잡으려던 유스파드는 결국 말없이 뻗었던 팔을 내렸다. 쓸쓸한 감정이 배어나는 목소리가 그의 의식 속에 울려왔기 때문이다.

"곤란한 상황을 만들어서 미안해요. 하지만 정말 이대로는 위험할 거예요. 그리테이트도 넘어간 지금, 페리어드마저 잃으면 휴식 계열 마족은 기본적인 터를 잃게 되는 거니까요. 페리어드에 몰려오는 그리테이트 군은 제가 막아보겠어요. 하지만 오래 버티지는 못할 거예요. 조만간 조용히 자세한 이야기를 할 수 있는 때에 다시 찾아오도록 하죠. 그때까지 마족 내부의 정비를 해주셨으면 해요. 마족의 역사가 올해 안에 끝나버리는 걸 원치 않으신다면."

쓸쓸한 목소리. 감정이 잘 배어나지 않는 텔레파시임에도 불구하고 쓸쓸함이 가득한 목소리였다. 유스파드는 점점 멀어져 가는 뮤트의 작은 어깨가 미미하게 떨리고 있다는 걸 어렴풋이 느낄 수 있었다. 울고 있는 걸까. 회색 빛 바닥에 작은 눈물 방울이 떨어져 내리고 있었다. 분명 아까까지는 그렇게도 의연한 뮤트였는데……

계속 감정을 참고 있었다는 걸까. 그런 걸까? 사실은 지금 이 상황에 누구보다도 괴로워하고 슬퍼하고 있는 건 뮤트라는 의미일까? 정말로 그런 걸까?

작은 어깨. 한 팔 안에 들어올 것 같은 작은 어깨가 떨리는 걸 보고 있으려니 애처롭다는 생각이 든다. 아마도 뮤트는 이 무거운 슬픔들을 그 어깨에 지고 끝맺을 수도 없는 삶을 살아가겠지. 실험체를 모은다는 그 어렵고 빗나가기 쉬운 목표가 성공하지 않는 한, 뮤트는 저렇게 언제나 혼자 걸어갈 수밖에 없는 거겠지. 그렇게 만들어졌으니까. 그게 뮤트의, 아니, 디아나 라이드의 운명이니까.

풀썩—

소파 밑에 모여 있던 공기가 한번에 빠져 나가는 소리가 났다. 에이린이 소파 위에 털썩 주저앉은 모양이다. 유스파드는 천천히 고개를 돌려 뒤쪽을 쳐다보았다. 예상대로 완전히 지쳐 버린 듯한 에이린이 소파에 기대앉아 있었다.

에이린의 얼굴엔 피곤한 기색이 완연했지만 눈을 감고 있진 않았다. 언제나 당당하던 까만 눈동자에 뜻을 알 수 없는 쓸쓸함을 가득 담은 채, 그녀는 한곳을 멍하니 쳐다보고 있었다.

조심스레 그녀의 시선을 따라간 유스파드는 에이린의 시선의 끝이 뮤트의 등에 닿아 있다는 사실을 깨달았다. 에이린은 유스파드가 자신을 쳐다보고 있다는 사실조차 깨닫지 못한 채 그렇게 안타까운 표정으로 뮤트의 뒷모습을 쳐다보고 있었다. 미미하게 떨리는 저 작은 어깨를 끌어안아 줄 수 없다는, 혼자서 쓸쓸히 걸어가는 뮤트를 붙잡을 수조차 없다는 안타까움이 배어 있는 모습이었다.

"붙잡고 싶다면 붙잡을 수 있지 않았습니까? 내가 에이린님이었다면 가만히 있지 않았을 겁니다."

뮤트의 뒷모습이 점점 작아져 마침내 보이지 않게 되었을 때쯤, 유스파드는 에이린을 전혀 이해하지 못하겠다는 어투의 말을 내뱉었다. 겁도 없이 감정을 정면으로 건드리는 유스파드의 말을 에이린은 씁쓸한 어투의 말로 받아쳤다.

"내가 너였다면 나야말로 가만히 있지 않았을 거야."

"그렇다면 왜 지금 이렇게 가만히 있는 겁니까? 누구보다도 뮤트를 몰아친 건 에이린님이 아닙니까? 그런데 왜?"

"몰라, 모르겠어. 왜 이러는지."

정말로 에이린답지 않은 힘없는 대답이었다. 평소의 자신과 다른 모습을 서로에게 보여주기라도 하려는 듯이, 유스파드도 그답지 않은 침착한 어투의 말을 그 뒤에 이었다.

"단순한 화풀이라면 지나칩니다만, 아무리 봐도 그렇게 보이진 않더군요."

"어떤 비밀이든 결국은 내게 고해버리고 말던 네가 이렇게 커다란 사실을 숨겼다는 게 내겐 더 큰 의문이야."

"그런 말을 에이린님이 그냥 묵인했다는 것도 제겐 의문입니다."

"변했군, 유스파드. 네게서 이렇게 침착한 어투의 말을 들을 수 있을리라곤 생각지 못했었는데."

"저도 이런 씁쓸한 어투의 말을 에이린님에게서 들을 수 있으리라곤 생각지 못했습니다."

그들의 대화는 어느새 희한한 말싸움처럼 흘러나가고 있었다. 서로의 바보스러운 심리를 파헤쳐 보려는 듯한 말들.

에이린은 쓴웃음을 지었다.

"이젠 지쳤어. 더 이상은 어떤 꿈도 꾸고 싶지 않아. 하논이 없는 꿈 따위, 내겐 필요없어. 그 멍청이와 헤어지면 속시원할 줄 알았는데, 언제나 서로에게 상처만 줬는데, 어째서 그런 기억까지도 가슴 아프게 남겨져 버린 걸까."

"에이린님……."

"마지막에야 왜 그렇게 서로에게 상처만 주었는지 깨달아 버렸어. 그 자식, 평생 꺼내지 않던 말을 마지막에야 중얼거려서 내 발목을 붙잡아 버렸어. 정말 분해. 차라리 내가 먼저 죽어버렸다면, 이런 기분 느끼며 가슴 아파할 사람은 그 자식 쪽이었을 텐데……."

어쩐지 본래의 화제와는 점점 멀어져 가는 듯한 말이었지만 유스파드는 잠자코 듣기만 했다. 그러지 않을 수가 없었기에.

"이젠 너무 피곤해. 다른 사람 일 따위 신경 쓰고 싶지 않아. 뮤트의 그 멍청함에 찬사를 보내고 싶을 정도야. 다른 사람들의 운명까지 책임지고 있지 않냐니. 그런 게 어디 있어. 모두들 자기 삶은 자기가 책임져야지. 자기 삶도 버거워하는 주제에 남을 신경 쓸 겨를이 어디 있다고 저따위 말을 늘어놓는 거야. 자기 감정도 제대로 추스르지 못하는 주제에 일부러 여기까지 찾아와서 우리를 움직이려 해? 그런 멍청이, 항상 힘들 수밖에 없잖아."

에이린은 헝클어진 머리를 아무렇게나 추스르며 몸을 일으켰다. 그리고 그녀는 고개를 돌려 방 안의 풍경을 천천히 둘러보았다. 마치 다시는 돌아오지 않을 사람처럼, 그렇게 그녀는 사방을 둘러보며 무거운 말을 이어갔다.

"휴식 계열 마족 따위, 자멸할 운명이라면 자멸해 버리게 놔둬야지. 스스로의 삶을 책임지지도 못한 채 지도자라고 불리는 사람들에게 자신의 운명을 떠넘긴 자들은 노예가 되어도, 학살당해도 싼 거겠지. 그래. 우린 잘못하고 있었어. 몇몇 사람들이 마족 전체를 책임져 버리도록 운영했던 건 멍청한 짓이었어. 이젠 난 마족 세력에서 손떼겠어. 자멸한다면 자멸하라고 해. 그중에 정말로 살아남을 가치가 있는 사람은 스스로 살아남겠지."

"전 그렇게 못 합니다. 보호받아야 할 어린아이는 항상 존재하는 게 아닙니까?"

유스파드가 괴로운 표정으로 에이린을 빤히 쳐다보았지만 에이린은 그에게 시선조차 주지 않았다. 그저 느릿한 움직임으로 발을 내디뎠을 뿐이었다. 아무래도 이 방에서 나가려는 것같이 보였다.

"하지만 보호받지 않아도 될 나이에 보호받는 이들은 비뚤어질 뿐이지. 어떻게 하든 네 맘대로 해. 네 판단엔 네가 책임질 테니 내가 상관할 바가 아니지. 타인의 운명을 좌지우지할 수 있는 건 그 사람이 져야 할 책임을 대신 져주는 사람뿐이니까. 난 네 행동에 따른 책임을 함께하지 않을 테니 네 행동에 간섭하지도 않겠어. 네가 알아서 해. 난 가겠어."

"내가 에이린님을 붙잡는 것도 내 결정입니다."

유스파드는 방을 나서는 에이린을 붙잡으려는 동작을 취하며 급히 말을 던졌다. 막 문지방을 넘어가려던 에이린은 잠시 걸음을 멈추고 그를 돌아보았다.

"하논은……."

에이린의 얼굴에 퍼져 있던 씁쓸함은 어느새 옅은 쓸쓸함으로 바뀌어 있었다. 그녀는 그렇게 착 가라앉은 어조로 자신의 말을 풀어놓았다.

"…싸움보단 조용히 사는 걸 좋아했어. 고대의 싸움에 뛰어든 것도 금방 평화를 얻을 수 있으리란 기대 때문이었지. 너도 기억하고 있으리라 생각하는데. 겉으로 내색은 안 했지만 언제나 이 바보스런 전쟁이 빨리 끝나길 기대했었지. 하지만 그는 그 이후 영영 싸움에 빠져들게 되어버렸어. 그래, 염치도 모르고 매달리던 사람들 틈에 그는 자기 자신마저도 잃어버렸던 거야. 스스로 책임을 지려 하지 않고, 스스로 싸우려 하지 않고 그저 하논에게 모든 걸 맡기려 하던 사람들 사이에서 그는 앞서 싸우며 모든 걸 다 잃어버렸지. 스스로를 책임질 줄 모르는 사람들은 차라리 그냥 자멸하도록 내버려두는 게 나았을 텐데. 멍청했지. 결국 그 멍청함 때문에 하논은 이 긴 싸움의 원흉이나 다름없는 존재가 되어버렸지. 그가 원했던 건 조용하고 평화로운 삶, 단지 그뿐이었는데도."

유스파드는 말문이 막힌 나머지 석상처럼 그 자리에 가만히 서 있을 수밖에 없었다. 에이린의 쓸쓸한 말은 그대로 계속 이어졌다.

"사실은 나도 잊고 있었어. 그래서 하논을 이해해 주지 못했어. 하논이 자꾸만 흔들리는 게 싫어서 누구보다도 내가 먼저 앞장서려 했었지. 그런 내 태도가 그에게 자책감을 가져다 준다는 사실도 모른 채. 훗, 어쩌면 철이 없었던 건지도. 이제 더 이상 남의 삶을 책임지기 위해 자신을 버리라는 말 따윈 하지 마. 약한 자는 약하기 때문에 강한 자의 보호와 희생이 필요하다는 바보스런 논리 따위 펴지 마. 강하다는 이유로 모든 것을 희생하고 바보스럽게 가버린 하논의 뒤를 밟을 생각 따윈 하지 마. 어쩌면 무엇보다도 마족들을 나약하게 만든 건 우리일지도 몰라. 우리가 항상 앞장서서 싸우고, 먼저 상처 입고, 그렇게 그들을 보호해 오는 동안 그들은 약해져 버린 건지도 몰라. 난 더 이상 이곳에 있고 싶지 않아. 어리석은 민중을 보호할 생각 따위 하고 싶지 않아. 그들의 삶이니까 이젠 그들 스스로 책임지라고 해. 우리에게 희생을 강요하지 말라고 해. 살아남을 자신이 없으면 죽어버리라고 하란 말이야. 그게 차라리 정의로워. 나도 이제 이만 쉬고 싶어."

"어… 디로 가실 겁니까?"

무거운 감정이 목을 아프게 하는 것을 느끼며 유스파드는 간신히 가장 묻고 싶은 질문을 던졌다. 그런 그의 마음을 읽은 듯, 에이린은 입가에 머금은 쓸쓸함을 미소로 바꾸며 방 밖으로 사라져 갔다. 저 아득한 시야 밖으로. 잘 모르는 세계 속으로 그녀는 그렇게 멀어져 갔다.

"조용한 곳으로."

2

끼루룩, 꺄욱, 끼루러리꺄루룩!

새소리를 웃기게 표현해 놓은 듯한 소리가 사방에 가득하다. 곳곳에 희한하게 생긴 생물들이 날아다니고 있었다. 수를 세기 무서울 정도로 떼지은 이 괴생물체들은 몬스터 무리였다. 뒤틀어진 새소리를 내는 몬스터 무리가 아헨의 거리를 활보하고 있었다.

병사들은 이미 대열 따윈 잊어버린 상태였다. 불규칙하게 날아드는 몬스터들을 상대하기에 규격화된 대열은 죽기 딱 좋은 전투 방식이기 때문이었다. 모두들 나름대로의 위치를 지키며 나름대로의 방향에서 검을 휘두를 수밖에 없었다.

퍼억!

머리가 날아간 괴조의 목에서 노란 물이 치솟는다. 끼루룩 소리가 순간 거세어진다. 몬스터들에게도 동료애라는 게 있는 것일까. 몬스터가 하나둘씩 쓰러져 갈 때마다 그들의 기세는 더욱 거세어져 갔다. 마치 동료의 죽음을 눈앞에서 보고 분노에 차 돌진하는 사람 같은 형세였다.

하지만 인간 쪽에서도 그러한 오기가 가득한 건 마찬가지였다. 이길 가능성이 별로 없는 싸움을 오기 하나로 이어가고 있었던 것이다. 옆에서 죽어간 동료에 대한 분노로, 그리고 살아남고야 말 겠다는 집념으로 인간들은 몬스터를 상대로 싸우고 있었다.

사실 처음부터 수적으로 너무 차이가 나는 싸움이었다. 몬스터 들은 지능적인 싸움을 하지 못하고 저돌적인 돌진만 해오기에 인 간 쪽이 일방적인 열세라 보기는 힘들었지만, 아무튼 몬스터의 수 가 너무 많았다. 개개인의 역량으로 수적인 열세를 만회하기 어려 울 정도였다.

전술적인 측면에서의 잘된 지휘란 주어진 아군을 잘 운용하는 것뿐이지만, 전략적 측면에서의 잘된 지휘란 최대한의 아군을 만 들어내는 것까지도 포함한다. '우선 적보다 더 많은 수의 아군을 확보하라'는 단순 무식한 명제가 더할 나위 없는 진리로 통하는 게 전략인 것이다. 그런 면에서 볼 때 저 몬스터들은 전략적인 면 에 뛰어난 재능을 보이고 있다고 보아도 좋았다. 개개인의 싸움이 좀 형편없어서 문제이지만, 숫자로 밀어붙이니 비교적 고급 전투 력을 지닌 인간 측으로서도 많은 피해를 입을 수밖에 없었다.

인간 진영의 뒤쪽에서 마법적 지원을 하던 마법사들도 이제는 제대로 된 지원을 해줄 수 없는 상태에 이르고 있었다. 계속된 마 법 사용에 모두들 지쳐 버린 탓이다. 땀에 완전히 절어서 바닥에 드러눕는 사람까지 생겨나고 있었다. 덕분에 전방의 전사들은 믿 을 건 자기 자신밖에 없다는 고독한 명제를 다시 한 번 숙지해야 만 했다. 마법 지원을 더 이상 기대하기 힘들어진 이상, 자기 앞의 싸움은 혼자서 책임질 수밖에 없는 것이다. 너무나 당연한 사실이었기에 엄숙미나 비장미는 거의 없었지만.

"쿨럭! 쿨럭!"

다리므는 심한 기침을 하기 시작했다. 다른 마법사들 사이에 끼여서 계속 마법을 썼던 탓에 체력이 완전히 소모된 것이다. 평소보다 훨씬 오래 버티긴 했지만 이제 더 이상은 힘들 것 같았다.

거칠어진 호흡을 추스르며 주변의 상황을 둘러보았다. 몬스터의 바다에 휩쓸려 대열이 완전히 무너진 저 앞의 병사들, 완전히 지쳐 버린 마법사들, 정신없이 뛰어다니는 지휘자들…… 이런 대규모 전투에 대해 잘 모르는 다리므가 보아도 지금의 상황은 별로 좋아 보이지 않았다. 몬스터의 행렬은 끝이 없는데, 사람들의 얼굴에는 이미 지친 기색이 완연했다. 마지못한 표정을 지으며 전투의 초반에 기선을 제압해 주었던 미르도 이제는 거친 숨을 내쉬고 있었다.

3일 전, 다리므를 비롯한 일행은 딘이 있는 위치를 알아내어 그곳으로 떠나려 했었다. 하지만 그 시점에서 그리테이트가 페리어드를 침공한 것이다. 알테이아가 거의 수중에 넘어올 듯하자 페리어드에까지 손을 뻗친 것이다.

덕분에 그리테이트로 떠나려던 일행은 꼼짝 못 하고 페리어드 군에 섞일 수밖에 없었다. 그리테이트 쪽에서 대규모의 군대가 몰려오는데, 그 흐름을 거슬러 간다는 건 미친 짓이 될 수밖에 없기 때문이었다. 인간의 전쟁에 참여한다는 걸 꺼림칙하게 생각한 미르가 다른 국가를 경유해 빙 돌아가면 되지 않겠느냐는 방책을 내놓긴 했지만, 아헨에까지 밀려온 몬스터들을 본 네이아와 스시리아너가 그 방책에도 반대 의사를 표명하고 말았다. 인간 군대끼리의 싸움이라면 우리가 끼여들 이유가 전혀 없지만 몬스터를 이용한 일방적인 학살은 막아야 하지 않겠느냐는 논리였다.

스시리아너는 에레와 함께 이곳에 남겨두어도 괜찮겠지만 네이아와는 함께 가야 한다고 생각했던 미르는 곤란함에 빠져들고 말았다. 이런 일에는 유난히 적극적인 네이아를 꺾을 자신은 없고, 그렇다고 인간의 전쟁에 참여하는 것은 더 더욱 싫었기 때문이다.

그러나 그 시점에서 사라의 발언이 미르를 간단히 설득시켜 주었다. 지금까지의 상황으로 볼 때 딘이 페리어드에 깊이 연관되어 있는 것 같다는 말에 미르도 참여할 의사를 굳혔던 것이다. 딘이 페리어드에 연관되어 있다면 그녀가 어느 편에 서 있는지는 뻔했으니까.

'하지만 이건 정말 장난이 아니군.'

다리므는 땀에 절어버린 소매로 이마의 땀을 훔쳤다. 그때에는 이 전쟁에 참여하네 마네 하는 논의를 했었지만, 이제는 그런 결정 자체가 의미를 가지지 못하는 상황까지 몰린 것 같았다. 전쟁의 의미를 생각하기 전에 살아남는 것을 생각해야 할 것 같으니까.

페리어드는 정말 심하게 밀리고 있었다. 이미 수도에까지 몬스터가 밀려온 데다가 몬스터들을 몰아낸다 해도 그 뒤에 오는 건 그리테이트의 정규군일 터였다. 이제 와서 승산을 생각한다는 것 자체가 바보 같다는 생각이 들 정도다.

하지만 그리테이트마저 정령들의 손에 넘어간 지금, 페리어드가 함락된다면 리니아스 대륙에서의 마족 세력은 사실상 전멸해 버리는 꼴이 되고 만다. 모든 대륙을 정령이 지배하는 세상은 상상하기조차 싫다. 하르드퀴논의 죽음을 전해 들었을 때에도 상당한 충격을 받았었는데…….

결국 리니아스 대륙은 정령 세력의 손에 떨어지고 말 건가? 고대에 이루지 못했던 일을 현재의 정령들이 이루고 마는 건가? 휴페른이 목숨을 걸고 막았던 일이 다시 벌어지려 하고 있단 말인가?

그때였다.

"크으윽!"

갑자기 울려온 날카로운 비명 소리가 무더운 대기를 찢었다. 굉장히 크고도 처절한 소리였다. 너무나 가까이에서 들려온 비명이었기에 다리므도 화들짝 놀라며 고개를 들었다. 가까운 곳? 가까운 곳이라면, 설마…….

다리므의 불안한 예상은 맞아떨어졌다. 저편에 있던 아군들이 어느새 눈앞에까지 밀려와 있었다. 완전히 지쳐 있던 마법사 하나가 피투성이가 되어 바닥에 뒹군다. 다리므는 입술을 깨물며 그를 내려다보았다. 길고 붉은 손톱 자국이 온몸에 쫙쫙 그어진 모습. 소름 끼치게 너덜너덜한 모습이었다.

어느새 몬스터들의 기묘한 울음 소리가 귓가를 가득 채워오고 있었다. 다리므는 급히 물러나는 마법사들과 함께 뒤로 달렸다. 생각 같아서는 아군 병사들에 뒤섞여 몬스터와 맞서고 싶었지만 그럴 수는 없었다. 체력으로 따지자면 낙제점에 속하는 마법사, 게다가 계속된 마법 사용으로 지쳐 버린 마법사가 아군에 섞여 몬스터들과 싸우려 한다면 그건 자살 행위다. 아무런 의미도 없는 자살. 그러니 애초에 싸움에 뛰어들지 않는 게 나았다.

주변의 흙바닥을 붉게 물들이며 마법사들이 하나둘씩 무너져 갔다. 다리므는 이를 악물며 그냥 달렸다. 뒤쪽에서 끼익끼익 소리를 내는 몬스터의 기척이 너무나도 선명하게 느껴져 소름이 끼쳤다.

지쳐 있던 상태라 별로 뛰지 않고도 가슴이 터질 듯이 숨이 가빠왔다. 무거운 무력감이 마음속을 짓누르고 있었다. 도망칠 수밖에 없다. 어째서 도망칠 수밖에 없는 걸까. 어째서 맞서 싸울 수가 없는 걸까. 어째서……

"으아악!"

다시 새로이 울려오는 비명 소리가 대기를 진동시킨다는 느낌이 드는 순간, 다리므는 입 속으로 주문을 외우기 시작했다. 숨이 가빠서 자꾸 끊겼지만 그래도 오기로 괴로운 호흡을 참았다. 이건 정말 오기다. 제대로 된 판단이 아니다. 이따위 오기로는 나쁜 결과를 낳기 십상이다. 하지만…….

"absolute word of white missile!"

다리므의 주문이 반쯤 이어졌을 때쯤, 갑자기 저편에서 미르의 낭랑한 목소리가 울려퍼졌다. 처음 듣는 마법 이름이다, 라는 생각이 든 순간 수십 개의 얼음 화살이 공중에 떠올랐다. 아이스 미사일Ice Missile 마법과 비슷한 방식의 마법인 것 같았지만 얼음 화살의 숫자가 무시무시하게 많았다. 얼음 화살이 뿜어내는 냉기에 주변의 온도가 갑자기 낮아졌다는 느낌이 들 정도였다.

그리고 몇 초 지나지 않아 얼음 화살들은 공중에 떠 있는 상태를 벗어나 자신의 본분을 지키기 시작했다.

씨우웅! 피융! 슝!

소름 끼치는 바람 소리를 내며 수십 개의 얼음 화살이 일제히 바닥에 내리꽂혔다.

푸우욱! 키악! 팍!

섬뜩한 소리를 내며 수십 개의 얼음 화살이 일제히 몬스터들을 찔러 들어갔다.

사방에서 피와 체액이 용솟음쳤다. 곳곳에서 피보라가 붉게, 혹은 푸르게 피어올랐다. 하지만 그 액체의 근원지는 전부 몬스터뿐이었다. 미르는 한치의 오차도 없이 전부 몬스터만을 꿰뚫은 것이었다. 저렇게 많은 수의 얼음 화살을 동시에 제어할 수 있다는 것 자체만으로도 놀라운데…….

"콜록! 다… 리므님! 괜… 하아… 찮아요?"

몬스터들의 비명 소리 사이로 미르의 목소리가 들려왔다. 어느새 다가온 미르가 기침과 거친 숨소리를 섞은 말을 던지며 다리므에게 손을 내밀고 있었다. 역시 미르에게도 쉬운 마법은 아니었던 모양이다. 다리므에게 손을 내밀고 있긴 했지만 정작 더 지쳐 있는 건 다리므가 아니라 미르인 듯했다. 고개를 숙인 탓에 얼굴을 반쯤 가린 검은 머리카락 아래로 굵은 땀방울이 뚝뚝 떨어져 내리는 것이 분명히 보였다.

"너… 야말… 로… 괘, 괜찮아?"

아직 호흡이 가라앉지 않은 탓에 다리므의 말도 군데군데 끊겼다. 하지만 미르의 대답이 돌아오기도 전에 그들은 또 앞으로 내달려야만 했다. 그렇게도 많은 몬스터들이 얼음 화살에 꿰뚫렸지만, 그보다 더 많은 수의 몬스터가 남아 있는 탓이었다. 동료의 죽음에 분노가 끓어오른다는 듯이 키익캬악거리는 몬스터들이 맹렬히 사람들을 향해 돌진해 오고 있었다.

안 그래도 미약하던 방어진이 단번에 허물어졌다. 이미 지친 병사들은 몬스터들의 맹렬한 돌진에 무참히 밟혀버렸다. 누군가의 동맥이 끊어졌는지 선명한 선홍색의 피가 분수처럼 하늘로 날아오른다.

승산없는 싸움이다. 살아남을 수 있을지조차 의심스럽다. 몬스터를 아무리 죽여봐야 저들은 더욱 흥분하며 몰려들 뿐이다. 이 엄청난 수의 싸움에 미르와 에레, 심지어는 네이아까지 지쳐 버렸다. 1 대 1 싸움에서라면 누구에게도 지지 않을 사람들이지만 이렇게 엄청난 수적 열세에는 그들도 어쩔 수 없는 것이다. 아무리 대단한 사람이라도 수백 명을 동시에 상대할 수는 없는 것이니까. 아니, 수백 명을 동시에 상대할 수 있는 사람이라도 끝없이 몰려오는 녀석들을 상대하다간 중간에 지칠 수밖에 없으니까. 이 무식한 수에 수로 대응하지 않으면 이길 수 없으리라는, 아니, 이기는 것을 떠나 살아남기조차 힘들리라는 사실을 다리므는 괴롭게 인식하고 말았다.

끔찍스럽게 쏟아붓는 햇살 아래 짓밟히는 사람들. 모든 걸 녹여버릴 것 같이 뜨거운 만물의 근원 아래 쓰레기처럼 뒹구는 생명.

그냥 달렸다. 무서운 무력감에 시달리며 그냥 그대로 달려나갔다. 그러지 않고는 살아남을 수 있을지조차 의심스러웠으니까. 호흡이 너무나 가쁜 나머지 이대로 숨이 넘어갈 것만 같은 느낌이 들어도, 옆에서 사람이 죽어 넘어지는 장면이 뚜렷이 보여도, 그냥 달렸다. 그냥······.

"블리저드 윙Blizzard Wing!"

결국 이 상황을 견디지 못한 다리므는 마법의 이름을 외치고 말았다. 그와 동시에 그의 주변에 강한 바람이 일어나 사방으로 퍼져 나갔다.

쉬이이이이잉!

무시무시한 위력으로 불어나가는 바람. 몰려오던 몬스터들이 우르르 쓰러졌다. 쓰러지지 않고 끝까지 버틴 몬스터들도 결국엔 엄청난 바람에 날려 저만치 날아가 버렸다.

바람은 그 대상을 차별하지 않는다고 했던가. 몬스터들과 뒤섞여 있던 병사들도 바람의 영향으로 몬스터들과 함께 쓸려나갔다. 하지만 함께 날아간 상태에선 몸집이 작은 쪽이 중심을 잡기에 유리한 법이다. 몬스터들보다 한 발 먼저 몸의 균형을 되찾은 병사들이 사방에서 몬스터에게 검을 꽂았다. 피부를 찢는 소리가 바람 우는 소리에 섞여들었다.

엄청난 세기의 바람은 얼마 가지 않아 멎었다. 그리고 바람이 멎는 순간 다리므도 사그라드는 바람처럼 그대로 앞으로 꼬꾸라졌다.

털썩—

건조한 흙바닥이 뺨을 세게 때린다. 페리어드의 흙바닥이 내게 무슨 원한을 가지고 있어서 내 뺨을 치는진 잘 모르겠다. 시야 속에 담긴 세상이 빙빙 돈다. 정신은 아직 멀쩡히 살아 있는데 몸이 제어에서 완전히 풀려나 버린 것만 같다.

꺄루루룩!

바람의 여파로 몬스터들은 또 줄었지만 역시 몇 초 지나지 않아 그들은 또 다른 분노를 덧붙이며 밀려 들어왔다. 한도 끝도 없는 싸움이었다. 한쪽이 전멸하기 전에는 절대 끝나지 않을 것만 같았다.

"일어나요! 다리므님!"

미르가 다리므의 팔을 급히 잡아끌었다. 하지만 다리므는 몸을 일으킬 수가 없었다. 몸을 지탱할 힘마저 잃어버린 것이다. 이런 상태로는 꼼짝없이 몬스터들의 도래를 맞이할 수밖에 없을 터였다. 미르가 그리 놔둘 것 같지 않긴 하지만.

그때였다.

푸욱!

검이 살을 파고들어 가는 소리가 갑자기 사방에서 울리기 시작했다. 그뿐 아니라 살을 베는 소리, 뼈를 치는 소리도 각각의 음으로 메아리치기 시작했다.

이건 검의 음향이다. 몬스터들의 손톱으론 이런 소리가 나지 않는다. 숙련된 솜씨로 단번에 적을 베어나가는, 사람이 내는 소리다. 아군 병사들이 정신을 차리고 몬스터들을 몰아붙이기 시작한 걸까?

"아······."

어느새 미르는 다리므를 잡아당기던 손을 놓고 있었다. 너무도 의외의 상황에 얼이 빠져 버린 듯한 표정이었다. 저렇게 멍하니 무언가를 주시할 수 있다는 건, 이제 안전해졌다는 의미이거나 너무 놀라서 아무것도 할 수 없게 돼버렸다는 의미 중 하나일 텐데. 둘 중 어느 쪽에 해당하는 걸까? 대체 무슨 일이 벌어지고 있는 걸까?

다리므는 심한 불안감에 간이 졸아들 지경이었으나 지금 상태로는 아무것도 알 수가 없었다. 몸을 일으킬 힘이 없는 탓에 저편에서 오락가락하는 사람들의 발밖에 보이지 않았던 것이다. 몇 개의 발이 놀라울 정도로 재빨리 움직인다는 건 알겠는데······.

순간 누군가의 팔이 다리므를 일으켜 주었다. 이윽고 서늘한 기운이 돌더니 갑자기 몸이 편해졌다. 상당히 익숙한 느낌인데··· 회복 마법을 쓴 것일까? 아직 몸에 힘이 돌아오지 않아 중심을 잡기 어려웠지만, 그래도 그럭저럭 서 있는 자세는 유지할 수가 있었다.

'대체······ 누가? 누가 이렇게 익숙한 느낌의 회복 마법을 써준

거지?'

이해할 수 없는 의문이었다. 하지만 다리므는 자신을 일으켜준 사람을 바로 돌아보지 않았다. 돌아볼 수가 없었다. 눈앞에 펼쳐진 장면이 그를 완전한 혼란 속에 빠뜨려 버린 탓에 바로 뒤를 돌아보겠다는 생각을 하지 못했다.

그렇게도 처절하게 시끄럽던 주변은 어느새 아주 조용해져 있었다. 정신없이 사람들에게 손톱을 휘두르던 몬스터들조차 얌전히 두 손을 모은 채 서 있었다. 몬스터가 두 손을 모은 채 서 있는 건 좀 웃기는 장면이었으나 그래도 그들 나름대로 엄숙함이 담겨 있는 것 같기도 했다. 모두를 지배하는 힘 앞에서의 경건함이랄까? 그들은 그렇게 신의 명령을 기다리는 사제처럼 경건한 모습으로 서 있었다.

그리고 어느새 나타난 여러 명의 사람들. 한 손에 검을 든 사람들이 흑색의 로브를 바람에 휘날리며 몬스터들을 돌아보고 있었다. 빼어 든 검 중 몇 개가 녹색 체액에 젖어 있는 걸로 보아 방금 몬스터들을 공격한 건 저 사람들인 모양이었다.

검은 로브를 입은 사람들.

다리므는 엄청난 혼란스러움에 쉽게 헤어나질 못하고 허우적거렸다. 그 사람들은 모두 합쳐 십여 명 정도 되는 것 같았다. 하지만 모두들 후드를 푹 눌러쓰고 있었기 때문에 제대로 얼굴이 보이는 사람은 아무도 없었다. 마치 그때의 딘처럼.

검은 로브를 입은 사람들, 그리고 경건히 명령을 기다리는 몬스터들.

좀 황당하긴 하지만 마족이 저 안에 있다면 이런 경우는 가능할지도 모른다. 마족의 능력 중 가장 흔하게 사용되는 게 몬스터의 조종이니까. 저렇게 많은 수를 혼자서 지배할 수 있을 정도로 강력한 마족이 있다고 생각하진 않지만, 저 검은 로브를 입은 사람들이 전부 강력한 마족이라면 아슬아슬하게나마 가능할 터였다. 처음에 저들이 나타날 때 베어버린 몇몇 몬스터들은 저들의 지배에 반항한, 기가 센 놈들이었다고 생각하면 이해할 수 있겠고……

다리므는 조심스레 고개를 돌려 자신을 일으켜준 사람을 돌아보았다. 돌아보는 과정에서 잠시 중심을 잃어 휘청했으나 뒤에 서 있던 그 사람이 재빨리 붙잡아줘서 넘어지지 않을 수 있었다.

예상대로 그 사람도 검은 로브를 입고 있었다.

이윽고 조용히 손을 모으고 있던 몬스터들이 썰물처럼 거리에서 빠져 나가기 시작했다. 질서를 지키기라도 하려는 듯이 조심스럽고 고분고분한 움직임이었다. 그 시점에서 대여섯 마리 정도가 캬악캬악거리며 날아오르려 했지만 검은 로브를 입은 사람들이 간단히 그들을 추락시켜 버렸다. 검으로 벤 것이다. 어찌나 빠른지 은빛 검광이 번쩍, 하는 것밖엔 안 보였지만.

몬스터들이 물러나기 시작하자 곳곳에 흩어져 있던 사람들이 가운데로 모여들기 시작했다. 대부분의 병사들은 지쳤다는 표정을 지으며 제자리에 주저앉아 버렸지만, 살아남은 마법사들과 지휘관들은 비틀비틀하면서도 가운데로 모여들었다. 피곤한 표정을 지으며 터덜터덜 걸어오는 스시리아너와 조용히 걸어오는 사라도 그 안에 끼여 있었다.

사라의 옷차림은 상당히 지저분했다. 몬스터의 체액이 군데군데 튀어 있는 탓이다. 역시 사라는 그 난리통 안에서도 냉정을 잃지 않고 몬스터들을 하나씩 도륙해 나갔던 모양이다. 모두들 피곤함을 노골적으로 드러내고 있는 이 상황에서도 그녀는 차분하고 조용한 얼굴로 천천히 걸어오고 있었다. 평온. 이 안에서도 저렇게 평온한 얼굴을 유지할 수 있다는 사실이 경이로울 정도다. 저 정도라면 어떤 상황에 부딪쳐도 평온을 잃지 않을 것만 같았다.

그러나 사라와 다리므의 거리가 상당히 좁혀졌을 때, 사라는 얼굴에 놀라움을 퍼뜨리며 놀라운 말을 내뱉었다.

"딘?"

사라의 시선은 다리므의 뒤쪽을 향해 있었다. 다리므도 반사적으로 뒤를 돌아보았다. 하지만 그 순간, 엷은 빛이 번쩍 하며 검은 로브를 입고 있던 사람들 전원이 원래 없었던 것처럼 사라져 버렸다.

"순간 이동……"

미르의 망연한 중얼거림과 함께 한 줄기 서늘한 바람이 대지를 훑고 지나갔다. 끝날 것 같지 않던 전투가 너무도 어이없이 끝나 버렸다고 고개를 젓는 듯이 바람은 흔들흔들 대지 위를 날아가고 있었다. 죽어 넘어진 사람들의 유해를 어루만지면서.

전쟁이 지나간 자리는 참혹하다. 깨끗하던 벌판 위에 시체 무더기가 덮이고 너덜너덜해진 건물들이 기울어간다. 살아남은 사람들은 시체 쌓인 검은 들판을 망연히 쳐다보지만 전쟁이 앗아간 것들은 아무도 되돌리지 못한다. 아무리 많은 눈물을 쏟아도, 아무리 많은 분노를 하늘에 던져도 죽은 사람은 다시 돌아올 수 없기에.

석양이 비끼어 검붉게 물든 벌판을 쳐다보며, 피와 석양이 뒤섞여 흐르는 시체 무더기를 바라보며 렌스는 분노 섞인 우울함에 잠겨들었다. 요 며칠 동안 얼마만큼의 시체를 보았던가. 숫자를 세는 것조차 엄두가 나질 않는다. 처음엔 그리도 화가 났었는데 이젠 이런 광경을 보는 것조차 익숙해질 것만 같았다. 저렇게 죽어 넘어진 사람들이 각자 자신의 이름을 가지고 있었다는 사실과 각자 자신의 생활을 가지고 있었다는 사실과 각자 자신의 생각과 고민을 가지고 있었다는 사실을 생각하기 힘들 정도다. 인육이 지천으로 깔린 벌판. 이런 곳에서의 시체는 그저 쓰레기 더미일 뿐이다. 사람이 사람 취급을 받지 못하는 것이다.

"끔찍해……."

울음 섞인 스시리아녀의 목소리가 뒤에서 들려왔다.

"어떻게 이 많은 사람들이……."

간단한 사실도 긴 문장으로 표현하곤 하던 그녀였지만 이러한 장면 앞에서는 말문이 막히는 모양이었다. 몇 단어로 이루어진 말을 내뱉고는 자꾸 말끝을 흐렸다. 그 흐려진 말투만큼이나 마음속도 흐려져 있기 때문이겠지. 렌스는 느릿한 동작으로 그녀가 있는 쪽을 돌아보았다.

"정말 싫다… 전쟁이란 거……."

많이 제어하려 애썼지만 렌스의 중얼거림에도 짙은 쓸쓸함이 담겨 있었다. 페리어드의 내전, 그리테이트와의 전쟁. 이번 전투는 몬스터와의 전투였지만, 아마도 다음에 우리와 싸우게 될 것은 그리테이트의 군대일 터였다.

전장이란 사람과 사람이 서로를 죽이려 애쓰는 장소다. 최고의 악행이라 일컬어지는 살인이 공적으로 설명되는 장소인 것이다. 이런 장소, 전장이라는 게 대체 왜 존재하는지 도무지 설명할 수 없는 렌스였다. 모두들, 그냥 함께 잘 살면 안 되는 것일까? 어째서 이렇게까지 처참한 장면을 만들면서까지 자신의 목적을 이루려 하는 걸까?

"만약 신이 존재한다면, 이런 악을 스스로 일으키는 걸까요? 아니면 악이 행해지는 것을 허용하는 것일까요? 아니면……."

문득 가만히 서 있던 사라가 나직하고도 무거운 말을 끄집어내었다. 의도를 잘 파악할 수 없는 말이었기에 모두의 시선이 그녀에게 쏠렸다.

"…아니면, 신은 아예 이 세상을 포기해 버린 걸까요."

사라의 입가에 고인 쓸쓸한 미소는 그 의미를 알 수 없어 더욱 더 쓸쓸하게 보였다. 그녀는 피 냄새 섞인 습한 바람에 검은 머리칼을 날리며 교묘하게 화제를 바꾸었다.

"방금 베기스의 보고를 들었어요. 정령파, 혹은 중립파 백작들이 비밀리에 가지고 있던 지하 시설들이 몇 시간 전에 공격받았다고 하더군요. 검은 로브를 입은 사람들에 의해서."

교묘하게 이어지긴 했어도 확실히 다른 화제였다. 하지만 아무도 그런 화제 전환에 저항할 생각을 하지 못했다. 모두들 상당한 관심을 가지고 있던 화제였으므로.

"지하 시설이라면?"

"연금술사들의 연구소, 실험체의 실험실… 이런 것들이지요."

"실험실을 공격하다니……."

"아무래도 딘은 무언가 일을 꾸미고 있는 모양이에요. 실험실 공격, 페리어드 내전에의 개입, 아까 나타났던 것까지… 게다가 지금 위치로 보면 그리테이트 쪽에도 손을 뻗치고 있는 것 같아요. 대체 무슨 일을 꾸미고 있는지 짐작은 가지 않지만……."

"잠깐, 실험실을 공격했다고 했지요. 그렇다면 거기 있었을 실험체들은 어떻게 되었나요?"

가만히 있던 네이아가 갑자기 질문을 던졌다. 그런 네이아의 목소리에는 약간의 불안감과 약간의 의구심이 담겨 있었다. 아무래도 그녀는 사라의 설명을 통해 무언가 나쁜 생각을 해버린 모양이다.

사라는 네이아가 왜 이런 반응을 보이는지 의아해하는 듯했으나 그래도 나직한 어조로 대답해 주었다.

"그들이, 그러니까 딘이 데려간 것 같다고 하더군요. 흔적이 없는 걸로 보아 실험체들은 전부 데려간 것 같다고……."

"설마."

네이아는 감탄사와도 비슷한 한 단어를 내뱉었다. 주변 사람들이 의구심을 가지고 불안해지기에 충분한 단어를.

"설마, 라니요. 무슨 말을 하고 싶으신 건가요, 네이아님?"

불안해진 미르가 좀 설명해 달라는 식의 질문으로 그녀의 말을 독촉했다. 하지만 네이아는 곧바로 대답해 주진 않았다. 일부러 그런 것이 아니라 너무 강한 놀라움에 빠진 나머지 미르의 질문을 잘 듣지 못한 탓이었다. 기다리다 못한 미르가 다시 한 번 동일한 질문을 던지고 나서야 그녀는 옅은 두려움이 깔린 말을 내뱉었다.

"실험… 체를 모으는 걸까?"

"예? 그게 무슨……."

"제대로 살아갈 수 있는 길이 없어 보였겠지. 언제나 괴물 취급만 받고, 다른 사람들과 섞여 살 수도 없으니까. 그러니 실험체들을 모아서 따로 살아가겠다는 생각을 할 수밖에 없었겠지."

네이아의 중얼거림에는 분명한 두려움이 깔려 있었다. 딘이 실험체를 모을 생각을 했다는 건 좀 놀랍긴 하지만, 있을 법도 한 일인데 왜 저런 어투를 사용하는 것일까. 대체 무엇이 저렇게 두려운 것일까 하는 생각에 미르가 고개를 갸웃했을 즈음, 사라가 새삼스레 생각났다는 듯이 말을 꺼냈다.

"그러고 보니 3일 전에 딘이 있었던 장소가 알테이아 본성 부근이었지요. 결계가 약간 망가지긴 했지만 많은 사람이 사용하기엔 좋은 건물인데……."

"역시……."

네이아의 어투는 한숨 같았다. 두려움과 허탈감이 뒤섞인 한숨. 눈을 아래로 내리깔며 짧은 단어를 내뱉는 그녀의 모습은 미르에게 굉장히 이상한 기분을 안겨주었다. 아주 오래 전, 마족과의 전투에 무서운 회의를 느끼던 네이아, 허탈한 표정으로 하늘을 올려다보던 네이아의 모습과 지금 이 모습이 너무도 비슷하다는 느낌이 들었던 것이다.

그리고 그런 미르의 생각을 더 짙게 만들어주는 중얼거림이 그녀의 입에서 흘러나왔다.

"딘은 결국 이노베이션을 생각해 내고 만 것이군요. 고대 이전에, 사람들의 핍박을 견디지 못한 우리들이 이 대륙으로 옮겨왔던 것처럼."

"사람들의 핍박이라니요? 그게 무슨 말이에요, 네이아님!"

미르는 자신도 모르게 목소리를 높였다. 무서운 퍼즐이 그 형체를 점점 맞춰간다는 예감이 들었던 탓이다.

고대인들은 왜 이 대륙으로 옮겨왔을까? 그리고 어째서 고대 이전의 역사는 생각하지 않게 된 걸까? 오랫동안 계속 궁금하게 생각했던 사항이었다. 고룡인 그로서도 끝내 해답을 얻지 못했던 질문. 그 질문의 해답이 이제야 서서히 모습을 드러내고 있었다. 생각하지조차 못했던 무서운 형태로.

"역사는 반복된다는 말씀이신가요?"

사라도 미르와 비슷한 추측을 했는지 싸늘하게 들리는 한마디를 내뱉었다. 네이아는 그런 사라를 잠시 쳐다보다가, 아니, 한참 동안 쳐다보다가 천천히 고개를 끄덕였다.

"잊으려 했었지요. 상황이 이렇게 어이없이 흘러갔다는 것이 너무도 화가 나서 잊으려 했었지요. 하지만 결국은 다시 시작되고 마는군요. 그래요. 우리는 우리가 도망쳐 온 상황을 스스로 다시 만들어 버리고 말았지요. 바뀐 거라곤 우리가 악랄한 지배자 역할을 맡았다는 것뿐……."

이쯤 되자 상황을 제대로 파악하지 못하고 있던 스시리아너와 렌스마저도 무거운 분위기에 물들어가기 시작했다. 네이아는 새파랗게 펼쳐진 하늘을 허탈한 표정으로 올려다보며 자신의 말을 끝맺었다.

"우리는 만들어진 존재라도 살아 있다고 외치기 위해 이 대륙에 왔지요. 하지만 누가 그러더군요. 꿈은 이루어지기 직전까지만 아름답다고. 우리는 과거의 지배자와 똑같은 존재가 되어, 스스로 우리의 꿈을 악몽으로 만들어 버렸죠. 그리고 이제 과거의 우리와 비슷한 처지에 놓인 사람이 과거의 우리처럼 일어나는군요. 딘이라면 악몽을 만들지 않을 수 있을까요? 모르겠군요. 정말 모르겠군요……."

3

가녀린 나뭇가지 사이로 몰아치는 바람이 휘파람 소리를 낸다. 뜨거운 태양. 윙윙거리는 바람. 태양빛이 강한 만큼 사물 아래 드리워지는 그림자도 뚜렷한 검은빛을 띠고 있었다.

다리므는 커다란 나무가 드리워주는 짙은 그림자 아래 앉은 채 깊은 생각에 잠기어 있었다. 아니, 생각이라고 하기엔 조악한 감상에 잠기어 있었다. 전혀 정리되지 않은 감정의 흐름에 휘말려 아무것도 제대로 형상화시키지 못한 채 무릎 위에 얼굴만 파묻고 있었으므로.

"언제까지 이러고 앉아 있을 셈이냐?"

다리므의 감상이 너무나 긴 시간을 끌자, 보다 못한 라드휜이 말을 걸었다. 이런 상황을 별로 좋아하지 않은 라드휜이었지만, 그의 마음도 그리 편한 것만은 아니었기에 그리 퉁명스런 말투는 아니었다.

다리므는 잠에서 깨어나는 사람처럼 천천히 고개를 들어올려 라드흰을 쳐다보았다.

"그럼, 달리 할 일이 있습니까?"

힘 빠진 질문이었다. 듣고 있는 라드흰마저도 괜히 힘이 빠지는 것 같은 느낌이 들 정도였다.

"할 일이 없다고 이렇게 앉아 있을 수만은 없잖아. 할 일이 없다면 찾아야지."

"하지만……."

다리므는 무언가 할말이 있는 모양이었으나 곧 그만둬 버렸다. 그는 잠시 동안 입을 다물고 있다가 고개를 들어 저 먼 곳을 망연히 바라보며 다른 화제의 말을 꺼내었다.

"하르드퀴논을 만나본 적 있습니까?"

"있어."

"언제였죠? 언제, 어떻게?"

"내 두 번째 나이트는 연금술사였지. 정령족의 연금술사. 그때 만났어. 적으로 만났던 셈이지. 별로 좋은 감정을 가지고 있진 않아. 그가 내 나이트를 죽였으니까. 그리고……."

"그리고 에이린의 나이트이기도 하고요."

라드흰의 말 사이에 끼여 들어온 다리므의 말은 짓궂은 농담 같은 투였다. 힘 빠진 대화 중에 그나마 비교적 일상적인 톤을 띤 말이었지만 아무래도 고약한 농담이라는 생각에 라드흰은 얼굴을 찌푸렸다.

"그건 아니야! 너까지 그걸로 날 놀릴 셈이냐?"

"하지만 고대의 에이린은 정말 아름다웠죠. 우세를 점령한 게 정령이 아니고 마족이었다면, 성녀라 불리는 쪽은 네이아 누나가 아닌 에이린이었을지도 모르죠."

바람. 바람은 고대나 지금이나 전혀 변함이 없이 사람 사이에 불고 있었다. 태양도 고대의 태양과 한치 다를 게 없고, 봄이 되면 항상 새싹이 돋고, 겨울이 되면 싸늘한 바람이 분다. 변하는 것은 언제나 사람뿐이다.

세상은 이렇게 그대로인데 지나간 세월들은 대체 어떻게 돼버린 것일까. 지나간 세월과 사라진 사람들은 대체 어디로 가버린 것일까.

"다리므."

망연한 생각에 젖어 들어버린 듯한 다리므의 모습에 라드휜은 나직이 그의 이름을 불렀다.

삐이—

저 먼 하늘에서 새 울음 소리가 길게 메아리쳐 온다. 고대에나 지금이나 한치 다를 것 없이, 지나가는 바람에 잎사귀를 흔드는 나무들. 나뭇가지 사이로 비쳐 오는 햇빛.

다리므는 잠시 동안 아무 말도 하지 않고 저 먼 곳만을 쳐다보았다. 대체로 평지인 아헨이지만, 이곳은 다른 곳보다는 약간 지대가 높은 둔덕이어서 저 먼 곳까지 시야가 완전히 뚫려 있었다. 뜨겁게 타오르는 햇빛. 햇빛에 녹아드는 도시. 햇빛을 집어삼키기라도 하려는 듯이 군데군데 짙게 드리워진 그림자가 쓸쓸한 느낌을 주고 있었다.

"때때로 정말 강한 건 에이린이 아닐까 하는 생각이 듭니다. 마족을 말살시키려는 정령 세력의 압력에 굴하지 않고 지금까지 꿋꿋이 버텨왔지요. 모든 걸 포기해 버리고 싶은 생각에 항상 시달렸을 텐데도."

"그냥 오기였겠지 뭐. 그냥 깡만 남아가지고는… 고대의 모습이 완전히 사라져 버렸어."

머쓱한 듯 중얼거리는 라드흰의 모습에 다리므는 픽, 웃었다.

"하지만 내가 생각하기엔 지금의 에이린도 아름다워요. 직접 만나본 적이 없어 뭐라고 확신할 수는 없지만, 강한 모습은 아름다운 법이지 않습니까? 그게 비록 절망적인 오기라 할지라도, 그렇게 굳건히 서 있을 수 있는 사람도 흔치 않지요."

"그래서 다들 나이트에게 끌리는 걸까?"

"글쎄요. 내가 좋아하는 건 딘의 강한 모습보단 마력의 숲에서 웃던 모습입니다만… 무조건적으로 강한 사람에겐 매력이 없을지도 모르지요. 너무나 강해서 아무렇지도 않게 모든 것을 헤쳐 나가는 사람보단 약한 마음을 추스리며, 한없는 절망감을 달래며 나아가려 애쓰는 사람이 더 강해보이니까요."

"확실히 네 쪽이 휴페른님보단 말이 많군. 쓸데없는 소리를 늘어놓는 건."

라드흰은 탐탁지 않은 듯한 어조였으나 괜히 말을 돌리기 위해서 하는 말이란 사실을 다리므도 어렵지 않게 느낄 수 있었다. 입가에 머금은 미소를 더 짙게 하며 다리므는 가볍게 대답했다.

"칭찬이군요."

"멋대로 알아듣지 마. 나는 그저……."

자꾸만 머쓱하게 만드는 다리므의 말들에 라드흰은 여전히 탐탁치 않은 척 중얼거렸다. 하지만 그런 그의 말은 끝을 보지 못하였다. 무심히 저 먼 곳을 쳐다보던 다리므가 갑자기 벌떡 일어났기 때문이다.

"어라? 저건?"

이상한 혼잣말을 내뱉은 다리므는 라드휜이 질문을 던질 새도 없이 그대로 앞으로 달려나가 버렸다. 굉장히 놀라운 것을 발견한 듯한 모습이었다. 길게 자란 풀숲을 헤쳐 나가는 소리가 요란스레 울려퍼졌다.

"왜 그래! 어디 가는 거야!"

다리므의 달리기는 주관적으로는 전속력이었겠지만 객관적으로는 그리 빠른 편이 아니어서 뒤늦게 출발한 라드휜도 금방 따라잡을 수 있었다. 라드휜의 질문성 외침에 다리므는 발을 멈추지 않은 채 싱긋 웃었다.

"호랑이도 제 말하면 온다는 말을 아십니까?"

"그게 뭔데!"

"고대의 격언… 이라고 말하긴 좀 이상하지만 아무튼 그런 류의 말입니다."

"그러니까 그게 뭐냔 말이야!"

"저기 앞을 보세요."

다리므의 손끝은 저편 흙길을 가리키고 있었다. 라드휜은 거의 반사적으로 시선을 그쪽으로 옮겼다. 그리고 거기 서 있는 한 사람을 시야에 넣은 순간, 자신도 모르게 큰 소리를 내어버렸다.

"에이린?"

탁탁탁―

한 발 한 발 내디딜 때마다 발 밑에 깔린 땅이 소리를 낸다. 인적이 뜸한 둔덕의 땅이었기에 발을 내디딜 때마다 부드러운 흙바닥이 움푹움푹 패였다.

사람이 서로 만나려면 두 가지의 요소가 맞아떨어져야 한다고

264

한다. 시간과 공간. 아무리 같은 공간 속에 있어도 존재하는 시간이 다르면 만날 수 없다. 반대로 아무리 시간이 같아도 다른 공간 속에 존재하면 만날 수 없다. 다리므와 라드휜은 지금 그 두 가지 요건을 동시에 만족시키기 위해 달려나가고 있었다. 달리기로 시간을 보내며, 저편에 있는 사람과의 공간적 거리를 줄여나가는 것이다. 점점 앞으로 나아갈수록, 점점 숨이 가빠올수록 그 거리는 점점 줄어져 갔다. 그리고 마침내 에이린이 이쪽을 쳐다보며 놀란 표정을 짓는 모습까지도 점점 가깝게 다가오기 시작했다.

"하아… 하아…… 안… 녕하십니까, 에이린님……."

가쁜 숨을 몰아쉬며 에이린의 앞에서 멈춘 다리므가 엉뚱하게 들리는 인사말을 내뱉었다. 덕분에 안 그래도 놀란 표정이던 에이린은 눈을 동그랗게 뜨고 그를 쳐다보았다. 단숨에 둔덕에서 달려 내려온 탓에 다리므는 허리까지 굽힌 채 호흡을 추스르고 있었다. 처음 보는 사람이 갑자기 달려와 인사라니. 에이린으로서는 황당하게 느껴질 수밖에 없는 상황인 셈이었다.

"오랜만이군, 에이린."

황당한 나머지 말을 잃은 에이린에게 라드휜이 가벼운 인사를 건네었다. 에이린은 그제야 놀라워하던 표정을 풀고 평상시의 모습으로 되돌아갔다.

"아직 안 죽었나, 라드휜."

"말하는 것 하고는… 그건 내가 해야 할 질문이라고 보는데."

별다른 의미 없이 그냥 받아친 말이었지만 미묘한 뉘앙스를 띠고 있어 에이린의 표정이 순간적으로 흐려졌다. 그제야 라드휜은 아차 싶었으나 이미 내뱉은 말을 주워담을 기술은 없었다. 그저 어수룩한 사과를 할 수 있을 뿐이었다.

"미안. 그런 뜻은 아니고……."

"됐어."

날카로운 말이 나올 거라 생각했지만 의외로 에이린은 짧은 한 마디로 라드휜의 말을 넘겨버렸다. 그리고는 의외의 질문을 끄집어내었다.

"미르가 어디 있는지 아나? 요즘 아헨에 있다는 소문은 들었는데."

"미르가드는 왜?"

"아는 모양이군."

"뭣 때문에 미르가드를 찾는 거지?"

"내 질문에 먼저 답해. 어디 있지?"

"무엇 때문인지 대답 안 하면 나도 말 안 하겠어."

라드휜의 단호한 말에 에이린은 인상을 팍 구겼다. 정말이지 맘에 안 든다는 표정이었다. 그런 에이린의 모습에 다리므는 쿡쿡 웃고 말았다. 고룡들의 대화란 진지하기보다는 유치한 경우가 많은 것 같다는 생각이 들어서 웃음을 참을 수가 없었던 것이다.

"웃지 마!"

에이린이 소리를 빽 질렀다. 스시리아너가 소리치는 것과는 전혀 다른 느낌의, 굉장히 날카로운 목소리였다. 덕분에 너무 놀라버린 다리므는 웃음을 뚝 그치고 말았다. 겁먹은 것까진 아니었지만 갑작스런 큰 소리에 몸이 놀라 웃음이 멎어버린 것이다.

이번에는 라드휜이 킥킥거리기 시작했다.

"알았어. 먼저 답하지. 미르가드는 아헨에 있어."

"좀더 자세히."

"내가 지내는 곳에."

"자세히란 말도 자꾸 하면 짜증나."

"이 근처야."

"너어……!"

"…까지 말했으니 이제 네 이유를 말해. 그럼 데려다 주지. 걸어서 5분 이상은 안 걸릴 거리이니까."

"알았어."

오기로 물고 늘어질 거라 생각했는데 의외로 에이린은 순순히 라드휜의 말에 응했다. 아무래도 대화를 질질 끄는 것보단 속 시원히 해결하는 게 낫겠다는 생각을 한 모양이다.

"미르에게 묻고 싶은 게 있어."

"좀더 자세히."

어느새 입장은 희한하게 뒤바뀌어 있었다. 그 사실을 깨달은 에이린은 다시 인상을 구겼으나 꾹 눌러 참으며 반문했다.

"오빠… 라고 하기엔 한참 모자란 자식이지만, 아무튼 내가 미르 찾는데 꼭 자세한 이유를 달아야 하는 거냐?"

예전에 들었다면 굉장히 놀랐을 말이었지만 이미 미르에게 두 사람의 관계를 들어버린 라드휜은 흔들림조차 없이 대뜸 질문을 던졌다.

"하지만 근래에 너희 둘은 전혀 만난 적이 없잖아?"

"별로 친하지 않으니까. 아무튼 언제까지 물고 늘어질 셈이지?"

"알았어. 너보단 미르에게 묻는 게 편할 테니."

결국 라드휜은 날카롭게 노려보는 에이린의 태도에 졌다는 듯이 고개를 저으며 물러났다. 다리므가 보기엔 일부러 물러난 척하는 것 같았지만 굳이 그런 걸 따지고 싶지 않았기에 세 사람은 나란히 걷기 시작했다.

"저기 있군."

몇 십 분의 시간이 고요히 흘러간 후, 라드휜이 손을 들어 저편 벌판 끝을 가리켰다. 시체가 널린 처참한 벌판, 그 한쪽 끝에 여러 명의 사람들이 모여 있는 것이 보였다.

뜨거운 태양이 대지를 뜨겁게 달구어가고 있었다. 황량한 대지를 비추는 태양. 태양 아래 에이린의 검은 머리칼이 눈부시게 반짝거리고 있었다. 태양에 이글거리는 대기를 달래듯 조용한 바람 한 줄기가 하늘을 날았다. 에이린의 검은 머리칼이 부드러운 곡선을 수없이 그리며 허공에 날렸다.

"에이린?"

미르는 무언가 엄청난 것을 보아버렸다는 표정을 지으며 에이린을 맞았다. 그런 미르의 반응에 에이린도 표정을 구기며 맞대응했다.

"일을 벌이고 다니는 건 여전하군, 미르."

"인사는 하고 나서 그런 말을 해."

"네가 내 인사를 받을 만한 자격을 갖춘다면 언제든지."

여전히 유치하게만 들리는 고룡간의 대화였다. 만나자마자 유치한 말싸움이나 하는 고룡 남매라니. 게다가 미르의 인간형이 에이린보다 키가 작아서 보는 사람들의 심정을 괴롭게 했다. 아무래도 우스운 상황이라 웃음을 참기가 힘든데, 웃기만 하면 가만두지 않겠다는 눈빛으로 에이린이 모두를 쓰윽 둘러봤던 것이다.

"아무튼, 무슨 일이지? 네가 날 다 찾고."

한참 동안의 말싸움 끝에야 간신히 미르가 제대로 된 화제를 끄집어내었다. 주변 사람들의 흥미에 찬 눈빛을 더 이상 받기 싫었던 모양이다.

에이린은 짧은 한숨을 내쉬더니 머리카락을 쓸어올리며 차분한 말을 꺼내었다.

"위시 알지? 그 섬 말이야."

"그건 왜?"

의외의 질문에 미르는 에이린을 빤히 쳐다보았다. 어느새 에이린의 표정은 차분하게 바뀌어 있었다. 처음부터 대뜸 말싸움부터 하던 모습과는 완전히 상반되는 표정이다. 그건, 그리 가벼운 화제가 아니라는 의미이기도 했다.

"그곳의 정확한 위치를 알고 싶어. 한때 위노의 드래곤이었던 너라면 알 거라 생각하는데?"

"알아. 하지만 네가 그곳을 찾는 이유를 먼저 듣고 싶어."

"조용하니까."

"뭐?"

"이제 마족의 일에서 손떼기로 했어. 그만 쉴 생각이야."

푸드덕―

저 멀리 숲속에서 새들이 날아오르는 소리가 아득하게 들려왔다. 미르는 놀라움과 걱정을 섞은 눈으로 에이린을 쳐다보았다. 하지만 에이린의 얼굴에 걸려 있는 것은 옅고 부드러운 미소였다. 고대에 보았던, 그 처절한 싸움에 말려들기 이전의 미소와도 같은.

"우습네. 미르가 걱정하는 눈으로 쳐다보다니. 거의 모든 상황에서 우린 적이었는데. 하긴, 언제나 그건 우리 둘 사이의 원한은 아니었지. 허무하게도 말이야."

"에이린……."

"이젠 피곤해. 그런 바보 같은 싸움, 더 이상은 하고 싶지 않아.

다른 이들은 내가 원한을 가지고 활기 계열 마족들을 몰아붙여 주길 바라는 모양이지만, 그건 하논도 원치 않는 일일 거야. 바보스럽지? 가장 분노해야 할 시기에 이렇게 착 가라앉아 버리다니. 하지만 이제 내겐 더 이상 싸울 의지가 남아 있지 않아. 그 동안 왜 싸웠냐고 물으면 할말이 없어. 허무한 싸움이었을 뿐이야."

"하지만 넌……."

미르는 목이 메이는 듯했다. 에이린의 표정이 너무나 차분하게 돌아와 있어서, 또 고대의 그 모습과 너무나 비슷하게 돌아와서 괜히 쓸쓸한 기분이 들었던 것이다.

"날 비난해도 좋겠지. 무책임하게 물러나는 거니까. 하지만 그 '책임' 이란 건 대체 어디서부터 온 것일까. 그냥 매달리기만 하는 족속들에게 그 이상한 책임을 강요당해 바보스럽게 살아간 하논처럼 되고 싶지는 않아."

"비난하지 않아."

미르의 망연한 중얼거림에 에이린은 픽, 웃었다.

"하나도 변하지 않았군, 미르."

"너야말로."

미르도 쓸쓸한 미소를 지으며 답했다. 그리고는 느릿한 어조로 지리에 대한 설명을 늘어놓기 시작했다. 그 위시라는 섬의 위치를 설명하는 말인 것 같았다.

에이린은 진지한 표정으로 미르의 말을 들었다. 하지만 희한하게도 에이린을 제외한 다른 사람들은 미르의 설명을 한마디도 제대로 알아들을 수가 없었다. 아무래도 꽁장히 구석진 곳에 있는 섬인 모양이었다.

"그렇군. 고마워."

미르의 설명이 끝맺어지자 에이린은 가볍게 고개를 끄덕였다. 미르는 그런 그녀를 빤히 쳐다보았다. 마치 에이린의 모습을 눈 속 깊숙이 새겨놓기라도 하려는 것처럼 한참을 그렇게 쳐다보았다.

"지금 떠날 생각이니?"

"머물러 봐야 남는 게 없겠지. 찾는 데도 시간이 꽤 걸릴 테니까."

"그래. 가끔 놀러가도 되나?"

미르도 이젠 쓸쓸한 기색을 지우고 밝은 어투의 질문을 던졌다. 에이린은 픽, 웃으며 몸을 돌렸다. 저편, 시야가 닿지 않을 정도로 먼 곳을 향해 발을 내디디며 긴 여운이 남기는 대답을 던져 주었다.

"평화를 방해하지 않는다면 언제든지."

어느새 하루가 끝날 때가 되었는지, 서편 하늘에 붉은 노을이 지고 있었다. 위쪽의 구름들을 황금빛으로 물들이며 하루의 황혼을 알리는 노을. 먼 곳으로 달려가는 에이린은 마치 그 노을 속으로 뛰어드는 것만 같았다. 저물어가는 오늘 하루와 함께 저 먼 어둠 속에 파묻히는 듯이 에이린의 모습은 시야에서 사라져 갔다.

시체 위에 쏟아지는 붉은 노을빛. 눈을 감아도 붉게 물들어 있을 것만 같은 대지. 뜨거웠던 한낮의 시간을 지나 타는 듯 붉은 노을의 시간을 지나, 어스름이 대지 위에 깔리고, 서서히 어둠이 하늘을 덮어갔다.

*   *   *

"…그래서 페리어드는 지금 잘 버텨나가고 있는 상태입니다. 페리어드야 우리 그리테이트에 비하면 작은 소국에 불과하기에 어느 정도 버틴다고 해도 큰 문제는 없습니다만, 문제는 주변의 정세입니다. 요즈음 대륙 전체에 불안한 기류가 떠돌고 있습니다. 우리가 알테이아에 이어 페리어드까지 침공하자, 혹시 우리가 노리는 게 대륙 통일이 아니냐는 설까지 나돌고 있습니다. 알테이아나 페리어드를 상대하는 건 그리 어려운 일이 아닙니다만, 이렇게 되면 문제가 커집니다. 아무리 우리의 무력이 대단하다 해도 대륙 전체를 상대로 싸울 수는 없습니다. 특히 북부의 대국인 파르나가 움직이게 되면 정말 사태가 복잡해집니다. 알테이아를 완전히 함락시킨 후에 그리테이트를 공격했다면 이런 사태가 일어나지 않았을 테지만, 이제는 그 두 나라를 최대한 빨리 점령하는 수밖에는 없습니다. 알테이아와 페리어드를 점령한 후에도 다른 야욕을 보이지 않는 모습을 보여줘야만 타국이 안심하고 경계를 풀 수 있을 겁니다."

"그럼 마족 세력의 움직임은 어떠한가."

외무대신의 말이 끝나자마자 여제는 쌀쌀한 질문을 던졌다. 어지간히도 심기가 안 좋은 듯했다. 미간을 좁히거나 인상을 찌푸리진 않았지만 목소리에는 상당한 한기가 서려 있었다.

차분하지만 차갑고 날카로운 목소리. 그 서릿발 같은 한기가 마치 자기 자신을 향하기라도 한 것인 양 외무대신은 몸을 조금 움츠렸다.

"휴식 계열 마족 세력은 페리어드의 방어에만 전념하고 있는 듯합니다. 활기 계열 마족을 몰아치거나 복수전을 펼칠 기색은 전혀 없습니다. 이렇게 되니 활기 계열 마족들도 별다른 움직임을 보이지 않고 얌전히 상황을 관전만 하는 상태입니다. 마족간의 내분을 일으키는 작전은 완전히 실패한 셈입니다."

"정령들의 움직임은?"

"정령의 큰 세력은 우리를 도와준다는 말을 하고 있습니다만, 확실한 움직임은 아직 없습니다. 그리고……."

"그리고?"

여제가 말을 독촉하자 외무대신은 이마에 흐르는 땀을 훔쳤다.

"정령 세력에서 이상한 움직임이 보이고 있습니다. 아, 그러니까 전체적인 움직임이 아니라 부분적인 움직임입니다. 사실 정령 세력은 그리 단합되어 있는 편이 아니어서 초야에 묻혀 사는 정령의 수가 꽤 되지 않습니까? 세상일에 관여하지 않거나 세속적인 일에 염증을 느낀 정령들이 갑자기 조금씩 움직일 기세를 보이고 있습니다."

"새로운 적이라는 말이오?"

"그, 그렇습니다."

"게다가 더 이상은 몬스터도 쓸 수 없다는 말도 들었소만, 우리가 풀어놓은 몬스터를 아예 자기 편으로 끌어가는 이들이 있다고?"

결국 외무대신은 수동적인 대답조차 하지 못하겠다는 표정을 짓고 말았다. 하지만 여제의 날카로운 시선이 목표물로 삼은 것은 그가 아니었다. 여제는 단호한 동작으로 고개를 돌려 테이블 한쪽 끝에 앉아 있는 사내를 매섭게 쳐다보았다.

"자, 이제 변명을 해보시오, 케리 마리느. 모든 것이 잘 되어간다고 했던 게 며칠 전이었소 그런데 그대의 기준으로는 이렇게 되는 것이 잘된 상황이라고 생각했었던 거요?"

"아아, 살다 보면 시련도 필요한 법이라지 않습니까."

여제가 목표물로 삼은 사내는 완전히 주눅들어 있는 대신들과는 아주 다른 사람이었다. 그는 여제의 서릿발 같은 시선을 받으면서도 입가에 히죽 미소를 띠며 능청스런 대답을 던져 오는 것이었다.

물론 그도 사람이기에 당혹스러움을 감추는 기색이 희미하게 보이긴 했지만.

"시련? 물론 필요하겠지. 하지만 나는 매우 불쾌하오. 이 불쾌함을 없애기 위해, 한 사람을 지옥으로 보내고 싶어질지도 모르오."

여제의 말은 사내의 숨겨진 당혹스러움을 확실히 파고들어 갈 정도로 위협적이었다. 감정이 전혀 섞여 있지 않아 낮게 울리면서도 살기가 느껴지는 목소리. 대신들은 쭈뼛쭈뼛 여제와 사내를 번갈아 쳐다보기 시작하고, 사내는 등줄기에 식은땀이 흘러내리는 것을 느꼈다.

사락—

여제의 옷을 이루고 있는 천이 미세하게 움직이고 있었다. 소매부분이 조금 올라간다. 매끄러운 자줏빛 천에 고운 수가 놓여 있는 저 소매가, 여제의 오른팔이 올라가기만 하면…….

"허어, 폐하께선 성질도 급하십니다. 보여드릴 것이 있는데."

사내는 이제 감정을 감추지 못하고 있었다. 등줄기에 흐르던 땀이 이마에서도 흘러내리기 시작했다. 그는 그렇게 간신히 자신을 지탱하며 한 손을 들어올렸다. 뒤에 있는 누군가를 부르는 듯한 손짓이었다.

그런 그의 행동에 여제와 대신들은 의심을 가득 채운 눈빛을 발산했다. 이곳은 그리테이트의 왕성. 이 방 밖에도 기사들이 쫙 깔려 있어서 아무도 들어올 수 없었다. 그런데도 누군가를 부르는 듯한 동작을 한다는 건 실성한 것이거나, 아니면…….

끼이익—

순간 문이 열리는 소리가 났다. 작지만 분명한 마찰음이었다.

타다닥!

방 안에 있던 기사들이 반사적으로 검을 빼어 들며 급히 여제의 주변을 둘러쌌다. 신속하고도 절도있는 동작이었다. 그런 그들의 반응에 비하면 문을 통해 들어온 사람이 초라해 보일 정도였다.

"저런!"

빼꼼히 열린 문을 통해 걸어 들어온 사람의 모습을 확인한 여제는 눈살을 찌푸렸다. 문을 열고 가볍게 걸어 들어온 사람은… 소녀였다. 어리다고까진 할 수 없지만 소녀라 부를 수 있는 외모를 가진 사람이었다.

시원스럽게 자른 금발, 맑은 청색 눈동자, 호리호리한 체격. 복도에 있을 수많은 기사들을 뚫고 들어온 사람이라고는 도저히 생각할 수 없는 모습이었다. 기사들의 시선을 사로잡을 만큼 가녀리고 청순하게 보이기는 했지만, 기사들의 경계심을 자아낼 만큼 위협적인 면은 눈 씻고 쳐다봐도 보이지 않았다.

"어떻게 들어온 거요?"

소녀는 사뿐한 걸음걸이로 케리의 옆에 다가가 섰다. 어떻게 된 건지 몰라도 케리는 소녀가 가까이 다가오자 안심하는 기색이 역력했다. 믿을 구석이 생겼다는 듯한 표정이었다.

"폐하답지 않은 질문을 하십니다. 그냥 문으로 걸어 들어오지 않았습니까?"

"말 돌리지 마시오. 내가 묻는 이유를 정말 모르는 멍청이라면 이미 이 자리에 있을 수 없겠지."

"쿡쿡… 그것보단 이쪽을 빤히 쳐다보는 그 기사들이나 치워주시지요. 복도를 지키던 기사들 꼴 나고 싶지 않다면 말입니다. 유족에게 줄 보상금은 적을수록 좋지 않겠습니까?"

케리의 의미 심장한 말에 궁내부원 하나가 새파래져서 급히 문을 열어보았다.

키긱!

갑자기 열린 문이 비명 같은 소리를 내었다. 그리고 모두의 불안감 섞인 시선 앞에 복도의 광경이 완전한 모습을 드러내었다.

"흐읍!"

대신 몇 명이 급히 손으로 입을 막았다. 앞장서서 문을 연 궁내부원은 아아! 하는 감탄사를 내뱉으며 그 자리에 주저앉아 버렸다. 피비린내. 속이 뒤집어질 것만 같은 짙은 피비린내가 문이 열린 틈을 타 스멀스멀 방 안에 퍼져 들어오고 있었다.

케리는 히죽 웃었다.

"제가 농담을 하는 줄 아셨습니까? 서로 어리석은 짓은 하지 말자는 겁니다. 어이, 거기 당신. '네 이놈!' 이라고 외치며 당장에라도 뛰어들어올 것만 같은 눈을 하고 있군."

케리의 손끝이 가리킨 기사의 얼굴에 핏기가 가셨다.

"뛰어든다면 맘대로 해도 좋지. 다만 이 아이의 속도를 뛰어넘어 내게 손끝 하나라도 닿을 수 있다면 말이야. 닿지도 못하고 허무하게 두 동강나면, 그런 걸 개죽음이라고 하지 않나?"

"실험체로군."

문득 여제가 무거운 어조로 상황을 정확히 판단해 냈다. 케리는 만족스럽다는 듯이 박수를 쳤다.

짝, 짝, 짝—

"역시 폐하는 다르십니다. 이런 상황에서 그 정도의 판단력을 유지하는 사람은 흔치 않지요. 폐하의 이런 점은 존경할 수밖에 없단 말입니다."

감탄보다는 비아냥거림에 가까운 케리의 말에 여제는 입술을 깨물었다. 계속해서 풍겨오는 피비린내가 그녀의 안색을 어둡게 만들고 있었다. 그녀는 자신이 무너지면 모든 사람이 다 무너진다는 상투적인 문장으로 스스로를 추스르며, 최대한 이성적인 질문을 던졌다.

"그런 말은 듣고 싶지 않소. 본론을 말하시오. 실험체를 이용하면, 이 성 정도는 얼마든지 뒤엎을 수 있다는 말을 하고 싶은 게 아니오?"

"이런이런, 너무하시는구려. 나를 그렇게 나쁜 놈으로 보았단 말입니까? 내가 아까 했던 말을 잊으셨단 말입니까? 보여드릴 것이 있다고 했지, 당신들과 맞서고 싶다고는 하지 않았습니다."

"그렇다면 보여줘서 뭘 하겠다는 거요."

"아름답지 않습니까? 이렇게 방심하기 딱 좋은 외모에 전투력은 상급 기사를 훨씬 능가합니다. 물론 어떻게 만드느냐에 따라 능력에 차이가 생기기는 합니다만, 이 아이의 특기는 엄청난 스피드입니다. 그 누구라도 제대로 따라잡을 수 없을 만큼 빠르지요. 지금 리니아스 대륙을 휘젓고 있는 알테이아의 둘째 왕녀 디아나 라이드도 애를 먹었던 스피드이니까요."

자꾸만 히죽거리는 케리의 얼굴은 여제의 심기를 정말 더없이 불편하게 만들고 있었다. 실실 웃음을 흘리는 저 얼굴, 저 얼굴은 타인의 삶까지도 실실 히죽히죽 구겨버릴 것만 같다. 기분 나쁨의 정도가 심해서 참기가 힘들다. 이성이 감정을 제어하지 않는다면, 당장에라도 저 얼굴을 갈기갈기 찢어 더 이상 웃지 못하게 해주고 싶을 정도였다.

"디아나 라이드에 대한 소문은 정령들에게 얼핏 들은 바가 있소. 하지만 지금 언급할 문제는 아니오. 언제까지 본론을 숨기어날 조바심나게 할 작정이오?"

"이런, 실망입니다. 우리가 몬스터를 쓰지 못하게 만든 장본인이 디아나 라이드라는 사실을 모르셨단 말입니까?"

"그래서 저 실험체로 디아나를 잡겠단 말이오?"

평소라면 그따위 근거없는 소리는 하지 말라는 투의 말을 내뱉었을 테지만, 어느새 여제는 자신도 모르게 케리의 말에 순순히 따라가고 있었다. 스스로도 인식하지 못한 채 케리의 말 속에 빨려 들어가는 것이었다. 이 자리에서 유일하게 그 사실을 눈치 챈 케리는 속으로 히죽 웃으며 겉으로도 히죽 웃었다.

"솔직히 그건 어렵지요. 하지만 이 아이에겐 다른 방책이 있습니다. 아, 그렇게 생각하니 이 아이로 디아나를 잡는다는 말이 틀리진 않겠군요. 직접적인 전투로 잡는 게 아니긴 하지만, 결과적으로는 무엇보다도 효과적인 방법으로 잡을 테니 말입니다."

"디아나는 몬스터도 자기 편으로 만든다고 하지 않았소? 기껏 잘 만든 실험체까지 그쪽으로 넘어간다면 정말 우스울 것이오. 그리고 그대의 생명도 끝을 맞겠지."

여제 스스로는 평상시와 똑같은 방식의 대화를 이루어 나가고 있다고 생각하고 있었지만, 몬스터를 끌어들이는 것이 디아나라는 믿기 힘든 말을 아무런 근거도 없이 믿어버리고 있다는 사실은 꿈에도 깨닫지 못했다. 복도 저편에 가득 깔린 피. 피라는 것은 인간의 이성적인 사고를 마비시키고 광기에 말려들게 하기에 가장 좋은 소재였으므로.

"실험체엔 종류가 여러 가지 있다는 사실을 모르시는 모양이군요. 이 아이의 경우는 내 말에만 무조건 따르는 방식입니다. 폭주 상태에선 무조건 베어나가고, 평소에는 보통 사람보다도 더 나약한 의식을 지닌… 뭐, 그런 무식한 방식의 실험체가 아니니까 넘어갈 염려도 없습니다. 우리는 그저 즐기는 것이지요. 처음부터 존재했던 함정에 서서히 빨려드는 그네들의 모습을 구경하며 웃자는 겁니다."

"무조건 따르다니, 드래곤이란 말이오?"

케리가 내뱉은 말의 뒤쪽은 전혀 이해하지 못했지만, 우선 여제는 의심스러운 부분의 질문을 먼저 던져 보았다.

"나이트를 갈아치워가며 살아가는 하등 동물은 들먹이지 마시지요. 그놈들은 실패한 실험체입니다. 이 대륙이 처음 만들어질 당시 강력한 몬스터와 맞서 싸우게 하기 위해 만들었지만, 나이트가 바뀌면 그 이전에 동료였던 자들도 단번에 적으로 돌려버리는 웃기는 종족이 드래곤란 말입니다. 이 아이는 그놈들과는 다릅니다. 내 말 이외에는 어떤 말도 받아들일 수가 없지요."

"그래서 어쩌겠다는 말이오?"

여제는 이제 케리의 말을 전혀 이해할 수 없는 지경에까지 이르고 말았다. 대화가 끊기지 않게 하기 위해 질문을 던지고는 있지만 그 질문 속에 아무런 의미도 담지 못하는 것이었다. 다른 사람들이 자신의 말을 이해하든 말든 제멋대로의 대답을 내뱉고 있는 케리와는 완전히 상반된 모습이다. 당당함과 침착함은 아직도 분명히 유지하고 있는 여제였지만, 무력적인 우위를 점령하지 못하는 상황에서의 당당함에는 실속이 없는 것이다.

"뭐, 어쩌겠다는 의미가 아닙니다. 지금 이대로 계속 나가자는 것이지요. 아까 말했듯이 지금은 시련이라 생각하시고 참는 게 나을 겁니다. 모든 것은 다 내가 처음에 말했던 대로 돌아갈 테니 말입니다. 그럼, 이만 케리 마리느는 물러나 드리도록 하지요. 다음에 회의가 있을 때면 또 나오겠습니다."

그리고 케리는 여유있는 자세로 자리에서 일어났다. 손에 쥐어진 힘이라는 것이 얼마나 사람의 태도를 변화시키는지 몸소 보여주기라도 하는 듯한 모습이었다. 그는 느릿한 동작으로 의자를 얌전히 집어넣는 여유까지 보이더니, 히죽 웃으며 소녀에게 손짓을 했다.

"오늘 볼일은 끝났다. 이만 가자, 노아."

케리의 한마디에 소녀는 스르륵 움직였다. 눈동자조차도 거의 움직이지 않는 듯한 무표정이 그녀의 가냘픈 얼굴을 인형같이 딱딱하게 굳혀놓고 있었다. 흰 살결 위에 맑게 빛나는 청색의 눈동자는 정말 아름다웠지만, 그 눈에는 초점이 없었다. 생명을 가지지 못한, 마리오네뜨 같은 아름다움인 셈이었다.

"제길……."

도저히 감정을 참지 못한 한 기사가 낮은 음의 욕설을 내뱉었다. 상당히 작은 음성이었지만 방 안이 지나치게 고요했기 때문에 그 말을 듣지 못한 사람은 없었다. 다만 무시할 뿐이었다. 케리는 기사들의 그런 반응이 더 재미있다는 듯이 히죽히죽 웃으며 작별인사까지 남기고 방을 나섰다. 피투성이가 돼버린 처참한 복도를 통과해, 눈이 내리는 그리테이트의 하얀 땅으로 발을 내디뎠다.

4

햇살이 어둠을 야금야금 삼키기 시작한 새벽, 알테이아 북쪽 외곽 지대는 상당히 서늘했다. 파르스름한 어둠이 아직 남아 있는데다가 싸늘한 새벽 공기가 가득해 코끝이 시릴 정도였다.

사람이 뿜는 따뜻한 공기는 하얗게 얼어 안개처럼 대기 속에 뿌려지고, 대신 얼음같이 차가운 공기가 폐 속 깊숙이 사무쳐 왔다. 체감 온도가 낮은 게 아니라 기온 자체가 절대적으로 낮다는 표현이 딱 어울리는 환경이다.

하지만 딘은 그 어스름한 길을 걸으면서도 별반 추위를 느끼지 못했다. 으슬한 기운에 어깨를 움츠리기는 했으나 추위를 느꼈기 때문은 아니었다. 그녀의 머리 속은 추위라는 외부 환경보다는 내부의 생각에 잠식당해 있었으므로.

'대체 무슨 속셈이지? 이런 시간에 이런 곳으로 불러내다니.'

알테이아 북쪽 외곽은 산악 지대와 접해 있는 곳이기에 이 길도 상당히 경사져 있었다. 발 밑에 밟힌 조그마한 돌들이 바가각 소리를 내고, 차가운 바위가 손끝에 섬뜩한 온도를 전해준다.

딘은 차분히 바위를 짚어가며 걸음을 내디뎠다. 거칠고 울퉁불퉁한 길이었지만 바위를 짚으며 몸을 지탱하니 그럭저럭 빠르게 나아갈 수 있었다. 익숙한 사람은 상당히 빨리 지나갈 수도 있겠다는 느낌이 드는 길이었다. 사람이 살지 않는 산악 지대 부근에 이런 길이 나 있다는 건, 군대가 이용하기 위해 전략적으로 만들어 둔 길이란 의미가 아닐까 하는 생각에 딘은 깊은 숨을 내쉬었다.

날숨의 희뿌연 연기가 한순간 시야를 흐리다가 흩어져 간다. 서늘한 대기에 얼굴이 얼어버린 것 같은 느낌이었다. 시간이 멈춰버린 듯한 풍경. 하늘만이 선명한 쪽빛으로 광활하게 펼쳐져 있을 뿐이었다.

그리고 그 쪽빛 하늘 아래 하늘빛과 정말 안 어울리는 모습을 한 사내가 멀찍이 보이기 시작했다.

"여어, 역시 오는군."

그는 딘의 모습을 발견하자 반갑다는 듯이 손을 흔들었다. 딘은 괜한 불쾌감을 느끼며 그의 행동을 무시했다. 진짜로 반가워서 저런 행동을 하는 것일 리가 없으니까.

"무슨 일이지, 이번엔?"

"뭐, 한번 얼굴을 보고 싶더군. 요즘 로브를 입은 채 활동하니까 지금은 로브를 안 입은 채로 온 건가? 오랜만에 보는 딘의 모습인데, 내가 좋아하는 모습을 마주 대하려니 기분이 좋군. 뮤트나 그… 뭐더라, 디노… 였던가? 아무튼 난 그런 모습보단 딘의 모습이 더 마음에 들거든."

R E B I S

사내는 딘의 싸늘한 반응을 이미 예상하고 있었다는 듯이 히죽 거렸다. 이른 아침의 차가운 공기가 뼛속까지 스며드는 듯 그의 몸은 조금씩 떨리고 있었지만, 확실히 기분은 좋은 모양이었다. 남을 괴롭히는 듯한 말을 꺼내며 즐거워하는 사람이라는 사실에서 문제가 있긴 하지만.

"용건이나 빨리 말해. 그렇지 않으면 돌아갈 테니."

딘은 차분히 내리깔린 음성으로 중얼거리며 그를 쳐다보았다. 별로 기분 좋은 상황은 아니었지만 불안감에 시달리고 있지는 않은 딘이었다. 이 사람이 아무리 히죽거려도 이제는 돌아갈 곳이 있다는 사실이 그녀의 마음속을 평온히 가라앉혀 주고 있었던 것이다.

아무런 의미도, 머물 곳도 없이 죽지 못해 이어가던 삶을 살던 시절에 케리를 만났을 때는 정말 무서운 감정에 시달렸었지만 지금은 그렇지 않았다. 그저 저 사내가 어떤 일을 꾸미고 있을지 약간 불안하고, 또 저 사내의 속셈을 어떻게 떠볼까 하는 생각으로 조금 복잡할 뿐이었다. 어렴풋이 느껴지는 불쾌감 이상은 별다른 감정의 흔들림이 없는 셈이었다. 돌아갈 곳이 있으니까. 나를 사람으로 맞아주는 곳이 있으니까.

"돌아간다고? 어디로?"

"용건만 말해."

"킥! 우습군. 그런 식으로 날 대할 거였으면 왜 이곳엔 나온 거지?"

"허튼 수작 부리는지 감시하고 여차하면 없애버리려고."

케리의 도발 같은 질문에도 딘은 전혀 흔들리지 않았다. 하지만 케리는 그런 딘의 반응을 예상했다는 듯이 고개를 주억거릴 뿐이었다.

"좋아좋아. 많이 차분해졌군. 여유가 있으니 만약의 사태에 대
비해 나왔다는 말이지. 날 경계하기 위해. 영광이구먼. 디아나 라
이드가 날 경계할 대상으로 삼겠다니."

"용건이란 게 없었던 모양이군."

쓸데없는 말이 자꾸만 길게 늘어지자 딘은 귀찮다는 듯이 고개
를 돌렸다. 이런 식으로 계속 나오면 그냥 가버리겠다는 의미였
다.

고개를 돌리고, 몇 초 지나지 않아 몸을 돌리고, 부드럽고도 빠
른 동작으로 뒤쪽으로 걷기 시작했다. 케리의 몸놀림으로는 얼른
뛰어나와도 붙잡을 수 없을 거라 생각될 정도의 움직임이었다.

하지만 케리는 손가락 하나 꿈쩍하지 않은 채로 딘을 붙잡아
버렸다.

"그래, 우선은 그냥 놔주지. 네 스스로 모든 것을 파괴하게 될
때까진 달콤한 꿈을 꾸게 두어도 좋겠지."

"뭐라고 지껄이는 거지?"

헛소리라고 생각하면서도 딘은 걸음을 멈추었다. 근거없는, 그
저 단순한 협박에 가까운 말이었지만 그 말이 딘의 가장 큰 불안
을 건드렸던 탓이다.

"의외로 머리가 안 돌아가는군. 넌 다른 실험체들과 방식이 다
르잖아? 보통 실험체들이야… 뭐, 특수 전파만 안 받으면 평소에
는 일반인과 다를 바가 없지. 좀 강하긴 하지만 정신적으로는 문
제가 없단 말이야. 하지만 너도 그런가?"

순간 딘은 무언가가 떨어져 내리는 듯한 감각을 느꼈다. 전혀
생각지 못했던, 그러나 분명하고도 커다란 문제를 케리가 지금 거

론하고 있는 것이다.

"넌 달라. 감정이 심하게 움직이기만 해도 자신도 모르는 상태에 빠져들어 버리지. 특수 전파. 그걸 막는다고 알테이아 본성에 있는 것이겠지? 하지만 그것만 막아서는 네 '위험성'까지 사라지진 않아. 어떤 결계도 마력의 흐름은 막을 수 없듯이, 어떤 방어기지도 너의 감정 흐름은 어찌할 수 없을 테니까. 단 한 번이라도 그렇게 네가 제어 불능의 상태에 빠지면 단숨에 꿈은 끝나는 거지. 실험체 중에도 널 정면으로 상대할 수 있는 이는 거의 없다고 봐야 하지 않아? 하, 그러고 보니 꿈이란 단어가 정말 어울리는군. 백일몽이라 칭하면 그 의미가 더 확실해지지 않을까 하는 생각마저 드는걸?"

딘은 무어라 반박하기 위해 입을 열었다. 하지만 입 안에서는 하얗게 얼어붙은 날숨만이 연기처럼 가늘게 흘러나올 뿐이었다. 말이 나오질 않았다. 분명 이 상황에선 반박할 말이 필요한데, 아무 말도 떠오르지 않았다. 수많은 단어들이 유령처럼 머리 속을 떠다닐 뿐, 도저히 제대로 된 하나의 문장을 짜맞출 수가 없었다.

케리의 말은 진실이었으니까.

"네가 돌아가서는 안 될 곳이야, 그곳은."

"그럴 리가 없잖아."

케리의 간결하고도 무서운 한마디가 가슴 위에 떨어지고 나서야 딘은 간신히 어줍잖은 변명 한마디를 내뱉을 수가 있었다. 하지만 그건 케리에게 한 말이 아니었다. 자기 자신을 향한 말에 가까운, 그야말로 혼잣말이었다. 분명한 진실 앞에 대면하여 그 진실을 부정하려 애쓰는, 그 진실과 정면으로 맞부딪칠 자신이 없기에 그 진실의 존재 자체를 부정하려 하는 바보스런 독백일 뿐이었다. 아무에게도, 심지어는 자기 자신에게도 설득력을 지니지 못하는 어리석은 문장이었다.

아래로 내리깐 딘의 눈꺼풀이 가늘게 떨리는 것을 재미있게 관찰하며, 케리는 다시 비슷한 문장을 이어갔다.

"넌 어딘가에 머물러서는 안 될 존재이지. 어디든 파괴하고 마니까."

"파괴하지 않아! 나는!"

딘은 자신도 모르게 큰 소리를 질렀다. 아직도 어둠이 반쯤 섞인 대기가 갑작스런 음파를 받아 크게 울렸다. 주변을 둘러싼 커다란 바위들이 웅웅거리며 소리의 여운을 메아리로 되받아쳤다.

나는… 나는… 나는…….

계속해서 이어지는 아득한 메아리는 마치 마지막 한마디를 끝내 꺼내지 못해 계속 말의 한 부분을 반복하는 것처럼 대기 속을 울렸다. 그리고…….

그렇게 메아리처럼 마지막 말을 끝내 잇지 못한 건 딘 자신도 마찬가지였다.

"나는……."

딘의 고개가 아래로 폭 꺾이었다. 짧은 검은 머리칼이 흔들리며 일제히 이마 아래로 흘러내려 쓸쓸한 모습을 만들어내었다. 딘은 그렇게 머리카락 뒤로 표정을 감춘 채 한참을 한마디만 되풀이했다.

나는… 뒤에 붙일 수 있는 말은 많았다. 지금껏 죽인 사람의 이름만 대어도 상당한 수의 문장이 만들어지겠지. 하지만 반대로 붙이고 싶은 문장은 하나도 떠오르지가 않았다.

변명이라도, 사실과는 약간의 거리가 있는 변명이라도 붙일 수가 없었다. 그저 머리 속이 하얗고 까맣게 물들어 버린 것만 같았다. 아무것도, 정말 아무것도 떠오르지가 않았다!

"미리 알려줬으니 감사하게 생각해. 멋모르고 이대로 계속 머물렀다가는 어떤 결과가 생겼겠어? 그러니까 전에 말했잖아. 네 운명을 고치는 방법은 네 스스로는 만들 수 없는 것이니까 나와 협력하자고. 스시리아너를 죽이면… 이라고 했던 말, 아직까지도 유효하다는 사실을 다시 알려줄까. 그거 하나면 그리 나쁜 조건도……"

휙!

순간 딘의 손이 보이지 않을 정도의 속도로 움직였다. 목이 조이는 감각을 케리가 어렴풋이 느꼈을 때쯤, 딘은 이미 한 손으로 케리의 멱살을 잡아 그를 들어올리고 있었다.

"널 마족들에게 넘기고 그들의 전폭적인 신뢰를 재차 획득하는 방법도 있지."

딘의 말은 지독하게 싸늘했다. 케리는 숨이 막혀 캑캑거리며 간신히 그녀의 말에 답했다.

"그래… 크… 봤자 네가 얻는 건 없… 지. 마족과 협력해서 뭘 할… 건데? 네가 돌아갈 곳… 은… 그런 행… 위론 얻어… 크으… 지지 않아."

"난 당신이 내 눈앞에서 영원히 사라져 주길 바라는 이유에서도 그런 일을 할 수 있어. 알아?"

"그… 거라면 검으로 지… 금 날 찌… 르는 게… 큭… 빠르지… 너답… 지 않군. 쓸… 데없는… 오기… 안 좋아……"

"오기라고? 우습군. 오기처럼 보이나? 이건 오기가 아냐."

"아무래… 도 상관없어. 날… 죽이든… 뭘 하든… 네가 돌아…
갈 곳… 은 없으… 니까……"

뭘 하든 네가 돌아갈 곳은 없으니까.

딘은 그 짧은 문장이 머리 속에 계속 메아리치는 듯한 착각을
느꼈다. 나아갈 거라고, 신이라도 상대하겠다고 생각했었는데, 사
실은 그건…….
"오기가 아니라고 했잖아!"
딘은 괜한 문장을 큰 소리로 외쳤다. 소리치지 않고는 견딜 수
없었기 때문이다. 마음속이 강하게 짓눌려 쥐어짜내어지는 것만
같았다. 희망을 찾아냈을 때 기뻤던 것만큼 가슴 한구석이 아려오
기 시작했다. 결국 갈 곳은 없을 거라고? 그런 거라고?
"오기가 아니야. 나는……"
딘은 결국 힘없는 문장을 중얼거리며 케리를 붙들고 있던 손을
놓고 말았다.
쿵!
멱살을 잡혀 있다가 갑자기 자유로워진 케리는 중심을 잡지 못
하고 그대로 바닥에 뒹굴었다.
"나는……"
딘은 아까도 반복했던 단어를 다시 반복했지만 끝내 말을 잇지
는 못했다. 그저 케리를 완전히 외면하는 듯이 몸을 돌리며 다시
한 번 그 단어를 내뱉었을 따름이었다.
"운명이야. 그러니까 내가 빠져 나갈 방법을 제시해 주지 않았
어?"

그녀가 한 단어를 반복하는 동안 간신히 몸을 일으킨 케리가 대뜸 질문을 던졌다. 순간 딘은 움찔했다. 케리는 그런 그녀에게 좀더 의미 심장한 질문을 던져 자신이 전하고자 하는 말을 확실히 하려 했다. 하지만 그보다는 딘의 말이 더 빨랐다.

"당신과의 거래를 생각할 만큼 나는 아직 미치지 않았어."

무거운 음색의 목소리였지만 떨리거나 서글프게 들려오지는 않았다. 처연할 정도로 확고한 의지를 담은 한마디의 말. 그 말 속에는 아주 작은 조각의 망설임도 포함되어 있지 않았다.

"아직도 감정을 주체하지 못한 주제에 말은 확고하게 내뱉는군."

케리가 이죽거렸을 때쯤 딘은 그대로 걸어나가기 시작했다. 확실하게 하지 못했다는 생각에 케리는 더욱더 확실한 말로 그녀를 붙잡으려 했으나, 딘은 더 이상 케리의 말에 반응을 보이지 않았다. 그저 걸어갈 뿐이었다. 새벽의 어스름이 걷혀가는 대기 속에 그녀는 혼자서 차운 바위를 넘어 저 멀리 사라져 가는 것이었다.

*   *   *

"빌어먹을, 우라지게 춥네. 어떤 새끼가 이런 시간에 진격하자고 제안한 거야?"

파르나 류케스톡 21소대의 대장 카심 자이트는 병사들의 사기를 떨어뜨리기 딱 좋은 말을 내뱉으며 사방을 둘러보았다. 명령엔 무조건 복종하는 게 군인 정신이라지만 이렇게 어스름도 가시지 않은 신새벽부터 움직여야 한다는 현실이 맘에 들지 않았던 것이다.

아직 햇볕이 채 녹아들지 않은 대기는 그늘진 응달처럼 음침했다. 앞으로 몇 시간에 걸쳐 점점 밝고 따스해진다는 이성적인 지식이 없는 한, 새벽이나 밤중이나 우울하고 어둑한 건 마찬가지인 것이다. 게다가 춥기는 새벽이 더 춥지. 카심은 양팔을 구부려 몸에 최대한 바짝 붙이며 긴 숨을 내쉬었다. 입 안의 수증기가 하얗게 피어나 안개처럼 허공에 그림을 그린다.

"여기서 대기한다! 다른 명령을 내릴 때까지 조용히 휴식!"

집합 장소에 다 도착하고 나서야 카심은 움츠렸던 몸을 펴며 한 손을 들어올렸다. 지금까지 고요히 걷기만 하던 병사들이 몸을 웅크리며 바위 위에 걸터앉는다. 얼어붙은 다리로 걸었으니 꽤나 힘들었을 터였다. 하지만 바위 위도 얼음장 같은 건 마찬가지였다.

'불쌍한 자식들.'

카심은 부하 병사들의 움직임을 쓸쓸한 눈으로 쳐다보았다. 대부분의 병사들이 꼴사납게 웅크리고 있었지만 '그러고도 군인이냐!' 라고 소리치고 싶은 마음은 들지 않았다. '그러고도 군인이냐!' 라는 말은 저 위에서 잘 먹고 잘 사는 놈들이 우리를 고생시키기 위해 만들어낸 허황된 긍지일 뿐이니까.

우리는 군인이다. 군인밖엔 되지 않는다. 군인이란 이유로 행동의 제약을 받아야 할 만큼의 긍지있는 대접은 받은 적이 없고, 스스로 긍지를 지켜나가기엔 바보스럽다. 전쟁이 터지면 하나의 도구밖에 되지 않는다는 사실을 뻔히 알면서도 '우리는 군인이다!' 라는 구호를 높이 자랑스레 외치는 멍청이가 되고 싶진 않다. 그따위 긍지를 지키느니 차라리 몸을 웅크려 조금이라도 추위를 삭히는 게 이익일 게다. 보기엔 별로 안 좋겠지만, 그런 거 따질 만큼 고귀하신 몸은 아니니까.

'오늘은 집에 돌아갈 수 있을까?'

카심은 두 손을 모아 입김을 불면서 오늘 있을 일들을 예상해 보았다. 남부의 대국 그리테이트가 대륙 전체를 삼키려는 야욕을 떨치기에 파르나도 이를 저지하기 위해 움직이기 시작했다. 정말로 대륙 7국가의 공존을 위해 일어난 게 아니라, 이 사태가 파르나에 손해를 끼칠까 두려워 참전한 것이겠지만.

아무튼 지금 이렇게 카심을 고생시키고 있는 게 바로 그 사실이었다. 알테이아를 거의 점령하다시피 한 그리테이트의 움직임을 저지하기 위해 알테이아 북부 외곽에 군대를 배치하고 있는 것이다. 아직은 다른 소대들이 집합 장소에 도착하지 않아 잠시 동안은 쉴 시간이 있지만, 모든 소대가 다 모이고 나서는 곧바로 진격 명령이 떨어질지도 몰랐다.

'젠장, 새벽이라 불도 못 피우고. 빨리 해 뜨는 거나 기다려야겠군. 다른 소대들, 그 굼벵이들 여기까지 오려면 몇 시간은 족히 걸릴 테니.'

카심은 괜히 저 하늘을 올려다보며 원망하는 눈빛을 보냈다. 군데군데 바위가 흩어진 산악 지대에 파르나 류케스톡 21소대의 병사들이 각자 웅크리고 앉아 있었고, 그 위에는 새파란 하늘이 펼쳐져 있었다. 아직 어둠이 다 가시지 않아 진남빛을 띤, 말 그대로 쪽빛 하늘이 병사들을 내려다보고 있었다.

하늘은 옹색한 자세의 병사들과는 상반된 광활함을 한껏 자랑하고 있었다. 마치 '너희 같은 버러지들은 죽어도 하늘에 올라올 수 없을 거다'라고 이죽거리는 것만 같은 빛깔이었다. 카심은 무심코 담배를 꺼내어 물다가 불을 붙여서는 안 된다는 사실을 뒤늦게 깨닫고 바닥에 침을 뱉었다. 싸늘한 공기. 코끝이 얼어붙을

것만 같다. 드문드문 회색 풀이 자라는 저편 길을 통해 다른 소대
들이 이곳에 도착할 때까진 아직 몇 시간이나 남았기에 몇 시간
은 이러고 있어야 할 터였다.

"으응?"

무심코 저편 길을 쳐다보던 카심은 눈을 크게 떴다. 저 멀리, 까
마득한 곳에 까만 그림자 같은 게 어른거리는 것이 얼핏 보였던
것이다.

이런 시간에 움직이는 게 있을 리 없다는 생각에 눈을 비비고
다시 보았다. 하지만 그 그림자는 사라지기는커녕 점점 뚜렷해져
갈 뿐이었다. 처음에는 흐릿하기만 했던 그림자가 어느새 어느 정
도의 형체를 갖추어 카심의 시야 속에 들어와 있었다. 길다란 그
림자. 저건 사람의 형체다. 아, 옷자락이 바람에 펄럭인다. 새벽의
파르스름한 바람에 휘날리는 검은 로브가 희미하게 보이고 있었
다.

검은 로브? 흑마법사?

카심은 몸을 구부려 경계 태세를 취하며 검을 빼 들었다. 주변
에 있던 병사들이 일어나려는 자세를 취했으나 카심은 그들을 제
지하는 손짓을 하며 혼자서 그 그림자가 다가오는 쪽으로 천천히
걸어나갔다.

저편에서 걸어오는 사람은 느릿하고도 분명한 걸음으로 점점
다가오고 있었다. 검은 로브가 이렇게도 위압적인 느낌의 옷이라
는 사실을 카심은 생전 처음 알았다. 새벽의 쪽빛 하늘 아래 검은
로브 자락을 휘날리며 걸어오는 한 사람의 모습은 카리스마적인
압도감을 주는 것만 같은데…….

휘익!

바람 소리가 미쳤나 보다. 이상한 소리가 귓가에 맴돌더니 우지 직 소리가 난다. 카심은 울컥 피를 쏟으며 자신의 가슴을 꿰뚫은 사람을 쳐다보았다. 분명, 몇 초 전까지만 해도 저 멀리 있던 사람 이었는데, 언제 이렇게?

투두둑!

선홍색의 피가 바닥에 쏟아진다. 검은 로브를 입은 사람이 카심 의 가슴에서 검을 뽑아내자 카심은 그대로 무너져 내렸다.

털썩—

차가운 대지가 그의 몸을 거칠게 받아안았다.

고통. 이런 것이 고통인가? 아무런 느낌이 없다. 무언가가 무너 진다는 기분이 머리 속에 확실히 메아리치기는 하는데 아무것도 느낄 수가 없다.

새벽의 흐릿한 빛 아래 미칠 듯이 반짝이는 은백색의 검광……

"안… 돼……"

카심은 가슴을 부여잡으며 몸을 일으키려 했다.

울컥—

또 입에서 피가 쏟아져 나온다. 도저히 몸을 일으킬 수가 없다. 병사들이, 불쌍한 병사들이, 한번도 제대로 된 인간적인 대우를 받 지 못한 병사들이 정체도 모르는 사람에게 저렇게 허무하게 죽어 가고 있는데……

대기 속에 메아리치는 비명 소리는 다 단말마다. 고맙게도 단번 에 숨통을 끊어주는 모양이다. 그래, 정말 고맙게도. 정말 빌어먹 게 고맙게도.

대체 왜? 왜 갑자기 우리를?

대체 왜?!

하늘이 핑 돈다. 카심은 몸을 지탱하던 팔의 힘마저 풀리는 것을 느꼈다. 세상이 긴 곡선을 그리며 무너져 내린다. 비릿하고 뜨거운 액체만이 입 안에 가득할 뿐이다.

얼음 같은 대지, 얼음같이 새파란 하늘, 얼음 같은…….

'안 돼…….'

목소리마저 밖으로 나가지 못하고 입 안을 맴돈다.

〈 7권에 계속 〉

294

신인작가 모집

시작이 반이라고 했습니다.
작가의 길에 대한 보이지 않는 벽을 과감히 깨뜨리십시외
청어람은 작가 지망생 여러분들의
멋진 방향타가 되어 드리겠습니다.

저희 도서출판 청어람에서는
판타지 소설 신인 작가분들을 모집합니다.
판타지 소설을 사랑하시는 분들의 많은 참여를 바랍니다.
소정의 원고(A4용지 150매)를 메일이나 우편으로 보내주시면
검토 후 출판 여부를 알려 드리겠습니다.

주소:경기도 부천시 원미구 심곡1동 350-1 남성B/D 3F · 우편번호420-011
TEL:032-656-4452 · FAX:032-656-4453
e-mail:eoram99@chollian.net